MICHAEL GERBER

BARRY TROTTER

UND DIE SCHAMLOSE PARODIE

Aus dem Englischen
von
Heinrich Anders
und
Tina Hohl

W0060501

Europa Verlag
Hamburg · Wien

Anmerkung des Verlegers: In der Frage, ob die Original-Romane des Teufels sind oder nicht, scheiden sich nach wie vor die Geister. Dieses Buch ist es *definitiv*. Es ist schlecht geschrieben und voller platter Scherze und schmutziger Witze, für die sich ein Fünfjähriger schämen würde. Es wurde mit billigsten Mitteln hergestellt: billiges Papier (besonders holzhaltig), billige Druckerschwärze (besonders toxisch), billiges Format (besonders klein), billige Übersetzer (besonders billig). Es wurde gespart, wo es nur ging – jedes fünfhundertste Wort wurde gestrichen, und der Lektor kann kein Englisch (auch kein Deutsch). Dieses Buch existiert einzig und allein zu dem Zweck, das schnelle Geld zu machen.

Anmerkung des Teufels: O nein! Nicht mit mir! Für *das hier* bin ich ausnahmsweise einmal nicht verantwortlich! Dieses Buch ist der reine Mist.

Anmerkung des Welt-Kirchenrats: Ein Buch, das derart die Verachtung des Teufels evoziert, der Verkörperung des Bösen, kann logischerweise nichts als das Gute zum Inhalt haben. Warum sollte der Teufel es sonst so sehr hassen? Wir möchten daher alle guten Christen – aber auch alle aufgeschlossenen Menschen anderer Glaubensrichtungen – auffordern, diese Parodie zu lesen.

Anmerkung deines kleinen Bruders: Das Buch ist irgendwie bescheuert. Harry raucht nicht. Nur Doofis rauchen.

Die Originalausgabe
›Barry Trotter and the Unauthorized Parody‹
erschien 2002 bei Simon & Schuster, New York etc.,
in der ›Fireside Edition‹.
Copyright © 2001 by Michael Gerber
Die britische Ausgabe erschien unter dem Titel
›Barry Trotter and the Shameless Parody‹
2002 bei Gollancz, London.

2. Auflage, Oktober 2003
© Europa Verlag GmbH Hamburg, August 2003
Umschlagillustration von Mark Gmehling
Innengestaltung: Frank Wagner, Hamburg
Druck und Bindung: GGP Media, Pößneck
ISBN 3-203-77505-0

Michael Gerber
Barry Trotter

EUROPA
VERLAG

Für Jon und Kate …
und J. K. Rowling, in schamloser Bewunderung

»Erwachsene sind doch bloß überalterte Kinder,
zum Teufel mit ihnen.«
Theodor Seuss Geisel (Dr. Seuss)

Inhalt

KAPITEL EINS

IMMER ÄRGER
MIT DEN MUDDELN

Die ›Hogwash-Schule für Zauberer‹ war die berühmteste Schule der Welt der Magie und Barry Trotter
ihr berühmtester Schüler. Allein seinetwegen bewarben
sich Jahr für Jahr zwanzig Kandidaten auf jeden freien
Platz, obwohl die Schulgebühren immer unverschämter
wurden. Das hatte dazu geführt, daß Barry und die Schule zu einer stillschweigenden Übereinkunft gekommen
waren: Unabhängig von seinen Noten durfte Barry so lange auf Hogwash bleiben, wie er wollte. Sein elftes Jahr auf
der Schule war gerade angebrochen. Aufgrund dieses Ar-
rangements brauchte Barry nicht zu lernen, und statt mit
hektischem Pauken konnte er die Abende damit verbringen, entspannt über die Ereignisse des Tages nachzusin-
nen. Darüber hinaus blieb ihm hinreichend Zeit, allen
möglichen Unfug anzustellen.

In einen weichen Polstersessel im Grittyfloor-Aufenthaltsraum gelümmelt, vor einem gemütlichen Vielfarb-
Kaminfeuer, bedauerte Barry im stillen die anderen Schüler. Und auch die Lehrer – eigentlich alle, die nicht so eine
ruhige Kugel schieben konnten wie er. Er drehte den

Walkman lauter, auf dem er seine Lieblingsband hörte, Valid Tumor Alarm, eine Band, die dermaßen haßerfüllt war, daß jeder Song, der keinen Mordaufruf im Titel trug, automatisch als Ballade galt.

›Wir nehmen unsere Angst und machen sie zu einem Gott‹, las Barry. Was zum Teufel sollte das heißen? Prompt gingen ihm tausend andere Dinge durch den Kopf, wie immer, wenn er sich mit einem komplizierten Gedanken konfrontiert sah.

Er legte das Buch ›Existentialismus für Anfänger‹ beiseite und nahm seine Zauberpfeife aus der Tasche. Die hatte er letzte Woche in der Pinkelgasse gekauft, der Londoner Einkaufsstraße für Zauberer. Barry fand, sie verlieh ihm eine geheimnisvolle Aura und eine gewisse Reife, das einzige, was der ewige Schülerstatus nicht mit sich brachte. Die Mädchen schienen das genauso zu sehen (na ja, zumindest die Muddel-Mädchen).

Zauberpfeifen waren um Längen besser als die Muddel-Version: Weder machten sie süchtig, noch führten sie zu galoppierender Mundfäule. Außerdem mußten sie nie gestopft werden. Barry klemmte sich das kleine Wunder zwischen die Zähne.

»Kolibri!«

Die Pfeife ging an, und Rauch schlängelte sich empor. Der Pfeifenkopf war aus feinstem magischen Meerschaum, der sich, genau wie in der Werbung behauptet wurde, zu einem exakten Abbild seines Besitzers zu formen begann. »Cool!« sagte Barry und nahm die Pfeife einen Moment aus dem Mund, um die entstehende Büste zu betrachten. Aus dem Mund seines Alter egos ragte sogar eine winzige Pfeife – an der sich, wie Barry annahm, eine noch kleinere Büste bildete … o Mann, solche Gedankengänge ließen einem das Gehirn käsen.

Barry hustete. Er hatte die Pfeife bisher noch nie richtig angezündet, sondern sie bloß als Requisit benutzt. Was der Reiz am Rauchen sein sollte – außer mit dem Rauch herumzuspielen –, war ihm ein Rätsel. Er hatte einen Geschmack im Mund, als würde er Baumrinde kauen. Die Sache mit dem Rauch war allerdings wirklich toll – der Qualm einer Zauberpfeife ließ sich in jede erdenkliche Form bringen. Barry verpaßte sich in rascher Folge einen Sombrero, einen Pfeil durch den Kopf und Teufelshörner.

Während er so vor sich hin paffte, sah Barry die ohnehin schon geringe Chance dieses Buches auf den Arschtritt-Lindgrün-Preis im wahrsten Sinne des Wortes in Rauch aufgehen. Tja, dachte er, wenn eh schon alles keinen Sinn mehr hat, kann ich ebensogut ein bißchen Spaß haben.

»Verdammt!« Asche war in seinen Schoß gefallen. Er wischte sie hektisch weg, aber es war zu spät: In das alte Tarncape seines Vaters hatte sich ein kleines Loch gebrannt. »Mist!« sagte Barry. »Ich mach das blöde Ding besser aus, bevor ich noch in Flammen aufgehe.« Die Pfeife ging von selbst aus, und Barry steckte sie in seine Tasche. Dann schleuderte er sein Buch ins Kaminfeuer. Da es ein Zauberbuch war, jaulte es laut auf.

Mit einem kleinen Rülpser, der nach Großküchenpudding schmeckte, warf Barry sich sein Tarncape um und ging zum Portal von Hogwash. Er war die Faulheit in Person, außer wenn es darum ging, in Schwierigkeiten zu geraten, irgendwo ein bißchen Kohle abzusahnen oder beides auf einmal; und es machte ihm großen Spaß, immer wieder auszuprobieren, wie weit er es mit dem alten Bumblemore und den anderen treiben konnte. Seine ersten Schuljahre waren wirklich angenehm gewesen – immerhin war er der Star der Schule, die anderen machten ihm schöne Augen oder buhlten um seine Anerkennung, dann und wann wurde ihm eine Unterhose geklaut und hastig bei eBuy verkauft. Aber dann hatte irgendeine Journalistenbekannte seiner Muddel-Tante und seines Muddel-Onkels für ein paar Hundert Pfund ein paar (größtenteils fiktive) Bücher über sein Leben geschrieben. Und von da an wurde die Sache interessant.

In der Nähe des Eingangs schwebte der Beinahe hirnlose Bill vorbei. Er zog sein Kleinhirn und sein Rückenmark hinter sich her wie eine Tigerente. Es hinterließ eine Spur Gespensterschleim. Barry unter seinem Tarncape

gab acht, daß er den Geist nicht anrempelte und sich damit verriet – allerdings hatte er das letzte Mal, als ihm das
passiert war, leise »*Muh!*« gemacht, und seither glaubte
Bill, eine unsichtbare Geisterkuh spuke in den Gängen
der Schule. »Mich graust bei dem Gedanken daran, welch
scheußliche Umstände dazu geführt haben mögen, daß
ihr Geist in diesen modrigen Korridoren gefangen ist.
Vielleicht ein Mord? Oder eine tragische Liebesaffäre?«
hatte Bill ein paar Tage später beim Abendessen gesagt,
und vor lauter Anstrengung, nicht zu lachen, hatte Barry
sich eine Bauchmuskelzerrung zugezogen.

   Inzwischen hatte er das Schulgebäude verlassen und
bewegte sich schnellen Schrittes durch die dreckver-
schmierte, überriechende Menge von Kindern. An den
Gestank, der allabendlich seinen Geruchssinn beleidigte,
hatte er sich einfach nicht gewöhnen können. Waren die
Fans anderer Leute auch so abstoßend? Es war nicht nur
die unangenehme Muffigkeit, die entsteht, wenn zu viele
Menschen auf zu engem Raum ohne sanitäre Einrichtungen zusammenleben, sondern ein alles übertönender,
durchdringender Gestank, der auf eine offenbar weitver-
breitete organische Störung schließen ließ. An diesem
Abend hing zusätzlich der unverkennbare Geruch von
gegrilltem Zentaurenfleisch in der Luft. Zusammen mit
dem Nachgeschmack des Pfeifentabaks bildete er ein un-
beschreiblich widerwärtiges Aroma. Barry hustete und

spuckte, um den Geschmack loszuwerden. Der Qualster landete auf einem kleinen, dünnen Mädchen mit Brille, das im Schneidersitz auf der Erde saß und zum x-ten Mal ›Barry Trotter und der Steinpilz der Weisen‹* las. Sie betastete ihren Kopf und schaute dann gen Himmel. Barry lachte. Wenn sie wüßte, was sie da getroffen hatte, würde sie sich nie wieder die Haare waschen!

Barry gelangte zum Vergessenen Wald. Auf einer Lichtung stand Hafwid, der riesenhafte Wildhüter der Schule, umgeben von etwa zwanzig Frauen aller Größen und Hautfarben. Zwei Zentauren, Thelonious und Bird, standen bei Hafwid, unterhielten sich mit ihm und rauchten winzige Zigaretten. Zentauren treten selten ohne Baskenmütze und *nie* ohne Sonnenbrille auf und sind die Hipster der Zauberwelt.

* Im Original unter dem Titel ›Barry Trotter and the Magic Mushroom‹ erschienen. Wie die Leserinnen und Leser des ersten Buches wissen, verlieh der Pilz – getrocknet und zu Tee verarbeitet –, demjenigen, der ihn einnahm, Unsterblichkeit. Der böse Lord Valumart jedenfalls, der Zinseszinsen für die einzige Macht hielt, die seine übertraf, sah in dem magischen Pilz *die* Chance für seine Karriere – Unsterblichkeit gab der »Buy and hold«-Strategie eine völlig neue Dimension. Nachdem Barry die Pläne Valumarts vereitelt hatte, schloß Bumblemore den getrockneten Pilz in seinem Schreibtisch ein. Er wollte ihn eigentlich wegwerfen, aber dann machte sich eine Maus daran zu schaffen und wurde unsterblich. Die anderen Mäuse erklärten sie logischerweise zum Messias, und seitdem gedieh ein gefährlicher Kult in den Wandtäfelungen von Hogwash.

Barry ließ sein Tarncape von den Schultern gleiten, und alle Muddelfrauen schnappten unisono nach Luft. Davon konnte er nie genug kriegen.

»So, so, Slim will sich ein bißchen das Rohr polieren lassen«, sagte Thelonious.

»Hi, T! Hi, Bird! Reicht die Flossen, Genossen. Wer brutzelt da am Spieß?«

»Das ist Diz. Ich konnte ihn noch nie leiden.« Thelonious schaute Barry über seine Sonnenbrille hinweg an. »Ein totaler Loser, wenn du mich fragst.«

»Wir müssen los«, sagte Bird, und er und Thelonious schoben ihre Baskenmützen zurecht und trabten in den Wald. In der Ferne war eine einsame Bongotrommel zu hören.

Barry wandte sich dem riesenhaften Wildhüter zu. »Danke, Hafwid, alter Kumpel«, sagte er und warf dem gigantischen Schwachkopf eine Münze zu. Dieser griff daneben. »Du kennst das ja: Geh für ein, zwei Stunden zu deinen zahmen Bogeys.«*

Hafwid hob die Münze auf und biß hinein. »Danke, Barry«, sagte er und stolperte unsicher in den Wald, eine in braunes Papier verpackte Flasche umklammernd.

Jede Nacht eine neue Schar von Groupies. Inzwischen ödeten sie Barry nur noch an, aber er brauchte sie, weil sie

---

*Ein Bogey kann unsere größten Ängste verkörpern – in Gestalt des Schauspielers, den man am wenigsten leiden kann.

ihn auf seltsame Weise daran erinnerten, daß er eine Berühmtheit war, jemand Besonderes. Und außerdem (redete er sich ein) gehörte es sich schließlich, seinen Fans etwas zurückzugeben. »Okay, Mädels: Aufstellen für den Entlausungszauber, und dann kann's losgehen«, sagte Barry. »Habt ihr auch daran gedacht, euch zu waschen?«

Am nächsten Morgen beim Frühstück schilderte Barry einer Gruppe gebannt an seinen Lippen hängender Speichellecker bis ins kleinste Detail seine Heldentaten. Wie üblich wurden sie dabei von der weiblichen Belegschaft Hogwashs mit berechtigtem Mißfallen beäugt. Gerade als eine besonders entrüstete Neuntkläßlerin namens Penelope Bluggs einen Juckpulverzauber vorbereitete, trafen die Morgeneulen ein. Alle deckten schnell ihre Gläser und Schüsseln zu, damit keine der Federn und Milben hineinfielen, die jede Lieferung begleiteten. Eulen waren eine ziemlich unappetitliche Art der Postzustellung.

Barry bekam einen Brief vom Schulleiter. Er zeigte ihn den anderen.

»Vielleicht sind es gute Neuigkeiten. Womöglich hat der alte Snipe Zauberstabkrebs«, sagte Manuel Rodriguez, ein Siebtkläßler, der keinen weiteren Auftritt in diesem Buch hat und nur auftaucht, damit nicht *alle* in dieser Geschichte weiß, gutbürgerlich und britisch sind.

»Das glaub ich kaum – es ist ein Jauler.« Barry öffnete ihn. *»Kommen Sie sofort in mein Büro!«* jaulte der Brief los. *»Und bringen Sie diesen Nichtsnutz Lon mit!«* Vereinzelt ertönte ein Kichern, das Barry mit einem bösen Blick und einer typischen Barry-Trotter-Geste zum Verstummen brachte.

Lon Measly, Barrys Busenfreund, war tatsächlich zu nichts nutze. Oder zumindest zu ziemlich wenig. Im fünften Schuljahr hatte er einen tragischen Quaddatsch-Unfall gehabt – ein Drescher hatte einen Matscher schlecht getroffen, worauf dieser sich mit großer Geschwindigkeit in Lons Birne bohrte. Alle Versuche, den Ball zu entfernen, hatten nur dazu geführt, daß er immer weiter hineinwanderte, bis er schließlich auf der anderen Seite wieder austrat, so daß Lons Kopf nun ein Guckloch von der Größe einer Ein-Pfund-Münze hatte. (Wenn der Wind aus der richtigen Richtung blies, war ein Pfeifen zu hören.) Schwester Pommefritte hatte ihm aus dem vollkommen inadäquaten Grips eines hastig euthanasierten Golden Retrievers ein neues Gehirn zusammengebastelt. Nun besaß Lon die geistigen Fähigkeiten eines leicht beschränkten, gutmütigen Siebenjährigen, der zuweilen ausgesprochen hündische Verhaltensweisen an den Tag legte.

»Komm schon!« Barry schreckte Lon aus seinem Versuch auf, sich zu lecken. »Das Fusselgesicht will uns sehen.« Lon roch noch übler als sonst. »Hast du dich wieder in Waschbärkacke gewälzt?« Überdies pflegte Lon Autos hinterherzujagen. Andererseits war er extrem treu.

Penelopes Juckpulverzauber knallte hinter ihnen an die Wand, als sie den Raum verließen. »Ihr Schweine!« brüllte sie.

»Pffft.« Alpo Bumblemore mischte einen Satz Spielkarten und betrachtete dabei die woodstockmäßige Szene unten vorm Haus. Er zog eine Karte. »Kreuz-As? Nein. Verdammt.« Auf dem Rasen vor Hogwash stand ein Zeltlager der unschönsten Sorte, seit der ›Schmirror‹, das mieseste Revolverblatt Großbritanniens, vor ein paar Wochen die Wegbeschreibung zur Schule veröffentlicht hatte. »Besser Schmierkram als Langeweile!« lautete das Motto der Zeitung, dem sie jeden Tag aufs neue gerecht wurde. Zu Ruhm hatte sie es vor allem dadurch gebracht, daß sie alle Fotos von Frauen so am Computer bearbeitete, daß sie nackt aussahen. Für die Auflage wirkte das Wunder, außer wenn es etwas über Queen Mum zu berichten gab.

Wie auch immer, der Rasen vor Hogwash war prompt von den Massen von ›Schmirror‹ lesenden, Barry liebenden Muddeln, die darauf kampierten, in eine knöcheltiefe Schlammwüste verwandelt worden. Bumblemore zog eine Grimasse, als sich jemand ganz unverfroren in den See erleichterte. Er murmelte ein Wort, und ein kleines, neunaugenähnliches Seeungeheuer verbiß sich in den unsittlich entblößten Körperteil. »Das wird dir eine Lehre sein«, sagte Bumblemore laut.

Er hörte ein Platschen; die Muddel schubsten einander von dem hohen Felsen vor der Schule. Inzwischen kamen sie auf fünf pro Stunde. Der Hauskrake stand gut im Futter. Einer seiner Tentakeln hielt ein Transparent über Wasser, auf dem »SPRING!« stand. Leider verringerte das nicht die Anzahl der Fans – es kamen jeden Tag neue.

Blöde Hippies, dachte der Schulleiter, als er ein Fan-Pärchen entdeckte, das im Gras »das Buch mit zwei Dekkeln« machte. Drogensüchtige. Dungeons-&-Dragons-Spieler. Wenn er könnte, würde er sie alle zu Asche zerfallen lassen, selbst die harmlosen kleinen Leseratten, die bloß auf einen Hype und cleveres Merchandising hereingefallen waren. Doch unter den Menschenmassen waren auch ziemlich viele Erwachsene. Vielleicht Fans des Buches, vielleicht Wölfe à la Charles Manson, die sich zwischen den Schafen verbargen.

»Was soll's«, sagte er. »Gott ist mit den Betrunkenen, den Blondinen und den Muddeln.« Ein As fiel aus Bumblemores weitem Ärmel. »Da bist du ja, du Verräter.«

Worum mag es wohl gehen – um die Mädchen, oder um die Wegbeschreibung, die ich an die Zeitung verkauft hab, oder um irgendwas anderes, was ich angestellt, aber wieder vergessen habe, fragte sich Barry, als Lon und er die baufällige Treppe zu Bumblemores Büro hinaufstiegen. Die Sache mit der Wegbeschreibung konnte ihm niemand vorwerfen; schließlich *brauchte* er das Geld. Sein Patenonkel Serious Blech hatte sein gesamtes Erbe für irgendein schwachsinniges Projekt in den Sand gesetzt, und das Geld, das er von J. G. Rollins für seine Lebensgeschichte bekommen hatte, hatte Barry schon längst auf den Kopf gehauen. Um einen ganzen Sommer in der Muddelwelt durchzustehen – noch dazu im miefigen Schoß der Familie Dimsley –, bedurfte es zahlreicher Zigaretten und einer Menge Bier.

Doch damit konnte er Bumblemore nicht kommen. Letztes Jahr wollte dieser Barry dazu bringen, Leine zu ziehen. »In der ganzen Geschichte Hogwashs ist niemals jemand fünf Jahre hintereinander sitzengeblieben!« hatte er gebrüllt. »Trotter, Sie sind eine Schande. Ich weiß, daß Sie das mit Absicht machen. Der ganze Rummel um Ihre Person hat Sie zu einem unglaublich phlegmatischen Faulpelz mit eher mäßigen Zauberkräften gemacht. Tun Sie uns allen einen Gefallen und wechseln Sie zu den Doofen Mächten von der Konkurrenz – das wird denen den Rest geben!«

Der muffelnde alte Zauberer hatte recht, und Barry wäre der erste gewesen, der das zugegeben hätte. Aber wer konnte ihm verdenken, daß er an der Schule blieb? Hier war er ein König, ein Gott. Berühmt und umgeben von willfährigen Anhängern, die alle nur allzu bereit waren, für den großen Barry Trotter Autos zu mieten, Wäsche zu waschen oder ihm sonst irgendeinen Gefallen zu tun. Hiernach kann es eigentlich nur bergab gehen, dachte er.

Zumindest aus Barrys Sicht war sein letzter Coup äußerst erfolgreich gewesen. Nicht nur, daß er einen Haufen Geld für die Wegbeschreibung kassiert hatte, jetzt kampierte auch noch ein nichtswürdiger, stinkender Haufen seiner Fans auf dem Rasen vor Hogwash. Angesichts dieser fünftausend Kopf starken Horde von Wandalen, die bereit waren, für ihn ihr Leben zu lassen, würde kein Lehrer ihm etwas anhaben können.

Doch inzwischen war sogar er ein bißchen genervt. Zu der visuellen Belästigung durch die schlecht gesicherten, klapprigen Zelte und die ungeheure Abgerissenheit der Menschen kam die akustische der gebetsmühlenartigen, stumpfsinnigen Fan-Chöre. Nicht genug damit, daß sie nervten und stanken – bald hatten sie Hafwids Schnapsbrennerei entdeckt und angefangen, sich kollektiv zu besaufen.

Jeder vernünftige Mensch würde die Finger von Hafwids Schnapsvorräten lassen: Wenn Hafwid einem nicht persönlich den Garaus machte, dann taten es seine

Alkoholika, die eher Flugzeugtreibstoff glichen als Schnaps. Eine Magnumflasche mit magischem 900-prozentigen Brandy, die Barry ihm als Entschuldigung überreicht hatte, konnte zumindest zwischen ihm und dem Wildhüter die Wogen glätten. Das änderte jedoch nichts daran, daß Hafwid die Muddel nicht ausstehen konnte, was diese zu ahnen schienen, denn ihm machten sie das Leben besonders schwer. Hafwids Knallrümpfiger Kräuterschnaps brachte ein paar der Eindringlinge ins Krankenhaus, und ein paar andere wurden von dem reinen Alkohol blind. Barry war jedoch klar, daß er immer noch viel zu viele Fans hatte.

O Mann, dauerte das lange, diese Treppe zu Bumblemores Büro hochzusteigen. »Ich wünschte, der Erzählfluß würde ein bißchen beschleunigt«, sagte er.

Lon winselte etwas vage Zustimmendes.

Als sie schießlich bei der Tür zu Bumblemores Büro ankamen, stürzte sich eine Schar Taschendiebfledermäuse auf sie, die im Schatten gelauert hatten. Alles, was diese diebischen Beuteltiere in die Fänge kriegten, brachten sie zum Haus Silverfish, das mit Grittyfloor rivalisierte, und wehe dem Schüler, der versuchte, sich sein Eigentum zurückzuholen. Barry ließen sie in Ruhe, aber Lon war eins ihrer Lieblingsopfer, denn er hatte oft vergammelte Lebensmittel in den Taschen. Wild mit den Armen rudernd, stürmten sie Bumblemores Tür. Sie öffnete sich automatisch.

»Trotter …«

Barry und Lon blieben stehen, und die Tür fiel wieder ins Schloß. Barry keuchte: »Also, es ist so, Herr Professor, wissen Sie, ich habe all diese Mädchen für die Schulzeitung interviewt.«

Bumblemore drehte sich um. Er machte ein äußerst genervtes Gesicht. »Trotter, Sie wissen genau, daß wir keine Schulzeitung haben, und wenn Muddelmädchen so einen schlechten Geschmack haben, jemanden wie *Sie* dichter als zwanzig Meter an sich heranzulassen, dann haben die's nicht besser verdient. Die Angelegenheit ist weitaus ernster. Kommen Sie mit ans Fenster.«

Die beiden blickten hinunter auf die johlende, tobende Meute schlammverkrusteter Muddel. Es waren Tausende, und es gab weit und breit kein Pixiklo. Man konnte den Gestank praktisch sehen, wie die Hitze, die von einer Straße aufsteigt.

»Gucken Sie sich diese Schafsköpfe an. Das ist ja wie auf einem verdammten Rummelplatz«, grummelte Bumblemore. »Wissen Sie, daß ich heute morgen ein Baby habe entbinden müssen? Eine sehr schmutzige Angelegenheit, so eine Muddelgeburt. Sie haben es natürlich Barry genannt. Ich hab mich so geekelt, daß ich mich fast darauf erbrochen hätte.«

Barry lehnte sich aus dem Fenster, und ein Ruck ging durch die Menge. Ein ungeheurer dissonanter Jubel erhob sich. Falsch geschriebene Transparente wurden entfaltet. »*Haut ab!*« brüllte Barry.

»Er sagt, wir können bleiben!« rief ein Muddel. »Hurra! Hoch lebe Barry Trotter!«

»Idiot!« fauchte Bumblemore unseren Helden an. »Jetzt werden wir sie nie wieder los.« Er packte Barry am Ellbogen. »Gehen Sie vom Fenster weg, bevor Sie noch mehr Unheil anrichten.«

Blitzschnell leckte Bumblemore sich den Daumen, lüpfte Barrys Ponysträhnen und rieb die Narbe auf seiner Stirn. Das wie ein Fragerufzeichen* geformte Mal war das Ergebnis des Kampfes, den Barry als Kind mit Lord Valumart ausgefochten hatte. Außerdem bewies es, was für ein großartiger Zauberer er war, doch Bumblemore war überzeugt, daß das Ganze nur dummes Zeug sei.

»Lassen Sie das!« sagte Barry und schubste den nach Mottenkugeln und Patschuli riechenden Zaubergreis weg.

Als sie sich umdrehten, sahen sie, wie Lon sich gerade das dünne Ende von Bumblemores Teleskop in den Mund steckte. Seit seinem Unfall pflegte Lon an allem herumzunagen, was ihm in die Finger geriet.

»Lon! *Nein!*«

Lon schreckte auf und stieß eine Dose Zauberameisen

---

* In der Muddelwelt ist das Fragerufzeichen ein verkorkstes Satzzeichen, halb Fragezeichen, halb Ausrufezeichen, wie z. B. in »Was zum Teufel war das?!« oder »WAS hab ich da gerade gegessen?!«

um, die sich über den Fußboden ergossen. Sie begannen sich zu schmutzigen Wörtern zu formieren.

Der alte Schulleiter mußte schwer an sich halten. »Paßt auf, ihr zwei – hört mir jetzt zu und dann zieht Leine, so schnell ihr könnt.« In der Ecke flammte Bumblemores zahmer Phönix Sparky auf, während er an einem Asbest-Wetzstein herumpickte.

Bumblemore schwenkte drohend den ›Schmirror‹. »Irgend jemand – ich nehme an, irgendein mißratener Sproß des Malfies-Klans, der derzeit das gesamte Haus Silverfish usurpiert« – Barry hoffte, daß man ihm seine Erleichterung nicht ansah –, »hat dieser Zeitung die Wegbeschreibung für Hogwash gegeben. Deshalb tummeln sich jetzt all diese Vollidioten da unten.« Er warf den ›Schmirror‹ mit Schwung in Richtung Papierkorb. »Ich werde wirklich langsam zu alt für diesen Drachenmist.«

Sobald er keine Angst mehr haben mußte, bestraft zu werden, schweiften Barrys Gedanken ab. Sein Blick wanderte über die Bücher auf Bumblemores Regalen … ›Die Lady mit der goldenen Peitsche‹ … ›Miss Harriets Folterkammer‹ … und Barrys Lieblingstitel: ›Allein unter Frauen oder Das intime Tagebuch des Flagellanten Phimosus Gasidi-Silidori‹. Im ersten Schuljahr hatten sie Barry noch schockiert; elf Jahre später belustigten sie ihn nur noch – Bumblemore hatte eine seltsame Vorstellung von Amüsement, aber wer hatte das nicht?

Das Geräusch des Papiers, das im Papierkorb landete, weckte Barry aus seinen Träumen, und er hörte Bumblemore sagen: »Unsere Täuschungszauber sind nutzlos, es bedarf einer gewissen Grundintelligenz, um sich täuschen zu lassen, und die haben diese Hohlköpfe einfach nicht.«

»Wie kann man nur so etwas tun? Und weshalb das Ganze? Wegen ein paar Kröten!« schnaubte Barry verächtlich. Er trug ziemlich dick auf. »Es gibt Wichtigeres im Leben als Geld, sage ich immer, nicht wahr, Lon?«

»Jep«, schnappte Lon, wobei ihm ein dünner Speichelfaden vom Kinn troff.

»Mein Gott, was sind Sie bloß für eine Niete, Measly.« Bumblemore hielt einen Moment inne, schloß die Augen, massierte sich den Nasenrücken und sagte dann: »Entschuldigt bitte. Ich habe entsetzliche Kopfschmerzen von diesen infernalischen Sprechchören. Das ist zwar alles schon schlimm genug, aber es könnte noch viel schlimmer werden – wenn es stimmt, was im ›Tagessalbader‹ von heute steht.« Er nahm die Zeitung von seinem Schreibtisch und reichte sie Barry.

»KACKE«, schrieben die Ameisen.

»Was? ›Skandal an der Uni: Gute Noten nur gegen Sex‹?« las Barry eine Schlagzeile vor.

»Nein, darunter«, sagte Bumblemore.

»Drakonische Strafe für Sodomie verhängt?«

»Zeigen Sie her!« rief Bumblemore und schnappte sich

die Zeitung. Er suchte vergebens – Barry hatte sich die Zeile ausgedacht. »Sie kommen sich wohl sehr komisch vor«, motzte Bumblemore. Er tippte mit dem Finger auf einen Artikel. »*Den* da meine ich.«

»Jugendlicher Magier verzaubert bald die Kinos«, las Barry. »Ganz Hollywood spricht von dem Film ›Barry Trotter und der unvermeidliche Versuch abzusahnen‹, der bereits in einem Monat anlaufen soll. Es wird erwartet, daß die Fans der Fantasy-Kinderbuchreihe weltweit die Kinos stürmen werden. Um die aufwendige Produktion zu einem internationalen Kassenschlager zu machen, setzt Wagner Brothers auf eine beispiellose PR- und Merchandising-Offensive, die sogar den Wirbel um den zugrundeliegenden Roman-Bestseller übertreffen wird. – Das versteh ich nicht«, sagte Barry. »Klingt doch so, als wäre das nur gut für Hogwash. Sie kennen doch den Spruch: ›Nur *keine* Werbung ist schlechte Werbung.‹«

Bumblemore schlug sich angesichts von Trotters Beschränktheit mit der flachen Hand vor die Stirn, und eine vereinzelte blaue Motte flatterte aus seiner Robe auf. »Was sind Sie nur für ein Dummkopf, Trotter. Wie viele Kids lesen heutzutage noch Bücher? Eins von zehn? Eins von hundert? Und trotzdem – schauen Sie nach draußen –«, als er den Vorhang aufzog, klatschte eine Handvoll *Irgendwas* gegen das Fenster. (Schlamm war es nicht).

»*Wir wolln Barry!*« johlte die Menge.

Bumblemore machte eine unschickliche Handbewegung, und die Menge buhte ihn genüßlich aus. »Haben Sie überhaupt eine Vorstellung, wie viele Menschen hier aufkreuzen werden, wenn der Film erst angelaufen ist? Wenn man die Zuschauer im Ausland und den Video- und DVD-Verleih mit einberechnet, werden ihn ungefähr hundert Millionen Menschen sehen. Das heißt, bis Weihnachten werden fünfhunderttausend Leute aller Altersklassen auf unserem Rasen randalieren, singen, bluten und weiß der Kuckuck was noch alles.«

»OH-OH«, schrieben die Ameisen, bis Lon kichernd das letzte »H« mit seinem Fuß ausradierte.

Barry wurde auf einmal die Ungeheuerlichkeit des Ganzen klar, und eine Schweißperle rollte seine Kopfhaut hinab. »Warum verlegen wir Hogwash nicht einfach? Durch Zauberei, meine ich?«

»Aus Versicherungsgründen«, sagte Bumblemore. »Unsere Anwälte bei Bilwitz & Nöck meinen, eine Verlegung würde für uns den Bankrott bedeuten. Dann können wir die Schule ebensogut ganz schließen und wieder Fernstudiengänge anbieten. Wie auch immer, da Sie der Grund für das Ganze sind, verlange ich von Ihnen, daß Sie die Sache auch wieder ausbügeln. Verhindern Sie diesen Film, Barry Trotter, oder Hogwash ist erledigt.«

»Aber wenn es doch ein Malfies war, der –«, sagte Barry schamlos.

»Seine Eltern sitzen im Kuratorium der Schule«, sagte Bumblemore. »Und Ihre Eltern sind längst Mulch.«

»Okay, okay …« Das könnte immerhin mein nächstes Buch werden, dachte Barry, der im Geiste schon die Kasse klingeln hörte. Ich werde J. G. anrufen und – nein. Durch solche Ideen war er schließlich in diese Bredouille geraten. »Darf Lon mir helfen? Und Hermeline?«

»Da Lon unser einziger Förderschüler ist, möchte ich stark bezweifeln, daß jemand ihn vermissen wird. Vielleicht hat so eine Erfahrung sogar ihr Gutes. Miss Cringer unterrichtet zur Zeit an einer Magier-Sonderschule bei Hogsbleede. Ob sie Ihnen helfen will oder nicht, muß sie entscheiden.«

Es klopfte an die Tür, und Hafwid stolperte herein. Wie üblich trug er eine zerbeulte Baseballkappe mit dem Schriftzug einer Drachenfuttermarke. »P'ofesser Bumm'elmor, es sind wieder welche von die Muddels in meine Hütte eingebrochen! Die begrabbeln meine Unnerbuxen! Darf ich sie totmachen?«

»Verflixter Hexensohn«, murmelte Bumblemore. »Nein, Hafwid! Ich kümmere mich darum.« Er ging zur Tür, drehte sich dann noch einmal um und sagte in geradezu väterlichem Ton: »Barry, das Wohl und Wehe der Schule hängt von Ihnen ab. Sollten Sie irgendwann in der Klemme sitzen und glauben, Sie schaffen es nicht, den Film zu stoppen, dann möchte ich, daß Sie sich eines klarmachen …« Er legte die Hand auf Barrys Schulter: »Wenn Hogwash schließt, müssen Sie sich einen Job suchen.« Dann ging er, Hafwid im Schlepptau, von dannen.

Lon schaufelte sich eine Handvoll Ameisen in den Mund, so daß nur noch »SCHEI« auf dem Teppich stand. »Bäh«, sagte er und streckte die Zunge raus.

»Genau«, erwiderte Barry.

Der Schlächter
von Hogwash

Nachdem sie die unflätigen Ameisen wieder eingefangen hatten, verließen Barry und Lon Bumblemores Arbeitszimmer. Sie achteten darauf, daß die Tür
auch wirklich zu war – das letzte Mal, als Sparky ent-
wischt war, lag der Großteil des Hauses Muffelpuff hinterher in Schutt und Asche. Dafür, daß sie größtenteils
aus verschimmelten Felsblöcken bestanden, brannten diese alten Schlösser erstaunlich gut.

Zum Glück waren die meisten der diebischen Fledermäuse inzwischen eingedöst, und die wenigen, die noch
wach waren, hatten genug damit zu tun, Zigaretten zu
rauchen, auf cool zu machen und sich gegenseitig zu be-
klauen. Auf Zehenspitzen schlichen Barry und Lon vorbei und überließen sie ihren kleinen Kabbeleien.

Wie die Leser von ›Barry Trotter und der Pinkelpott
des Schreckens‹ * bereits wissen, verrichtete Bumblemore
seine Notdurft häufig in einer erstaunlich lebensechten
Porzellannachbildung von Barrys Kopf. Bumblemore

---

* Im Original unter dem Titel ›Barry Trotter and the Chamberpot of
Secrets‹ erschienen.

hatte den Topf in den Flur gestellt, damit ein Hauself ihn leeren konnte, und wie ferngesteuert stieß Lon mit dem Schienbein dagegen, so daß er die Treppe hinunterfiel, zerschellte und seinen Inhalt verspritzte. Die aufgescheuchten Fledermäuse stürzten sich auf sie. »Lauf!« brüllte Barry.

Etwas weiter den Flur hinunter entdeckte er eine Tür, die einen Spalt offen stand. »Schnell, da rein!« rief er, und Lon folgte ihm – eine Entscheidung, die beide auf der Stelle bereuten.

»O Gott!« sagte Barry. »Ausgerechnet!« Es war die gefürchtete Toilette des Südflügels, die Bleibe eines der ungeliebtesten Geister von Hogwash, der Furzenden Fanny.

»Wer ist da?« rief eine zittrige Piepsstimme aus einer der Kabinen. Die übelriechenden Gase aus Fannys gespenstischen Gedärmen verpesteten die Luft.

»Ohhh«, stöhnte Fanny, als die nächste Salve sich sprotzend Bahn brach. »Geht weg, mir geht's gar nicht gut.«

»Puuh«, rief Lon und hielt sich die Nase zu.

»Pups«, antwortete Fanny.

»Fanny, was immer du da ißt, hör *auf* damit!« brüllte Barry, wobei er nur durch den Mund atmete. In einer Art Morsealphabet der Beschränktheit rammten die Fledermäuse ihre winzigen Leiber von draußen gegen die Tür.

»Schrei mich nicht an. Alle hassen mich *(frrrz)*, aber ich

kann doch nichts dafür«, greinte Fanny. »Ich hab eine Laktose-Intoleranz *(brrrap)*.« Fanny war 1952, in ihrem ersten Jahr an der Schule, gestorben, nachdem ein paar Silverfish-Siebtkläßler ihr eines Abends Unmengen von Käse unters Essen gemischt hatten. Als sie, von Krämpfen geplagt, vor ihren Schöpfer trat, schwor sie Rache, und jeder der drei Übeltäter wurde von einer rätselhaften sichtbaren Gestankswolke, die ihm überallhin folgte, in den Wahnsinn getrieben. Kein Windstoß konnte sie verscheuchen, keine Seife das schweflige Signet abwaschen, das Fannys unglückselige Eingeweide hinterlassen hatten – der Tod war die einzige Erlösung. Nachdem ihre Peiniger sich umgebracht hatten, zog Fanny in die Toilette ein, in der sie ihren letzten Atemzug getan hatte. Seitdem war es unter den Rüpeln der Schule ein beliebter Streich, Schulanfänger bei Fanny einzuschließen.

Langsam verebbte das Trommelfeuer der Fledermäuse. Barry öffnete die Tür einen Spaltbreit und ließ ein wenig herrlich frische Luft herein. Weit und breit war niemand zu sehen.

»Okay, Lon. Laß uns gehen«, sagte er. »Bis dann, Fanny.«

»Keiner mag mich …«, jammerte Fanny. Der Rest des Satzes ging in einem gewaltigen Furz unter.

Als Lon und Barry um eine Ecke bogen, standen sie plötzlich vor einer der bizarrsten Bewohnerinnen Hogwashs, der halbverwilderten Mrs. McGoogle. Einst war sie die Hauslehrerin von Grittyfloor und ein verdienstvolles Mitglied des Lehrkörpers gewesen, doch die endlose Folge dramatischer Ereignisse, die Trotter und seine Kumpane in Hogwash losgetreten hatten, hatte McGoogle aus dem Gleichgewicht gebracht und zu ihrer hochgradigen Verwahrlosung geführt. Infolge des seit Jahren andauernden Drunter-und-Drübers – angefangen mit Lord Valumarts wiederholten ungeschickten Versuchen, Barry zu erledigen, über die ständigen dummen Streiche von Ferd und Jorge Measly bis hin zu dem Aufkreuzen der ungewaschenen Menschenmassen vor den Toren der Schule – hatte sie ihren hypermethodischen Verstand verloren. Von einem Tag auf den anderen verwandelte sich die furchteinflößende Mrs. McGoogle in eine lupenreine Bekloppte, die mit einem ausrangierten Mehlsack bekleidet durch die Schule schlurfte und sich von den Abfällen ernährte, die die Schüler in die Mülltonnen warfen. Es war ein medizinisches Wunder, daß sie überhaupt noch lebte; Gerüchten zufolge sperrte Bumblemore sie nachts in einen geheimen Sexkerker, wo der alte Lüstling sein unvorstellbar verrunzeltes Gemächt vor ihr entblößte. McGoogle, die früher eine ziemlich mächtige Zauberin gewesen war, verwandelte sich jetzt nur noch in eine Katze, wenn sie »heiß« war, was in ihrem Alter zum Glück nur selten vorkam.

»Uff«, keuchte Barry atemlos. Die wunderliche Alte zischte, wobei sie Barry mit sauer riechender Spucke besprühte, und drehte sich auf dem Absatz um. Sie schoß davon, und ihre langen Zehennägel klickerten im Eiltempo über den Korridor. Die Fledermäuse kehrten um und folgten ihr, eine äußerst unkluge Wahl, denn da sie nicht einmal mehr alle Tassen im Schrank hatte, war bei ihr rein gar nichts zu holen. Barry und Lon hörten das Geräusch ihrer verhallenden Schritte und dann ein Krachen, als die McGoogle in einiger Entfernung gegen irgend etwas Metallenes donnerte.

»Barry, wie lange werden wir fort sein?« fragte Lon.

»Um den Film zu stoppen? Keine Ahnung.«

»Ich glaub, ich hol lieber meine Mütze aus meinem Zimmer.«

»Gute Idee«, sagte Barry. Lons Kopfbedeckung, eine lappländische Strickmütze mit zwei Zipfeln und einem Rentier darauf, war für die Reise der beiden in die Muddelwelt unentbehrlich; ihre großen Ohrenklappen verdeckten das Loch in Lons Kopf und dämpften den dadurch verursachten ulkigen Ton, der klang, als würde jemand auf einer Flasche blasen. »Vorher«, sagte Barry, »würde ich allerdings gern noch bei Zed vorbeischauen.«

Zed Grimfood war der Waffenmeister von Hogwash, ein ehemaliger Terror, der vom Ministerium gefeuert worden war, nachdem er bei seinem Kampf gegen die Dreckfresser* zu viele Muddel umgebracht hatte. Zed hatte es Barry stets übelgenommen, daß er in den Büchern nirgends vorkam; dabei hielt er sich für den Inbegriff des knallharten Actionhelden.

Barry konnte verstehen, daß J. G. Rollins ihn nicht erwähnt hatte – Zed war ein ganz schlechtes Vorbild, der Albtraum aller Eltern, das reinste Kassengift. So primitiv, streitsüchtig und unglaublich aggressiv, wie er war, wäre schon der blasseste Abklatsch von Zed für jede Schule der Welt Grund genug gewesen, die Trotter-Bände aus ihrer Bibliothek zu entfernen. Ja, vor Zed hatte selbst *Barry* Respekt, und der fürchtete sich nicht mal vor dem Doofen Lord. Die ›Trotter‹-Reihe war für Kinder und Jugendliche konzipiert, der alte Zed hingegen war alles andere als jugendfrei (Stichwort ›explizite Darstellung von Gewalt und Sex‹).

»Was willst du denn von ihm?« fragte Lon. Er hatte solche Angst vor Zed, daß er sich schon bei dem Gedanken an ihn in die Hose machte – was ihm zugegebenermaßen schneller passierte als anderen Leuten.

»Wenn wir ihm erzählen, was wir vorhaben, gibt er uns vielleicht irgendwas Brauchbares mit«, sagte Barry. »Oder etwas, das wir zu Geld machen oder tauschen können.«

* Der Name rührt daher, daß Lord Valumart sie zwang, als Beweis ihrer Loyalität Unmengen von Dreck zu essen.

»Gegen Kaugummi?« Lon liebte Kaugummi.

»Ja, vielleicht.«

»Au ja«, sagte Lon, und dann, nach kurzem Zögern: »Aber was *haben* wir denn vor, Barry?«

»Hast du Bumblemore nicht zugehört? Wir sollen den Film stoppen.«

»Und wie?« fragte Lon.

Barry hatte keine Ahnung, daher dachte er sich schnell etwas aus. »Wir werden J. G. Rollins entführen«, sagte er.

»Aha«, erwiderte Lon.

Ihre Ohren hatten sie nicht getäuscht: Mrs. McGoogle war in eine Ritterrüstung gepoltert, in der es spukte. Der Geist, der sie bewohnte, sammelte gerade die Bestandteile wieder auf und grummelte dabei: »Verdammte Fleischies, glauben, sie können einen einfach umrennen … keine Achtung vor den Toten …«

Hinter dem Geist befand sich eine Tür mit einem Messingschild, auf dem stand: ›Zed Grimfood, Waffenmeister‹.

»Entschuldigung«, sagte Barry und schob die zerbrechlichen Einzelteile der musealen Rüstung mit dem Fuß zur Seite. »Sieh dich vor«, sagte der Geist verdrießlich. »Das ist mein *Zuhause*, das du da mit Füßen trittst.«

»Mr. Grimfood«, sagte Barry und klopfte höflich an. »Hier sind Barry Trotter und Lonald Measly.«

Das Jaulen und Knirschen schwerer Maschinen war

zu hören. Als niemand reagierte, hämmerte er gegen die Tür und brüllte: »Mr. Grimfood!«

Barry und Lon hörten, wie die Maschinen plötzlich stehenblieben, dann hörten sie Zeds mädchenhaft hohe Stimme rufen: »Zurück, ihr Teufel!«

Die Tür ging auf, und Zed stand in voller Größe vor ihnen. Er war ein kräftiger, behaarter Zweimetermann mit einem langen, roten, gegabelten Bart. Seine Gesichtsbehaarung war derart eindrucksvoll, daß der fusselige Bumblemore gegen ihn der reinste Milchbubi war. Zu seinem gegabelten Bart trug Grimfood gegabelte Koteletten. Sein Kopfhaar war in eine Vielzahl von mit kleinen Bändchen zusammengebundenen Büscheln unterteilt, die in die Luft ragten wie die Strahlen einer von einem Kind gezeichneten Sonne. Er hatte etwas von einem Piraten, der sich wenig Mühe gab, seine bizarren sexuellen Neigungen zu kaschieren. Sein massiger Leib war in eine verschmierte blaue Schürze gehüllt, und mit einer sommersprossigen Pranke scheuchte er einen Schwarm halbdurchsichtiger Wichtel von der Tür fort. Kichernd und ihn hänselnd wichen sie Grimfood gewandt aus.

»Na, wenn das nicht Trotter ist. Und Lon. Kommt rein!« Zed reichte ihnen die schmierige Flosse, um ihnen im nächsten Moment jeden Fingerknochen einzeln zu zermalmen. In der anderen Pranke hielt Grimfood einen rosa Staubwedel, der offensichtlich die Quelle all des Lärmens war. »Hallo, Sir Cyril«, sagte Zed zu dem Geist. »Wie ich sehe, ist unser Wirbelwind McGoogle mal wieder durch die Gänge gefegt.«

»Manche Leute sollten besser überhaupt keinen Körper haben«, sagte Sir Cyril, die Arme voller Blech. »Sie können einfach nicht damit umgehen.«

»Genau«, sagte Zed und schloß die Tür. »Alte Schwuchtel«, murmelte er vor sich hin.

»Laßt euch von den Wichteln nicht stören«, sagte er zu den Jungs. »Dieser Fluch ist wirklich eine Pest.« Er warf ihnen zwei Plastikschutzbrillen zu. »Setzt die auf«, sagte Zed. »Sie legen gern ihre Eier in Tränenflüssigkeit ab.«

»Aaaah!« Barry und Lon kniffen sofort die Augen zusammen und fummelten hektisch mit den Brillen herum. Professor Snipe, Hogwashs maliziöser Professor für Zaubergetränke, hatte Zed vor ein paar Jahren nach einer Auseinandersetzung eine chronische Wichtelplage angehext. Aus Angst, Snipe zu verärgern, hob niemand den Fluch auf, was Zeds Chancen bei den Frauen beträchtlich minderte.

Die hirnlosen kleinen Wichtel prallten unaufhörlich gegen die Schutzbrillen. Mit der Zeit nahm man das jedoch kaum noch wahr.

»Wie ich sehe, bist du immer noch Brillenträger«, sagte Zed. »Ich wünschte, du würdest mich etwas dagegen unternehmen lassen.« Zed hatte Barry schon oft angeboten, ihm ein Paar magischer Augäpfel aus reinem Zink anzufertigen. Barry hatte vernünftigerweise abgelehnt.

Grimfood stand in seiner von Leuchtstoffröhren beleuchteten, mit einem Betonboden ausgestatteten Werkstatt. Für Hogwash, wo die meisten Wasser- und Stromleitungen so marode waren, wie man es aus England kennt, wirkte sie überraschend modern. (Bumblemore rief ständig die Hauselfen, damit sie dieses oder jenes reparierten. Da sie aber gewerkschaftlich organisiert waren und oft streikten, hatten sich alle damit abgefunden, daß verstopfte Toiletten und kleine Kabelbrände sowie – kaum zu glauben, aber wahr – verstopfte *und* funkensprühende Toiletten zum Alltag gehörten.)* Zed wischte sich die Hände an der Schürze ab, die so mit Fett (oder war es Blut?) verschmiert war, daß sie hinterher schmutziger waren als vorher.

Auf seiner Werkbank hingestreckt lag, ausgesprochen

---

* Zugegeben: Bumblemores erschreckende Unfähigkeit, Gelder aufzutreiben trug zu einem nicht unerheblichen Teil dazu bei, daß Hogwash in einem so schlechten Zustand war. An Geld zu kommen war ohnehin schwer, da die meisten Kuratoriumsmitglieder Freunde von Valumart waren. (Seien wir ehrlich – man kann kein Vermögen anhäufen, wenn man nicht zumindest ein bißchen *doof* ist.) Aber Bumblemores Neigung, den unangenehmeren Zeitgenossen von ihnen den guten alten Mittelfinger zu zeigen, führte dazu, daß die Geldgeber permanent kurz vor der Meuterei standen. Sie unterstützten sogar heimlich die revolutionären Mäuse.

wehrlos, eine aufblasbare Sexpuppe. Sie war von keiner besonders guten Qualität; Barry hätte gewettet, daß sie Zeds Walroßleib keine dreißig Sekunden lang standhalten würde. Er hob einen ihrer schlaffen Arme an. »Was haben Sie mit Ihrer Freundin vor, Zed«, fragte Barry. »Abstauben?«

»Finger weg!« sagte Zed gereizt. »Das ist Privateigentum!« Er packte sie und stopfte sie in eine Kiste.

»Du paßt im Unterricht wohl nicht auf, Trotter! Das hier ist kein Staubwedel, sondern ein Hexomat.« Er zog seinen Zauberstab hinter seinem Ohr hervor und steckte ihn in das Ende des Staubwedels. »Das bündelt die Zauberkraft. Dann nimmst du den Gegenstand, den du verhexen willst« – er fischte einen Kronkorken einer Eberklötenbräu-Flasche aus der Tasche und legte ihn auf den Tisch –, »hältst den Staubwedel direkt darüber und …« Es blitzte und roch nach Ozon. »Und schon ist er verhext!«

Der Kronkorken gab ein Quietschen von sich, begann herumzuhüpfen und knickte bei jedem Sprung in der Mitte zu einem Mund zusammen. Zed zerquetschte ihn mit seiner fleischigen Faust. Der Kronkorken quiekte kurz und rührte sich dann nicht mehr. Lon stimmte das traurig. Barry bedauerte die Latexdame, die dazu verdammt war, für Zed, den unerstättlichen Geppetto, den Pinocchio zu geben. In bester Internatstradition herrschte auch in Hogwash ein Perversionen aller Art förderliches Klima. All die Regeln, Vorschriften und Verbote, all die Teenager- hormone … Die Schüler trugen kaum Schäden davon, aber die Lehrer waren fast ausnahmslos sexuell abseitig veranlagt (und nicht nur sexuell).

»Was kann ich für euch tun, Jungs?«

Lon fiel gleich mit der Tür ins Haus: »Wir wollen je- manden entführen!« Damit konnte Zed nichts anfangen, und er sah Barry fragend an.

»Wir müssen raus in die Muddelwelt – vielleicht sogar nach Amerika –, um ein paar Leute davon abzuhalten, ei- nen Film über mich zu drehen«, sagte Barry.

Als ihm klar wurde, daß er auch bei diesem Projekt keine Rolle spielen würde, wich jede Hilfsbereitschaft aus Zeds Gebaren.

»Tja, ich weiß wirklich nicht, wie ein unbedeutender Waffenmeister wie ich euch dabei helfen soll«, sagte Zed. »Wenn ihr mich jetzt bitte entschuldigen wollt, ich muß diesen Lolli entschärfen.« Er nahm etwas in die Hand, das aussah wie ein gewöhnlicher Lutscher. Er war in irgendei- ner Fremdsprache beschriftet, und durch ein Loch im Einwickelpapier konnte Barry sehen, daß er leuchtend- orange war.

Lons Augen begannen zu strahlen. »Oooh! Darf ich den haben?«

»Nein, Lon«, erwiderte Zed und lächelte ihn an. »Das

könnte dein Tod sein. Deine ungezogenen Brüder haben ihn in ihrem Süßigkeitenversteck neben der Statue des Zauberers mit den elf Fingern im zweiten Stock versteckt, und ein Siebtkläßler hat ihn gefunden. Beinahe hätte er ihn gegessen. Kaum auszudenken, was hätte passieren können.« Barry pflichtete ihm bei – etwas Süßes zu essen, das durch Ferd und Jorge Measlys Hände gegangen war, war nie eine gute Idee. Er erinnerte sich an die Nascherei-en, die die beiden vor ein paar Jahren an die Schulanfän-ger verteilt hatten. Sie sahen aus wie leckere Schoko-trüffel, doch sie enthielten Insekteneier, die sich in den Eingeweiden des Opfers zu Monarchfaltern entwickel-ten, die dann irgendwann aus dem Po wieder entfleuch-ten. Es war toll!

Zed ging zur Tür. »Ich hab noch die ganze Nacht zu tun, also wenn ihr mich bitte entschuldigen würdet …«

»Warten Sie! Hören Sie zu, Mr. Grimfood«, sagte Barry und dachte sich schnell eine passende Lüge aus, »wir müssen diesen Film stoppen, weil wir das Drehbuch gesehen haben, und, nun ja, das stimmt hinten und vorne nicht. Es fehlen gewisse Personen, wichtige Personen« – Zeds Miene hellte sich auf –, »und nun fahren wir hin, um dafür zu sorgen, daß sie doch in dem Film vorkommen und die Anerkennung finden, die sie verdienen.«

»Hm, tja, wenn das so ist …« Zed versuchte sein plötz-lich entfachtes Interesse zu kaschieren, indem er mit den

Muskeln seines rechten Ohres den Zauberstab, der dahinter steckte, in die Luft katapultierte und ihn dann mit der Hand wieder auffing. Diese nervöse Angewohnheit war beim ersten Mal noch ziemlich beeindruckend, aber nach einem ganzen Semester Magische Waffenkunde ging sie einem ziemlich auf den Keks. »Was kann ich für euch tun?«

Dieser Trottel, dachte Barry und zog ihn über den Tisch. »Wir brauchen ein paar Sachen für unseren Auftrag. Etwas, das uns hilft, wenn es hart auf hart kommt.«

»Wie wär's mit dieser Säge?« fragte Zed und wuchtete eine zweieinhalb Meter lange, silberne Hellebarde in die Luft. »Man legt hier am Griff einen Schalter um, und ...« Die Klinge am Ende begann sich mit einem gräßlichen Brummton um sich selbst zu drehen.

»Die beste Säge der Welt. Schneidet einfach alles!« brüllte Zed. »Das wird diese Hollywood-Typen überzeugen!«

Lon hielt sich die Ohren zu und hopste breit grinsend auf und nieder. An lauten Geräuschen hatte er seine helle Freude. Barry teilte seine Begeisterung nicht. »Nein, danke«, schrie er. »Wir brauchen etwas *Kleineres*! Etwas, das sich leichter verstecken läßt!«

»Wie ihr wollt!« schrie Zed zurück. Das Getöse brachte ihn durcheinander, und er legte die Säge hin, ohne sie auszustellen. Sie war tatsächlich so gut, wie er behauptet hatte, und durchschnitt, begleitet von einem Sprühregen von Betonsplittern, den Fußboden wie Butter. Aus dem Klassenzimmer unter ihnen ertönte ein Aufschrei. Zed riß die Säge zurück und stellte sie ab. »*Tschuldigung!*« brüllte er.

»Wieder anmachen!« rief Lon. Niemand beachtete ihn.

»Zed, haben Sie etwas, das man verstecken kann?«

»Ich hab ein Schenkelholster für deinen Zauberstab. Ist ganz nützlich, falls du gefilzt wirst. Willst du es haben?«

»Klar«, sagte Barry. Zed warf es ihm zu. Es war aus Leder, auf dem mit ungelenker Hand eine nackte Frau eingeritzt war. »Wie wär's mit etwas, das aussieht, als gehöre es einem Muddel?« Zeds pelziger Arm langte in seine Schürzentasche. Er zog eine Packung Kaugummi hervor. »Was sagst du dazu?«

»Hey!« johlte Lon begeistert. »Super. Jetzt brauchen wir gar nichts mehr zu tau…«

»Klappe, Lon«, rief Barry aus Angst, Zed könnte merken, daß er die Utensilien eigentlich bloß zu Geld machen wollte. »Werfen Sie's rüber. Moment – das explodiert doch nicht etwa, oder so was?«

»Nein, leider nicht.« Zed warf es Barry zu. Es sah aus wie Kaugummi und roch nach Pfefferminz. »Aber man kann damit in Sekundenschnelle einen Raum leeren. Es ist Tränengaskaugummi; man kaut ein Stück und haucht dann jemanden an – und der macht, daß er wegkommt.«

Barry war begeistert. Das konnte ihn so richtig in Schwierigkeiten bringen. »Spitze!« sagte er. »Haben Sie sonst noch was?«

Zed öffnete die zahlreichen Schubladen einer Kommode und begann darin herumzuwühlen. »Das Schuljahr hat gerade erst begonnen, deshalb hab ich nicht viel zur Auswahl … Spukspachtel®? Nein, lieber nicht. Zauberschnecken?«

»Was machen die?« fragte Barry.

»Sie schreiben mit Schleim deinen Namen. Ganz langsam. Ist ganz amüsant, wenn man mal irgendwie einen Nachmittag herumbringen muß. Sind allerdings keineswegs tödlich. Wie wär's hiermit? Gelée loyale.« Er drehte sich um und warf Barry etwas zu, das aussah wie eine Zahnpastatube. Barry schraubte sie auf und drückte etwas von dem Inhalt auf seine Fingerspitze. Sofort hatte er das Gefühl, seine Finger würden einen Zungenkuß verpaßt kriegen.

»Das ist recht nützlich. Wird von einer äußerst liebevollen Bienenart hergestellt. Es gibt nichts, was das Zeug nicht für einen tun kann.«

»Aber was tut es denn?« fragte Barry.

»Löcher schließen, die Haut vor Hitze und Kälte schützen … nimm mal an, du mußt eine Scheibe Toast aus dem Toaster angeln. Schmier dir ein bißchen Gelée loyale auf die Hand, und es wird sich bereitwillig aufopfern, um die Finger seines geliebten Herrn zu schützen.«

Obwohl er vom Sinn dieses Produkts nicht recht überzeugt war, steckte Barry es in die Tasche. »Danke, Zed.«

Während die Erwachsenen sich unterhielten, hockte Lon auf allen vieren mit der Nase an einem Mauseloch und schnüffelte. Plötzlich kam eine Nadel aus dem Loch geflogen, die ein Stück Garn hinter sich herzog. Sie blieb in Lons Kragen stecken, und aus dem Loch erklang ein piepsiger Jubel. Lon erschrak dermaßen, daß er aufsprang und zurückwich. Ein altmodischer Rollschuh, der offenbar irgendwo geklaut worden war, tauchte aus dem Loch auf. Oben drauf hockten sieben Mäuse. Lon drehte sich um und gab Fersengeld.

»Was haben Sie sonst noch?« fragte Barry. »Ich meine, falls Sie es entbehren können. Wir bringen auch alles heil zurück, was Sie uns mitgeben.«

»Aaaah!« brüllte Lon im Vorbeilaufen. Er zog den Schlangenlinien fahrenden Rollschuh voller johlender Mäuse hinter sich her.

»Nicht, wenn ihr es richtig benutzt«, lachte Zed.

Lon, der immer noch im Kreis herumlief, stellte fest, daß der Rollschuh an seinem Kragen befestigt war, und begann, daran herumzutatschen; das Band verhedderte sich, und die Mäuse, deren Gejohle sich in Kreischen verwandelte, wurden an die Wand geschleudert. Ein paar wurden verletzt, aber nicht schwer. Sie wankten benommen in ihr Loch zurück und zogen den Rollschuh hinter sich her.

Zed fuhr fort, in der schäbigen Kommode zu wühlen. »Hier, das habe ich noch gar nicht geöffnet. Aber man kann damit den einen oder anderen Muddel unschädlich machen.« Er warf Barry eine runde, braunsilberne Dose zu. Barry las: »Rotzschokolade vom Sputumbergschen Hof.« Er drehte den Behälter um. »Diese Dose enthält die beste Rotzschokolade der Welt. Das wohlschmeckende Getränk – nach einem Geheimrezept der Familie Sputumberg – vereint edelstes und feinstes Kakaopulver mit einem ungeheuer starken Schleimlöser. Schon nach nur einem Schluck werden Sie sagen: ›Mmmm … meine Stirnhöhlen sind ja total dicht.‹ Ihre Nase wird laufen wie blöd, und Sie werden viele Stunden lang eimerweise Schleim aushusten. Sputumberg – der große Schnodderspaß für die ganze Familie!«

»Das ist zweifellos unglaublich eklig, Zed, aber was hat es für einen Nutzen?«

Zed blickte nicht auf. »Es lenkt Angreifer ab.«

Lon streckte die Hand aus. »Mmm, riecht nach Schokolade. Laß mich mal sehen!«

»Nein, Lon«, sagte Barry und versetzte Lon einen leichten Klaps auf die Nase. »Zed, was ist, wenn ich die Muddel gar nicht ablenken will? Was, wenn ich sie in tausend Stücke fetzen muß?«

Zed drehte sich um. In seinen Augen leuchtete eine sadistische Freude – der Gedanke an Gewalt gegen Muddel wärmte ihm das Herz. »Dafür hab ich genau das Richtige.« Er zog die oberste Schublade auf und nahm eine gefährlich aussehende metallische Pistole heraus. Ja, dachte Barry. *Endlich* etwas, das ich versetzen kann. »Eine .357er Magnum. Polizeiwaffe, vernickelt. Kurzer Lauf, damit man sie besser verstecken kann. Mit diesem Baby könntest du sogar einen Mantikor aufhalten«, schnurrte Zed. Er spannte sie mit einem Schnappgeräusch. »Paß auf, sie ist geladen.« Er warf sie Barry zu, bevor diesem klar wurde, was für eine blöde Idee das war.

Vor Schreck griff Barry daneben, und alle duckten sich, als sie losging. Die Kugel prallte irgendwo ab und sauste ausgerechnet durch das frisch gefräste Loch im Boden. Ein Ächzen war zu hören, dann Professor Snipes Stimme: »Cyril Broadbottom, ich darf dich daran erinnern, daß in meinem Klassenzimmer ohne meine Erlaubnis niemand erschossen wird. Fünf Punkte Abzug für Grittyfloor!«

Zed beugte sich über das Loch und brüllte: »Tschuldigung noch einmal!« Er zog eine Grimasse. »Irks. Sieht aus, als könnte das Ding auch Zauberer in tausend Stücke fetzen. Haut lieber ab, bevor Snipe euch auch noch mit einem Fluch belegt.«

»Danke, Zed«, sagte Barry und raffte seine Beute zusammen. »Wünschen Sie uns Glück!«

»Was ist passiert?« fragte Lon, der immer noch verschüchtert am Boden kauerte.

»Nichts, Lon. Viel Glück bei der Entführung«, sagte Zed. »Und Barry …«

»Ja?«

»Wenn du nichts gegen sie ausrichten kannst und die den Film trotzdem drehen … nun ja, könntest du vielleicht dafür sorgen, daß ich von George Clooney gespielt werde?«

Barrys wilde, verwegene Fahrt

Barry und Lon verließen eilig Zeds Werkstatt, gerade als dort das Donnerwetter losbrach. »Also wirklich, Grimfood, Sie können doch nicht einfach einen meiner Schüler erschießen!« hörten sie den aufgebrachten Snipe brüllen, als die Tür zuging.

Sie setzten ihre Schutzbrillen ab und legten sie neben die Tür. »Das ist ja die reinste Klapsmühle hier«, sagte Barry zu Lon. Dieser konnte mit dem Wort »Klapsmühle« nicht so recht etwas anfangen, daher nickte er bloß lächelnd. Es war erstaunlich, wie gut man als Trottel vom Dienst durchs Leben kam. Er zeigte Barry den Lolli, den er in dem Trubel von Zeds Werkbank hatte mitgehen lassen.

»Tja, du bist eben ein echter Measly, was? Gut gemacht. Aber ich an deiner Stelle würde den nicht in den Mund stecken.«

»*Ich* schon!« rief Lon streitlustig.

»Okay, aber frag vorher Ferd oder Jorge, ja?«, erwiderte Barry. »Brauchst du noch irgendwas aus deinem Zimmer, bevor wir gehen?«

»Nur meine Mütze«, sagte Lon.

»Ach ja«, sagte Barry. Außer den unentbehrlichen Ohrenklappen hatte Lons Mütze auch noch Bänder, die man unter dem Kinn zusammenbinden konnte, damit seine milchbärtigen Lefzen warm blieben. Da erst September war, würde das garantiert merkwürdig aussehen. Barry hatte jedoch schon lange aufgehört, sich über derartiges Gedanken zu machen.

»Okay, setz sie auf und hol alles, was du sonst noch mitnehmen willst. Wir treffen uns in fünf Minuten beim Porträt der Dicken Berta«, sagte Barry. Lon latschte los. Sein mäandernder Gang ließ jede Zielstrebigkeit vermissen.

Barry machte sich auf den Weg zu seinem Zimmer. Ein Schulanfänger, Basil Basingstoke, ging mit einer runden Dose in der Hand an ihm vorbei. Das brachte Barry auf eine Idee.

»He, du – wie heißt du?«

»B-Basil«, stammelte Basil, völlig entgeistert, daß der große Barry Trotter persönlich ausgerechnet *ihn* ansprach.

»Okay, Basil, rück mal die Dose rüber«, sagte Barry.

»Aber klar, Barry! Gern!« Basil kippte unverzüglich den Inhalt auf dem Fußboden aus – er sammelte Knöpfe – und reichte Barry den Behälter. Die Knöpfe, die verzaubert waren, kullerten lachend davon und versteckten sich in den Spalten und Ritzen des Korridors. Basil würde Stunden brauchen, um sie wieder einzusammeln.

»Danke, Kleiner«, sagte Barry und setzte in dem Bewußtsein, daß Basil mit dieser Begegnung vor seinen Freunden prahlen würde, seinen Weg fort.

Als Barry die Tür zu seinem Zimmer öffnete, empfing ihn das vertraute Katastrophengebiet: ein ungemachtes, nach Schweißfuß stinkendes Bett; nachlässig mit Klebeband an der Wand befestigte Poster von ›Reservoir Dogs‹, Bob Marley und natürlich ein lebensgroßes Bild von Art Valumord, dem Leadsänger von ›Valid Tumor Alarm‹; eine kaputte Lavalampe; ein Schreibtisch, auf dem sich alte Schularbeiten, Schmähbriefe, Strafzettel, Rechnungen und anderer Müll türmten; und seine Lieblingstrophäe, ein geklautes Straßenschild (›5 km bis zum Schlund der Hölle – keine Wendemöglichkeit!‹). Ein paar wenige Bücher standen auf Regalen oder lagen achtlos aufgestapelt herum: Camus und Hesse – nie angerührt; Salinger, Kerouac, Vonnegut – quergelesen; Brautigan – aus der Zeit, als er geglaubt hatte, er sei sensibel genug, um Gedichte zu schreiben (ein Irrtum); jede Menge Comics und diverse Jahrgänge der Satirezeitschrift ›Viz‹ – sein Patenonkel Serious hatte ihm vor zehn Jahren ein Abo geschenkt, das aus irgendeinem Grund immer noch nicht abgelaufen war.

Und dann war da natürlich noch seine treue Eule, Hertha, die nörgelnd in ihrem Käfig saß. Hertha wurde in Barrys Zimmer eingesperrt, seit sie sich vor fünf Jahren an Drafi Malfies' Weichteilen zu schaffen gemacht hatte, und wie immer war ihr Käfig völlig verdreckt. Barrys Maxime lautete: »Saubergemacht wird erst, wenn einem der Dreck die Tränen in die Augen treibt.«

Die Keksdose in der Hand, ging er hinüber zu Herthas Käfig. Er öffnete die Tür, knickte die Ecken der kotbeschmutzten Zeitung um und faltete sie zu einem Päckchen zusammen. Dieses schob er geschickt in die Dose. Sie war so voll, daß er sie mit Klebeband schließen mußte.

Barry lachte in sich hinein. Es sind die kleinen Freuden, die einem das Leben versüßen.

Er nahm ein Stück braunes Papier, wickelte die Dose sorgfältig ein und begann dann, das Päckchen zu adressieren. Er zögerte; in Anbetracht des Muddel-Gerichtsbeschlusses, der vor ein paar Jahren erlassen worden war, mußte er darauf achten, daß man es nicht zurückverfolgen konnte. Er schwenkte seinen Zauberstab und murmelte den uralten Aufrufezauber.

»Dalli-dalli!«

Sein magischer Füller erhob sich von seinem Schreibtisch und flog zu ihm herüber. Er verharrte über dem Päckchen, bis Barry sagte: »Mr. Werner Dimsley, Filibustergasse 4, Piddlesex, England.« Und als Krönung des Ganzen gab er als Absenderadresse die von Onkel Werners Chef an. Bei dem Gedanken, welche seelischen Schäden er den Betroffenen zufügen würde, mußte Barry lächeln. Dann regte sich aus irgendeinem Grund ganz kurz sein Gewissen, doch er würgte es ab wie einen wehrlosen kleinen Wichtel.

Obwohl seine Fans den Dimsleys ohnehin seit Jahren Morddrohungen schickten, hatte auch Barry sie die ganze Zeit terrorisiert, und das zu Recht. Zuerst hatte er den fettleibigen, sadistischen Sohn in den Wahnsinn getrieben, indem er in seinem Kopf ununterbrochen Hunde ›Jingle Bells‹ kläffen ließ. Dann hatte er dafür gesorgt, daß seine Tante sich unsterblich in die Queen verliebte, was den doppelten Vorteil hatte, daß das nicht nur die Ehe der Dimsleys ruinierte (Werner wurde in die Arme anderer, noch zänkischerer, noch unattraktiverer Frauen getrieben), sondern auch dazu führte, daß Mrs. Dimsley von nun an rund um die Uhr vom britischen Geheimdienst überwacht wurde. Zu Barrys Überraschung hatte sich Werner als der zäheste der drei erwiesen, so zäh wie ein von der sengenden Sonne kleingeistiger Verbohrtheit steinhart gebrannter Kuhfladen.

»Hier, Hertha, einmal Muddelpost!« sagte Barry und betraute die Eule mit der unangenehmen Aufgabe, ihre eigenen Ausscheidungen zu befördern. Doch sie war so froh, frei zu sein, daß sie, ohne zu murren, den Bindfaden mit ihren Krallen packte und aus dem Fenster sauste. Sie kehrte allerdings noch einmal um, um Barry einen finsteren Blick zuzuwerfen, und er hätte schwören können, daß sie ihm die Zunge herausstreckte. Es war traurig, aber wahr, daß sein Ruhm Tieren nichts bedeutete; sie waren einfach keine Arschkriecher.

Barry schlüpfte in seine alte Armeejacke. Sie war total abgerissen und mit Tintenflecken übersät, denn sie stammte aus der kurzen Phase, in der er mit Füllhalter in der Brusttasche rumgerannt war, weil das so intellektuell aussah. Er sah in den Taschen nach, ob er alles dabeihatte (Pfeife, Feuerzeug, Flaschenöffner, Knarre), und ging hinaus.

Lon wartete mit der Mütze auf dem Kopf vor dem Porträt im Grittyfloor-Aufenthaltsraum auf ihn, fertig zur Abreise. Er hatte ein dickes Buch unterm Arm. Lon kann doch so einen Wälzer gar nicht lesen, dachte Barry. »He, Lon, wozu brauchst du das denn?«

»Das ist mein Tagebuch«, sagte Lon. »Falls wir Abenteuer erleben.« Normalerweise war Barry viel zu sehr auf Wahrung seiner Markenrechte bedacht, um so etwas zuzulassen, aber da es sich hier um Lon handelte, der ein X nicht von einem U unterscheiden konnte und kaum Schriftsteller zu werden drohte, beschloß Barry, kein Spielverderber zu sein.

»Nach dir!« sagte Barry.

»Von Kapstadt bis Athen, da gibt es was zu sehn!« sang Lon und machte einen Schritt in das Gemälde hinein. Die Frau

im Bilderrahmen lupfte gehorsam ihren Reifrock und ließ ihn durch. Barry folgte ihm, und die beiden fanden sich vor den Mauern von Hogwash wieder. Barry warf sein Tarncape über sie beide, so daß die Horden von Muddeln, die dort herumwuselten, sie nicht sehen konnten. Unglücklicherweise war Lon ein ganzes Stück größer als Barry, so daß ihre Beine vom Knie an abwärts zu sehen waren.

»Mir nach«, sagte Barry und schlug den Weg zum Vergessenen Wald ein.

»Barry, ich finde nicht, daß du dich ausgerechnet jetzt mit deinen Freundinnen treffen solltest!« sagte Lon in jenem typischen, moralinsauren Ton vorpubertärer Jugendlicher. »Klappe, Dummkopf! Wir holen nur Hermeline ab.« Lon wirkte einen Moment lang nachdenklich, doch schon bald vertiefte er sich in die Myriaden von Gerüchen, die in der Luft lagen.

Barry achtete darauf, daß sie reichlich Abstand zur berüchtigten Päderastenpappel hielten. Wenn Schüler ihr zu nahe kamen, pflegte dieser gräßliche Baum seine Äste auszustrecken und … Nein, es ist einfach zu unappetitlich, um es zu beschreiben.

»Und wie kommen wir nach Hogsbleede?« fragte Lon.

»Mit dem Heckenexpreß natürlich«, erwiderte Barry. Muddel-England war kreuz und quer von Hecken durchzogen, die allemal geräumig genug waren, um eine »Untergrundbahn« zu verbergen, erst recht wenn ein wenig

Raumkrümmungs-Magie im Spiel war. Der Hecken-expreß war das Hauptverkehrsmittel für die Zauberer von ganz England. Barry hatte J. G. Rollins verboten, darüber zu berichten, da es unabsehbare Folgen hätte, wenn die Muddel davon erführen – Mautgebühren, Steuern, Abgaskontrollen … weiß der Himmel. Andererseits, vielleicht hätte es gar nichts ausgemacht, denn obwohl ihre Bücher größtenteils erfunden waren, eine Behauptung darin war unbestreitbar wahr: »Muddel interessieren sich nur für sich selbst.« Und diejenigen, die gelegentlich über den eigenen Tellerrand schauen, werden als geisteskrank abgestempelt. »Ein ganzes Streckennetz als Hecken getarnt, das von Zauberern und Hexen genutzt wird? Lachhaft!« Allerdings. Aber nichtsdestoweniger entsprach es den Tatsachen.

Es handelte sich um eine besondere Art von Hecke: Sie barg nicht nur ein quasi-öffentliches Verkehrsmittel, sie brachte auch Blätter in Form von Buchstaben hervor. Wenn man sie in der richtigen Reihenfolge las, bildeten die Buchstaben Wörter, und es hieß, daß jede Hecke ihre eigene, einzigartige Geschichte erzählte. Jeden Herbst, wenn die Blätter fielen, kam der Welt ein Meisterwerk abhanden. Doch im Frühjahr sprossen wieder neue. Der Ausdruck »blühende Phantasie« erhielt hier eine ganz neue Bedeutung.

›Hier geht's rein‹, las Barry im Laub, als sie den Eingang zum Heckenexpreß erreichten. Barry legte den Umhang ab, und Lon hob ein paar Zweige an und legte eine ziemlich große Öffnung frei. (Ein paar Muddel, die gesehen hatten, wie sie sich aus dem Nichts materialisierten, schrieben dies dem halbrohen, nicht mehr ganz frischen Zentauren zu, der ihnen schwer im Magen lag.) »Danke, Lon«, sagte Barry und schlüpfte hinein. Lon folgte ihm.

Unversehens fanden sie sich in einem Raum wieder, der viel größer als eine Hecke war – ungefähr so groß wie die Grand Central Station, falls Sie die kennen. Barry war jedesmal wieder von der Sinnestäuschung begeistert, wenn er in diese Welt eintrat. Die Zauberei war meist eine ziemlich nüchterne, bisweilen sogar armselige Angelegenheit, doch dieser Effekt war wirklich beeindruckend. Die funkelnden Lichter, die durch das Dach aus Zweigen und Blättern hindurchschienen, verliehen einem das Gefühl, man läge unter einem Weihnachtsbaum, klebriges Harz tropfte einem ins Haar, und jeden Moment könnte eine Christbaumkugel auf einen herabfallen.

In jeder Ecke des quadratischen Raums standen rote, schlittenähnliche Fahrzeuge mit zwei Sitzen – einer vorn, einer hinten – und einem vertikalen Hebel zum Lenken sowie zur Neigungskontrolle vor dem Fahrersitz. Eine große Zahl von Zauberern, angehenden und Möchtegernmagiern, stand Schlange und wartete auf einen dieser

Schlitten. Jeweils zwei von ihnen bestiegen ein Gefährt, rutschten damit aus der tunnelartigen Öffnung in der Wand, und dann kam die nächste Gruppe dran. Barry mußte immer an die Fahrgeschäfte in Freizeitparks denken.

Die beiden gingen zu der Schlange unter einem großen Zweig, der das Wort »Südost-Portal« buchstabierte, und reihten sich hinter einem Zentauren im pastellfarbenen Anzug ein, der an seiner langen Uhrenkette herumzwirbelte und ungeduldig mit den Hufen scharrte. Die Schlange kam langsam, aber stetig voran, und endlich stiegen Lon und Barry in ihren Schlitten.

»Vorsicht beim Einsteigen«, sagte der Schaffner. Die Nase des Mannes sah aus, als habe irgendeine Krankheit sie halb weggefressen; der Rest seines Gesichts war zwar noch vorhanden, sah aber ähnlich ungesund aus. Barry fand ihn ebensowenig vertraueneinflößend wie den Schlitten: Der war alt, rostig, überall notdürftig geflickt und mit Brandflecken übersät. Im Boden war ein großes Loch, und auf dem Rücksitz lag ein offenbar gebrauchtes Kondom.

Das Fragerufzeichen tanzte einen schmerzenden Samba auf Barrys Stirn. Er zögerte; sollte er um einen anderen Schlitten bitten?

»Steigt ein, steigt ein, da warten noch andere Leute«, sagte der Schaffner und ließ ein zahnlückiges Grinsen aufblitzen, das Barry irgendwie … böse vorkam. Für einen Augenblick sah er den Mann im Geiste vor sich: hager, unrasiert, nur mit einem knielangen Nachthemd und einer Nachtmütze bekleidet, hüpfte er im Mondlicht um einen riesigen Scheiterhaufen aus brennenden Büchern herum – ›Barry Trotter‹-Büchern! Auf seinem Hemd stand in großen, schwarzen Aufbügelbuchstaben: *»Ich hasse Barry Trotter!«* Er führte einen wahren Veitstanz auf, riß sich das Hemd vom Leib, heulte wie ein Tier und entblößte die schauerliche Tätowierung auf seiner Brust – ein Bild von ihm, Barry, in einem diagonal durchgestrichenen Kreis, wie auf einem Verkehrsschild.

»Ich glaube, wir sollten lieber …« Dann überwältigte ihn der Schmerz, und Barry verlor das Bewußtsein.

»Ihr Freund scheint in Ohnmacht gefallen zu sein«, sagte der Schaffner. »Ich helf Ihnen, ihn einzuladen.« Lon und der unheimliche Bahnbeamte hievten den schlaffen Barry auf den Rücksitz. Lon setzte sich ans Steuer, und der Schlitten sauste in den Tunnel, während hinter ihnen das gespenstische Lachen des Schaffners verhallte. Auf dem Zweig über ihrem Kopf stand: »Das werdet ihr noch bereuen« – aber der einzige, der wach genug war, um es zu lesen, war Lon.

Als Barry wieder zu sich kam, war sein schlimmster Albtraum wahr geworden: Lon am Steuer eines für den öf-

fentlichen Verkehr zugelassenen Fahrzeugs. Lons Hirn-
verletzung hatte ihm jedes Gefühl für Geschwindigkeit
geraubt. Und für Beschleunigung. Und für Gleichgewicht. Außerdem war er ziemlich kurzsichtig, obwohl er
es nie zugab.

»Lon! Paß auf!« brüllte Barry, als sie knapp einen Pen-
ner verfehlten, der an die Tunnelwand gelehnt seinen
Rausch ausschlief. Mehrere Ausgaben des ›Tagessalbader‹ flogen durch die Luft. »Lon, laß mich lieber …«

»Wie? *Nein*, Barry!« brüllte Lon; in solchen Situationen
reagierte er empfindlich. »Ich kann fahren! Und *ob* ich das
kann!«

»Hör mir mal gut zu, du Nano-Hirn …« Barry griff
nach dem Lenker.

»Nein! Laß mich!« Mit einem Schulterzucken wehrte
Lon ihn ab. Barry wog gut zwanzig Kilo weniger als der
rothaarige Schwachkopf. Der Schlitten kam immer wieder vom Weg ab, schrammte gegen die Heckenwände und
fetzte Blätter und Zweige weg. Ein Zweig knallte ihm gegen den Kopf und brach ab. Darauf stand:»Mann, du sitzt
echt in der Tinte.«

Sie waren viel zu schnell unterwegs. Die Strecke war
zwar eben, aber wenn man den Hebel nach vorn drückte,
ging sie wie von Zauberhand bergab, und der Schlitten
nahm Fahrt auf. Lon gab soviel Stoff, wie nur irgend ging.

Barry hielt sich die Augen zu und betete. Etwas schoß

an seinem Ohr vorbei; er schaute nach unten und sah, daß sich durch das Gerüttel die Nieten eines großen Bodenblechs lösten. Jede kleine Unebenheit (eine Baumwurzel? ein unglückliches Eichhörnchen? noch ein Betrunkener?) schüttelte den Schlitten heftig durch, und die zahlreichen Löcher wurden immer größer.

Lon schien indessen guter Dinge und sang sein Lieblingslied: *»Eine Seefahrt, die ist lustig, eine Seefahrt, die ist schön …«*

Barry bemerkte etwas zu seiner Rechten. Auf der Lehne des Rücksitzes hockte ein Gremlin mit grüner Haut und gelben Augen und gnickerte boshaft. Barrys Entsetzen schien ihm mächtig Freude zu bereiten. Er schnitt eine fiese Grimasse, zeigte auf Barry und fuhr sich dann mit einem langen, klauenartigen Finger über die Kehle. Der Gremlin sagte die nächste Zukunft voraus, und er genoß es.

»Hau ab, du mieser Wichs…« Barry schlug nach ihm, doch bevor noch ein derart unchristliches Schimpfwort Eingang in dieses Buch finden konnte, ließ das fragile Geflecht von Flicken, das den Schlitten zusammenhielt, ein ultimatives Ächzen hören. Barry griff nach der Rückenlehne von Lons Sitz und klammerte sich daran, so fest er konnte. Genau in dem Moment, als seine Kraft nachzulassen begann und das seltsame Gefährt in alle Einzelteile auseinanderzufallen drohte, kamen sie vor einem kleinen

Schild zum Stehen. ›Hogsbleede‹ stand darauf. Verärgert hieb der Gremlin mit der Faust in seine Handfläche und verschwand.

»Fahren wir noch 'ne Runde?« rief Lon. Als er sich zu Barry umdrehte, fiel gerade das Heck in sich zusammen. »Ha, Barry hat den Schlitten kaputtgemacht!« Lon stieg aus, um einen kleinen Freudentanz aufzuführen, zeigte dabei auf Barry und sang: »Du hast ihn kaputtgemacht, du hast hast ihn kaputtgemacht …«

Mit einem flauen Gefühl im Magen, aber glücklich, noch am Leben zu sein, schleppte sich Barry zum Ausgang.

EIN BESUCH
BEIM SCHULLEITER

Der Bahnhof des Heckenexpreß lag an der Crowley Avenue, der berüchtigten Amüsiermeile von Hogsbleede, einer Ansammlung von Bars, Spielhöllen und äußerst zwielichtigen Etablissements, die sich wie ein Polizeikordon mitten durch diese verderbte Stadt zogen. Hier konnte man jedem Laster frönen, und sei es noch so abartig (natürlich hatte alles seinen Preis). Die Straße war bei den rauhbeinigeren unter den Schülern Hogwashs sehr beliebt, so daß kaum ein Sonntagmorgen verging, an dem Hafwid nicht in die Stadt fahren mußte, um die Kaution für einen bunten Haufen angstschlotternder Halbwüchsiger zu stellen, die mal wieder im Kittchen gelandet waren. Es ging das Gerücht, das städtische Gefängnis habe eine spezielle Abteilung für Schüler. Barry hatte immer viel zuviel Schiß gehabt, um das selbst nachzuprüfen – und außerdem sorgten ja seine Fans für sein leibliches Wohl.

Vor ihnen stritten sich ein paar Arithromantiker, ganz offensichtlich stockbesoffen, über die Zukunft. Sie waren drauf und dran, sich zu prügeln. »Du könntest noch nicht mal Weihnachten vorhersagen, und wenn ich dir einen Kalender gäbe, du Flasche!« In Hogsbleede fanden viele Kongresse statt, und egal wie seriös die Kongreßteilnehmer auch waren, hier in diesem Kaff zeigten sie sich unweigerlich von ihrer schlimmsten Seite.

»Laß uns auf die andere Straßenseite gehen«, sagte Barry zu Lon, der von all den Neon- und Blinklichtern wie hypnotisiert war.

»Was heißt ›Nymphomane Nymphen machen dir den Faun‹?« fragte Lon.

»Erklär ich dir später«, sagte Barry und stieg über die Scherben einer Butterbourbon-Flasche hinweg. Er brauchte die Straße nur entlangzugehen, und schon fühlte er sich schmutzig. Schließlich gelangten sie zur Corleone Street und bogen links ab. Sogleich änderte sich die Atmosphäre von unvorstellbar lasterhaft zu schlicht chaotisch, und Barry atmete innerlich auf. Sie entdeckten sogleich ein Schild zu der Schule, an der Hermeline unterrichtete, St. Hilary – zum Glück, denn Barry hatte sich bei der Bruchlandung mit dem Schlitten ein bißchen den Knöchel verknackst.

»Zieh deine Mütze runter«, raunzte er Lon an. »Man kann dein Loch sehen.«

»Ups«, sagte Lon. »Mir ist aber so heiß im Kopf.« An den beiden Zipfeln der Mütze hingen Glocken, die bei jedem Schritt bimmelten. Das ging einem rasch auf die Ner-

ven, aber Barry gelang es inzwischen, das Geräusch aus-
zublenden.

Bimmel, autsch (der Schmerz, der durch Barrys Knöchel schoß), bimmel, autsch. Sie bogen in eine enge Gasse
ein und sahen ein gedrungenes, kleines Gebäude vor sich,
das auf diese zwanghafte englische Art gepflegt war, im
Grunde aber schon vor langer Zeit hätte abgerissen werden müssen. Auf einem Schild neben der Tür stand klar
und deutlich: ›St. Hilary – Institut für minderbegabte Magier‹. Die Schule kämpfte ums Überleben und hatte kein
Geld für die teuren Anti-Muddel-Zauber, über die eine
Einrichtung wie Hogwash verfügte; sie baute statt dessen
auf die uralte Weisheit, daß etwas, das für jeden sichtbar
ist, am wenigsten auffällt. Bisher hatte es funktioniert –
oder das Institut war allen einfach bloß wurscht.

St. Hilary war eine von ungefähr hundert Lehranstal-
ten, die in den fünfziger Jahren gegründet worden waren,
nachdem das Ministerium Einrichtungen wie Hogwash
für snobistisch und elitär erklärt hatte. Seit Hauselfen den
Großteil der niederen Arbeiten verrichteten, sahen sich
Tausende von Menschen in die Lage versetzt, nach Höhe-
rem zu streben. Jeder Zauberer und jede Hexe, wie ta-
lentlos oder schlichtweg ungeeignet er oder sie auch war,
hatte Anspruch auf eine Ausbildung in Magie. Das war
ein hehrer Grundsatz, aber in der Realität waren solche
Schulen bloß unterfinanzierte, baufällige Verwahranstal-

ten, in denen die Schüler auf Staatskosten vor der Glotze verfetteten, verblödeten und verlotterten. St. Hilary war die berühmteste dieser Schulen, seit im letzten Jahr ein Schüler den Zauberstabschrank seines Vater aufgebrochen hatte und Amok gelaufen war.

Lon und Barry öffneten die Tür und prallten vor dem unverwechselbaren Odeur höherer Schulen zurück: einer Übelkeit erregenden Mischung aus altem Fritieröl, Desinfektionsmittel, süßlichen Parfüms, wie sie alte Damen bevorzugen, und dem allgegenwärtigen Kreidegeruch. Flach atmend gingen Lon und Barry den Hauptflur entlang und betraten einen Raum, an dem ›Schulleiter‹ stand.

Über einem mit Papierkram übersäten Schreibtisch, auf dem eine große Telefonanlage stand, schwebte zu ihrer Verblüffung der aufgedunsene, grauhaarige Kopf eines Mannes ohne Körper. Üppige Koteletten sprossen aus seinen Wangen und dienten ihm als haarige Querruder. Hinter ihm hing ein Bild von St. Hilary, dem feisten Schutzheiligen zurückgebliebener Kinder weltweit.

»… aber Herr Direktor, laut Vorschrift *muß* die Schule frei von Koboldstaub sein. Bei Ratten erzeugt er Krebs«, quakte es aus dem Lautsprecher.

Der Kopf sauste abwärts und brüllte in das Mikrofon: »Sobald wir anfangen, Ratten zu unterrichten, werde ich wieder auf Sie zukommen!« Er hustete ein paar Mal ge-

nüßlich, als wolle er etwas von tief unten nach oben befördern.

»Aber Herr Direktor, St. Hilary ist die verseuchteste
Schule, die wir je inspiziert haben«, sagte die besorgte
Beamtenstimme. »Sie gefährden Ihre Schüler!«

Barry dachte, daß der Direktor zwar etwas schweine-
mäßig, aber ziemlich distinguiert aussehen würde, wenn
er einen Körper hätte.

»Sir, Sie haben mich offenbar nicht verstanden: Hier
auf St. Hilary sind es die Lehrer, die gefährdet sind. Einen
schönen Tag noch!« Heftig hustend beendete der Kopf
das Telefonat, indem er die Stirn auf das Gerät rammte.
Der Aufprall machte ihn für einen Moment benommen,
und er schwankte ein wenig in der Luft, bevor er das Wort
an seine Gäste richtete.

»Meine Herren – ich bin Betjeman ffolkes-Ptarmigan,
der Leiter dieser gottverlassenen Räuberhöhle von einer
Schule.« Er hatte einen roten Abdruck auf der Stirn. »Was
kann ich für Sie tun?«

Lon setzte zum Sprechen an, doch Barry ergriff rasch
das Wort, denn man konnte nie wissen, was dieses wirre
Hundehirn von sich geben würde.

»Mr. ffolkes-Ptarmigan, wir kommen aus Hogwash …«

ffolkes-Ptarmigans Augen verengten sich zu einem
Ausdruck unverhohlener Gier. »Eine gute Schule. Was

könnte ich alles anschaffen, wenn ich nur die *Hälfte* ihres Budgets hätte. Eine Villa auf Mallorca vielleicht oder eine griechische Insel …«

»Wir sind in einer dringenden Mission für unsere Schule unterwegs. Eine Ihrer Lehrerinnen, Hermeline Cringer, ist eine ehemalige Hogwash-Schülerin, und wir hätten sie gern mal gesprochen. Wenn es nicht zu viele Umstände macht.«

Barry konnte sehen, wie es in ffolkes-Ptarmigans Kopf arbeitete – ein Quidproquo ventilierend, mit Schwergewicht auf dem Quid.

»Aber sicher, Mister … äh …«

»Barry Trotter.« Barry streckte die Hand aus. »Und dies ist mein Partner, Lon Measly.«

Lon winkte. »Huhu!«

»Doch nicht *der* Barry Trotter?«

»Doch, Sir.«

Der Kopf strahlte noch mehr. »Ich habe all Ihre Bücher gelesen.« ffolkes-Ptarmigans Habsucht kannte kein Halten mehr, und sein Grinsen erreichte beängstigende Ausmaße. »Was haben Sie nur für interessante, lukrative Abenteuer erlebt! Das hier wird wohl das neueste, nehme ich an?«

Barry gefiel die Richtung, die das Gespräch nahm, gar nicht. »Gewissermaßen. Ich meine, eigentlich nicht. Und die Bücher waren zum großen Teil Schwachs…«

ffolkes-Ptarmigan merkte, daß er übers Ziel hinausgeschossen war. »Natürlich. Das kennt man ja. Nun, Ms. Cringer …« Der Kopf fuhr herum, um einen Blick auf die Wanduhr zu werfen, und präsentierte Barry und Lon seine langen, dünnen, von Schuppen übersäten Nackenhaare, von denen einige während dieser flotten Pirouette vom Luftzug hochgeweht wurden und langsam wieder herabschwebten. Wie er die wohl kämmt, dachte Barry. Lon dachte wie üblich gar nichts.

»Ms. Cringer gibt gerade ihre letzte Stunde für heute, Zoologie. Sie ist in einer Viertelstunde vorbei.«

»Prima – können wir hier warten?«

ffolkes-Ptarmigan lächelte sein öliges Lächeln. »Nein, nein, mein lieber Mr. Trotter, wir sind hier nicht in Hogwash! Gehen Sie einfach hinein! Unsere Schüler sind nicht nur ziemlich schlechte Zauberer, sondern auch miserable Schüler. Sie werden sich über die Störung freuen.«

Der Kopf sauste zu einem Bücherregal hinüber, packte mit den Zähnen eine rote Mappe und riß sie heraus. Sie fiel auf den Boden. Er schwebte hinunter, öffnete sie und blätterte mit feuchter Zunge darin herum.

»Cringer … Moment, das haben wir gleich«, sagte ffolkes-Ptarmigan, während er blätterte. Er verzog das Gesicht – die Tinte schmeckte widerlich. »Sie ist in Raum 207.«

»Huch.« Lon hatte gerade eines der Schreibtischutensilien des Schulleiters kaputtgemacht, und Barry nahm solche Vorfälle stets zum Anlaß, das Feld zu räumen.

»Vielen Dank, Mr. ffolkes-Ptarmigan. Wir werden versuchen, den Unterricht so wenig wie möglich zu stören«, sagte Barry, während er sich zur Tür wandte.

»Keine Sorge«, sagte ffolkes-Ptarmigan und stieg wieder auf, bis er auf Augenhöhe war. »Ich freue mich, dem großen Barry Trotter einen Gefallen tun zu können. Ich bin sicher, Sie würden jederzeit das gleiche für mich tun.«

Barry tastete unwillkürlich nach seiner Geldbörse.

Barry und Lon gingen die Treppe hinauf und tappten den Flur entlang. Mit jedem Schritt wurden feine, weiße Staubwölkchen aufgewirbelt. Mörtel? Gips? Koboldstaub? Anders als im Erdgeschoß, das einfach nur unangenehm roch, zeigte sich in dieser Etage, daß das gesamte Gebäude ohne weitere Diskussionen dringend abgerissen werden mußte.

Sie lugten durch das Fenster zu Raum 207. Da war sie, Hermeline, hinter einem Schreibtisch. Sie war ganz in ihrem Element und gab anderen Leuten Anweisungen. In einer geradezu aufgedonnert langweiligen weißen Bluse, einem nichtssagenden beigefarbenen Rock und einer dazugehörigen Cordjacke stand sie vor der apathischsten

Klasse, die Barry je gesehen hatte. Es war, als würden von den Schülern Wellen von Dummheit ausgehen.

Was ist denn mit Hermelines Haaren los, dachte Barry. Des Rätsels Lösung: Sie hatte wohl versucht, ihre störrischen Locken zu glätten, doch nun, da ihre Haare wieder nachwuchsen, erinnerte ihre Frisur lebhaft an Einstein.

Barry und Lon öffneten schweigend die Tür, winkten Hermeline zu und setzten sich leise an zwei Pulte in der letzten Reihe. Lon war für seins viel zu groß und stieß es krachend um. Als alle im Raum sich nach ihm umdrehten und ihn anstarrten, formte er lautlos das Wort »Tschuldigung« mit den Lippen.

»Kinder, das sind zwei, ähm, Lehrer aus einem anderen Bezirk«, sagte Hermeline. »Sie sind zu Besuch hier. Sprechen Sie weiter, Sally. Sie wollten uns gerade die Antwort auf Frage fünf verraten«, fuhr Hermeline geduldig fort. »Wie vertreibt ein Panther einen Drachen?«

Ein elfenhaftes, kraushaariges, blondes Mädchen im grünen Pullover war dran. »Der Panther jagt den Drachen davon, indem er herzhaft rülpst«, sagte Sally auswendig auf. »Der Drache kann den Geruch nicht ertragen.«

»Richtig, Sally. Wer weiß die Antwort auf Frage sechs? Das haben nicht viele von euch richtig. Trevor?«

Barry schauderte, als ein stupider Doofie mit überheblichem Grinsen antwortete. Ein besseres Argument für die Prügelstrafe hatte nie ein Klassenzimmer geziert.

»Frage sechs: Der Kot welchen Vogels hilft bei Augenbeschwerden? Antwort: Der des Caladrius.«

Na, herzlichen Dank, ich bleib lieber bei meiner Brille, dachte Barry. Lon hatte den Versuch aufgegeben, seinen massigen Körper in die Bank zu zwängen, und saß im Schneidersitz auf dem Fußboden.

»Sehr schön, Trevor. Danke.« Hermeline sah auf die Uhr. »Verflixt! Die Stunde ist gleich um, deshalb gebe ich euch die restlichen Antworten. Aber vorher möchte ich euch sagen, daß ich mit den Ergebnissen der gestrigen Klassenarbeit sehr unzufrieden bin. Ihr braucht doch nur eure Bestiarien zu lesen. Das ist weder schwierig, noch benötigt man dafür Zauberkräfte. Aber ihr müßt euch schon ein bißchen anstrengen – wer nicht zaubern kann, sollte nicht obendrein noch faul sein. Also gut, Frage sieben: Vor welchem Tier fürchtet sich der Löwe? Antwort: Vor dem Siebenschwanz.«

Einige Schüler kicherten, und so auch Lon. Hermeline warf ihm einen vernichtenden Blick zu.

»Frage acht: Wie lockt eine Hyäne ihre Beute an? Antwort: Sie ahmt menschliche Kotz- und Rotzgeräusche nach. Frage neun: Wie fliegen Kraniche bei stürmischem Wetter? Antwort: Sie fressen große Mengen Sand und Kieselsteine als Ballast.«

Barry hörte einen Schüler »Ballarsch« murmeln. Was für ein Scherzkeks, dachte er.

»Frage zehn: Wie entkommt ein Biber seinem Jäger? Antwort: Er reißt sich die Hoden ab und schleudert sie seinem Angreifer ins Gesicht.«

Ein Schüler sagte: »Das hat Trevor auch gemacht«, und ein paar andere lachten.

Hermeline klopfte mit dem Lineal auf ihr Pult. »Es reicht.« Barry erkannte das typische verzweifelte Bemühen junger Lehrer, im Moment der Aufgekratztheit vor dem Pausenklingeln noch einmal die Oberhand zu gewinnen. »Nur weil wir Gäste haben, ist das noch lange kein Grund, hier so ein Theater zu machen!«

Plötzlich brach die Klasse in schallendes Gelächter aus. Mehrere Kinder zeigten mit dem Finger auf Hermeline, die an sich herunterblickte. Einer der Schüler hatte ihre Bluse unsichtbar gemacht.

»Ihr Schlauberger! Mißbraucht mal wieder euer dürftiges Wissen. Schauen Sie gut hin, Mr. Palaver, damit Sie was davon haben, denn Sie werden noch dafür bezahlen.«

Einige Schüler wurden beim Anblick ihrer nackten Lehrerin rot. Ein paar Jungs jedoch, die bereits einen leichten Bartschatten hatten, taxierten sie schamlos, und Barry tat es leid, daß Hermeline mit so einem Haufen von Nichtsnutzen fertig werden mußte. Sie warf den Schüler mit geschäftsmäßigem Aplomb hinaus.

Ihre Bluse materialisierte sich langsam wieder. »Und jetzt die Zusatzfrage – da keiner von euch sie beantwortet hat, muß ich sie selbst vorlesen: Jedes Kind kennt den Jaculus, eine fliegende Schlange, die sich wie eine Lanze auf ihre Beute stürzt …«

Eine Hand schoß in die Höhe. »Wie ein *Speer*.« Die Hand fiel wieder herunter.

»Ja, aber warten Sie, bis Sie aufgerufen werden, Murphy. Ihr konntet einen Sonderpunkt bekommen, wenn ihr nur zwei weitere interessante Fakten über Schlangen genannt hättet. Da gibt es natürlich unzählige. Einige davon wären: Bevor sie Wasser trinken, spucken Schlangen ihr Gift in ein Loch; eine Schlange greift nie einen nackten Mann an; wenn eine Schlange blind wird, kann sie sich selbst heilen, indem sie Fenchel frißt; wenn eine Schlange den Speichel eines fastenden Mannes trinkt, stirbt sie; und schließlich gibt es eine zweiköpfige Schlange, die rollen kann wie ein Reifen.«

Es klingelte. Hermeline brüllte gegen den Lärm der Kinder an: »Bis morgen lest ihr das Kapitel über Fische.« Es wurde gestöhnt. »Ich werde euch abfragen.« Das Stöhnen wurde lauter, und Hermeline ging zu Barry und Lon hinüber.

»Ich hab mal eine Reifenschlange gesehen«, erzählte Lon ihr aufgeregt.

»Nein, hast du nicht, Lon«, sagte Hermeline. »Womit

habe ich diesen heimtückischen Überfall, ich meine, dieses unerwartete Vergnügen verdient? Falls ihr mich dazu überreden wollt, in ›Die Tricks der Zauberer‹ aufzutreten, lautet die Antwort immer noch nein.«

»Ich freu mich auch, dich zu sehen, Hermeline«, sagte Barry. »Das ist eine ziemlich lange Geschichte. Können wir uns irgendwo ungestört unterhalten?«

»Das letzte Mal, als du mich das gefragt hast, Barry Trotter, war hinterher meine Bluse zerrissen, und meine Schuhe rochen nach Kotze.«

»Daran kann ich mich gar nicht erinnern«, sagte Barry.

»Das wundert mich nicht, Saufbold«, sagte Hermeline mit einem Seufzer. »Kommt mit. Wir gehen in die Cafeteria.«

Kurz darauf saßen die drei auf unbequemen Plastikstühlen in einem verrauchten, versifften Raum. Gab es etwas Deprimierenderes als handbeschriebene Plakate mit abgedroschenen Motivationsparolen? Wenn ja, wollte Barry lieber nichts davon wissen.

»Kaffee?« fragte Hermeline und schwenkte eine Kanne. Niemand rührte sich. Sie goß sich selbst etwas von der bitteren Brühe in einen Styroporbecher; sie hatte die Konsistenz von Ahornsirup. »Ich bin süchtig danach«, sagte Hermeline gut gelaunt, womit sie zugab, daß jeder, der freiwillig das Zeug trank, ein Sklave der Teufelsbohne war. Sie stellte die Kanne wieder hin und tippte dann mit ihrem Zauberstab seitlich gegen ihren Becher. Der Kaffee wurde hell für etwa drei Sahnedöschen. Sie nahm einen Schluck, und Barry massierte seinen Knöchel, dem es schon besser ging. Lon schrieb seinen Namen in einen Haufen Zucker.

»Also, was gibt's? Macht Der-der-stinkt mal wieder Ärger?« fragte Hermeline.

»Nein, Valumart hat nichts damit zu tun«, sagte Barry. »Oder vielleicht doch … keine Ahnung.«

Nachdem er die Situation erklärt hatte, rührte Hermeline ein bißchen in ihrem Klärschlamm herum und sagte: »Und jetzt brauchst du meine Hilfe?«

»Ja! Lon ist nett und wahnsinnig … treu, aber, na ja, du weißt schon. Eine Krähe könnte ihn im Scrabble schlagen.«

Hermeline sagte: »Ihr braucht für die Aktion meinen Grips, richtig?« Lächelnd überlegte sie kurz. »Zufällig habe ich noch ein paar Urlaubstage übrig. Vielleicht bereue ich es irgendwann, wie üblich, aber was soll's.«

Erleichtert sagte Barry: »Großartig, Hermeline! Es wird bestimmt genau wie früher!«

Hermeline gefror das Lächeln auf den Lippen. »Nicht ganz, Barry. Nicht jeder ist ein von Millionen verehrter Star. Manche von uns müssen für ihr Geld arbeiten.«

Barry befand sich in einer nur allzu vertrauten Zwick-
mühle. Am liebsten hätte er erklärt, daß er pleite war, daß
er nur am Anfang ein wenig Geld bekommen hatte und
dann noch ein bißchen für jedes Mal, wenn er mit der
Autorin gesprochen hatte. Ach ja, und da gab es noch die
Werbeverträge, aber nach einer Akneattacke von Valumart waren sie allesamt gecancelt worden.* Andererseits
schmeichelte es seinem Ego, wenn man ihn für reich hielt.

»Als Gegenleistung verlange ich, daß du meine Ausbil-
dungsförderung für mich zurückzahlst«, sagte Hermeline.
»Meine Eltern sind bloß Kassenärzte. Ich brauche jeden
Penny, den ich kriegen kann.« Hermelines Eltern arbeite-
ten nach ganzheitlichen Grundsätzen, und Zahnärzte, die
sich weigern, »den Zahn aus seinem natürlichen Ökosy-
stem zu reißen«, verdienen nun mal nicht viel.

Hermeline nacheifernd, stimmte Lon mit ein: »Genau
Barry, ich will *fünf Pfund!*« Niemand beachtete ihn.

Barry geriet in Panik: »Aber ich habe kein …«

»Dann mach ich's nicht.«

»Sei doch vernünftig, Hermeline.«

»Ich *bin* vernünftig, Barry.« Sie ließ langsam einen
Fingerknöchel nach dem anderen knacken; Barry kannte
diese Geste von zahlreichen früheren Gelegenheiten,

---

* Nähere Einzelheiten finden sich im vierten Buch dieser Reihe,
›Barry Trotter und die Feuerakne‹.

wenn Hermeline jemanden – meistens ihn – bei den Eiern hatte und fest zudrückte … »Okay, okay.«

»Hast du einen Plan?«

»Hab ich den nicht immer?«, sagte Barry. »Wir werden J. G. Rollins entführen und sie irgendwo verstecken. Wenn sie den Film nicht stoppen, machen wir Guacamole aus ihr.«

Hermeline zog eine Grimasse. »Das ist aber ziemlich gemein, meinst du nicht? Ich fand J. G. immer sehr anständig. Am besten, wir statten ihr einen Besuch ab und fragen sie höflich.«

»Und wenn sie nicht einwilligt?«

»Dann entführen wir sie«, sagte Hermeline. »Aber wir machen keine Guacamole aus ihr. Das könnte ja direkt von Lord Valumart kommen.«

Hermeline setzte den Becher zum Trinken an. Plötzlich kreischte sie los und warf ihn zu Boden.

»Was ist?« riefen Barry und Lon, während Hermeline spuckend und sich hysterisch den Mund abwischend im Raum herumrannte. Sie zeigte auf den Kaffeebecher, würgte kurz und spurtete so schnell aus dem Raum, wie ihre praktischen Schuhe sie trugen.

Die Jungs warfen einen Blick in den Styroporbecher und sahen … ein Ohr, so bleich und verschrumpelt, daß es nur von einer Leiche stammen konnte. Nun war der Kaffee nicht nur endgültig ungenießbar, sondern er war obendrein auch noch mit Doofer Magie verseucht! Und außerdem wußte jetzt jemand von ihrem Plan. Wütend schnappte Barry sich den Becher und brüllte hinein: »Sag Lord Valumart, er stinkt nach schlechtem chinesischen Essen!« Dann goß er den Inhalt in den Ausguß.

KAPITEL FÜNF

BARRY, HERMI, LONNY UND DAS FLIEWAPRÖT

Als die drei die Schule verließen, sagte Barry zu Hermeline: »Was denkst du – wie kommen wir am besten nach Schottland? Sollen wir den Magischen Bus nehmen?«

»Uah«, sagte Hermeline. Sie hatte eine Aversion gegen den Magischen Bus – schon allein, weil sie immer hinten sitzen mußte, da ihre Eltern Muddel waren. »Das letzte Mal, als ich damit gefahren bin, hat der Geist von Keith Moon mich von oben bis unten mit billigem Fusel bekleckert. Es stank so furchtbar, daß ich hinterher mein Kleid verbrennen mußte.«

»Na gut. Sollen wir es mit ein bißchen Muddel-Magie versuchen?« fragte Barry und streckte den Daumen raus.

»Können wir nicht noch mal mit dem Heckenexpreß fahren?« bettelte Lon. »*Bitte, bitte.*«

»Nein«, sagte Barry. Ihm drehte sich der Magen schon um, wenn er das Wort nur hörte.

»Warte mal kurz.« Hermeline wühlte in ihrer niedlichen kleinen, roten Handtasche. »Ich hab's«, sagte sie und holte eine flache Metalldose von der Größe ihres Handtellers heraus. »Reiseschnupftabak.«

»Knallt der ordentlich?« fragte Barry.

Hermeline zog eine Grimasse. »Sei still, Erbsenhirn. Damit kann man lange Strecken zurücklegen, ohne zu verduften.«

Zu »evaporieren«, also zu verdunsten (oder umgangssprachlich: zu verduften), und wieder in den festen Aggregatzustand zurückzukehren, also zu »disevaporieren«, war die Methode, mit der Zauberer und Hexen von einem Ort zum anderen reisten; sie ritten als beseelte Dampfwölkchen auf dem Wind – natürlich nicht ohne vorher ihren Evaporationsschein gemacht zu haben. Lon war zwar schon lange über sechzehn, aber sein trüber Hundeverstand hatte die Evaporationsbehörde mißtrauisch gemacht. Barry fand das total ungerecht; das einzige, was Lon groß anstellen konnte, wäre vielleicht ein paar Autos zu jagen. Doch wenn man ohne Lappen erwischt wurde, konnte das ziemlich teuer werden, daher schied »Verduften« aus.

»Es funktioniert folgendermaßen: Man schnupft etwas davon, und … du weißt doch, wie einem dann beim Niesen der Schnodder mit zehntausend Sachen aus der Nase geschossen kommt?«

»Ja.«

»Bei Reiseschnupftabak bleibt der Rotz, wo er ist, aber *du* wirst weggeblasen!«

»Cool!« sagte Lon und griff nach dem Silberdöschen.

Hermeline ging rasch dazwischen. »Warte, Lon. Zieh erst mal deine Socken aus.«

»Hm?« machte Barry.

»Tu's einfach, ja?«

Lon griff nach seinem Kragen und begann zu ziehen. »Nein, Lon. Nicht dein Hemd – deine Socken.« Barry und Lon setzten sich auf den Fußboden, schnürten sich die Schuhe auf (Lons hatten Klettverschlüsse) und zogen sich die Socken aus. Hermeline stand vor ihnen und sah mit selbstzufriedener Miene auf sie herab. Barry hatte schon ganz vergessen, wie nervig es war, von ihr herumkommandiert zu werden.

»Gebt sie mir. Meine Güte, Barry, schon mal was von Wäschewaschen gehört? Die stehen ja vor Schmutz. Jetzt stellt euch nebeneinander. Streck deinen linken Arm aus, Lon. Barry, du deinen rechten.« Sie nahm eine Socke und band ihre Handgelenke zusammen. »Jetzt die Füße.«

Sobald sie aneinandergefesselt waren, baute sie sich neben Lon auf und band sich an seiner freien Hand und seinem freien Fuß fest. »Damit wir nicht in verschiedene Richtungen fliegen. Wo geht's nach Schottland?«

»Da lang, glaube ich«, sagte Barry. Sie hinkten neunzig Grad nach links.

»Ach, fast hätte ich was vergessen.« Hermeline nahm eine Sonnenbrille aus ihrer Handtasche und setzte sie auf. Es handelte sich um ein schmetterlingsförmiges Teil aus braunem Plastik, eine richtige Oma-Brille. Barry prustete verächtlich.

»Lach ruhig, Depp«, sagte Hermeline. »Durch die Zauberbrille kann ich sehen, wo J. G. Rollins' Villa liegt. Die ist von Gucki. Also: Seid ihr soweit? Pfeift euch eine Handvoll von dem Zeug rein. Und denkt dran: Wenn wir zu sinken beginnen, legt noch mal nach. Auf die Plätze, fertig – *schnupf!*«

Lon nieste als erster und schoß in die Luft; die anderen riß er mit sich gen Himmel. Barry hatte das Gefühl, ihm würde der Arm ausgekugelt. Dann nieste auch er und stellte fest, daß Ziehen viel bequemer war, als gezogen zu werden. Es war ziemlich kühl; wenigstens regnete es nicht.

Nach ein paar Niesern waren sie ziemlich hoch in der Luft und sahen unter sich einen Sumpf des Lasters und der Gesetzlosigkeit. Die Schule lag in einer schrecklich heruntergekommenen Gegend. Drei Kids setzten gerade ein ausrangiertes Sofa in Brand. Ein Räuber ließ von dem Auto ab, das er gerade aufbrechen wollte, und glotzte nach oben. Eine Hausfrau fotografierte sie von ihrer Hintertür aus. Barry schnitt eine Grimasse, um sie zu ärgern, und sie zeigte ihm den Mittelfinger. Endlich wirkte auch Hermelines Kraut, und die Gestalten auf der Erde wurden kleiner und kleiner.

Während die drei so dahinflogen, fand jeder seinen

Rhythmus: Barry und Lon pröteten immer wieder heftig, um die nötige Schubkraft zu erzeugen, Hermeline dagegen nieste zarter, aber dafür häufiger, und lenkte sie, wann immer nötig, wie die Bremsraketen an einer Raumkapsel in diese oder jene Richtung.

Lon sah es als erster: In der Ferne spielten zwei Drachen, Irische Whiskeyrülpser, mit einem Passagierflugzeug. Die Drachen flatterten neben einer Maschine voller Muddel her, die offensichtlich zwischen ihrer altbewährten Taktik, einfach ihren Augen nicht zu trauen, und dem Impuls, sich vor lauter Angst in die Hose zu machen, hin und her gerissen waren. Die Drachen bespuckten den Flugzeugrumpf mit Feuer, als wollten sie ausprobieren, wie weit sie die Maschine aufheizen konnten, ohne daß der Treibstoff in Brand geriet.

Die Freunde sahen sich das Spielchen einige Minuten mit an, während der Pilot verzweifelt versuchte, den Drachen zu entkommen, diese jedoch mühelos dranblieben. Schließlich hatte Barry genug und holte seinen Zauberstab heraus. Zwischen zwei Niesern brüllte er:

»Kumulus!«

Die Drachen verwandelten sich auf der Stelle in wattig-weiße Abbilder ihrer selbst; sie schauten sich einen Moment lang verwundert um, dann lösten sie sich auf.

Es konnte nicht mehr weit sein. Mit ihrer Oma-Brille auf der Nase hielt Hermeline durch die Wolken hindurch nach dem märchenhaften Rollins-Anwesen Ausschau. Schließlich deutete sie auf die Erde und nickte. Lon wollte gerade noch einmal so richtig lospröten, aber im letzten Moment langte Barry mit seiner freien Hand hinüber und hielt ihm die Nase zu. Eine entsetzliche Sekunde lang fragte er sich, ob ein unterdrückter Nieser Lons Kopf sprengen würde. Aber nichts dergleichen geschah. Statt dessen pfiff der Luftstrom zu seinen beiden Kopflöchern hinaus und brachte die Ohrenklappen seiner Mütze dermaßen zum Flattern, daß sie für das bloße Auge fast nicht wahrnehmbar waren. Lachend schwebten sie wie Blätter auf den Sand nieder, der den Boden bedeckte. Barrys Sokken, die einen herben Moschusgeruch verströmten, zogen eine stinkende Kondensspur hinter sich her.

Hermeline und Barry begannen sich loszubinden. »Na, wie findest du den Reiseschnupftabak?« fragte Hermeline.

»Besser als die U-Bahn«, sagte Barry. »Allerdings geht das ganz schön auf die Nebenhöhlen.« Er betastete sein Gesicht, das ganz heiß wurde und höllisch weh zu tun begann. »Fühlt sich an, als hätte ich sie mit Schmirgelpapier bearbeitet.«

»Immerhin brauchten wir nicht über das Tor zu klettern«, sagte Hermeline und deutete auf den meterhohen schmiedeeisernen Zaun. Auf ihrer Seite befand sich ein gut zwanzig Meter breiter Strandstreifen, gesäumt von unglaublich blauem Wasser, auf der anderen sah man das taubenetzte Grün Schottlands.

Etwas Weißes fiel Hermeline am Fuß des Zauns ins Auge. »Guckt mal, ein Kaninchen!« rief sie. Wie zweifelsohne andere einheimische Kreaturen auch war es baß erstaunt darüber, sich mitten in Schottland an einem karibischen Strand wiederzufinden. »Es hängt fest.«

»Ich werd es retten! *Wuff!*« machte Lon und rannte los. Die anderen folgten.

Das Kaninchen war zwischen zwei Pfosten eingeklemmt. Lon faßte sie in Schulterhöhe an und prüfte ihre Stärke; sie fühlten sich merkwürdig an – die Strandseite war so heiß, das es weh tat, aber zum Moor hin waren sie kühl. Er zerrte daran, aber sie rührten sich nicht.

»Sieht aus wie ein Fall für – den hier«, sagte Lon und holte seinen Zauberstab heraus.

»Das halte ich für keine sehr gute Idee«, sagte Barry. Die Spur ungewollter Zerstörung, die Lon und sein Zauberstab in den letzten Jahren hinterlassen hatten, war beträchtlich. »Vielleicht solltest du …«

Lon hörte nicht auf ihn und kniete nieder. Das Kaninchen zitterte vor Angst, die roten Augen weit aufgerissen. »Du süßes Häschen, ich hol dich da raus. Lieber Hase – AUA!« Das verängstigte Tier hatte Lon in den Finger gebissen. »Aaahh!« brüllte er und steckte sich den Finger in den Mund. »Du Mistvieh!« Lon richtete seinen Zauberstab auf das Kaninchen, und ein roter Strahl verwandelte es auf der Stelle in Dörrfleisch. Als ihm klar wurde, was er getan hatte, brach er in Tränen aus.

Hermeline hockte sich zu ihm. »Schon gut, Lon. Nicht weinen.«

»Kommt schon, ihr beiden«, sagte Barry ungeduldig. »Es ist heiß hier draußen.«

»Ja«, schniefte Lon, und seine Tränen versiegten. »Darf ich meine Mütze abnehmen?«

»Nein … Oh, warte mal.« Hermeline wühlte wieder in ihrer Tasche und holte eine Gummibadekappe hervor. »Die kannst du aufsetzen, wenn du magst. Ich wollte heute nachmittag zum Aquafit-Training, bevor ihr beide mich überfallen habt.«

»Danke«, sagte Lon, und Barry fragte sich, warum, denn die gekräuselte, weiße Latexkappe sah noch lächerlicher aus als das, was er vorher auf dem Kopf gehabt hatte.

»Hey, Hermi, wo sind wir hier eigentlich? Das sieht mir gar nicht nach Schottland aus.«

»Ach, wißt ihr, als J. G. ihren Durchbruch hatte, hat sie irgendwelche Landschaftszaubergärtner engagiert, die ihr ein kleines karibisches Paradies schaffen sollten. Als Gegenleistung hat sie sie mehrfach in ihrem nächsten Buch vorkommen lassen. Jetzt machen sie einen Riesenreibach damit, Miniaturausgaben des Rollins-Anwesens für Fans anzulegen.« Hermeline stand auf und wischte sich den Sand vom Po. »Es sind sogar so viele, daß dadurch langsam ein gewisser Treibhauseffekt entsteht. Die Zeitungen waren voll davon.«

»In den Zeitungen stehen doch bloß Lügen«, sagte Barry. »Die verbreiten nur, was die Konzerne uns glauben machen wollen.«

Hermeline schnalzte verächtlich. »Das erzählst du, seit du fünfzehn bist, und schon damals war es dummes Zeug, alter Schwafelkopf.«

Barry drechselte gerade an einer Erwiderung, die Hermeline ein für allemal darüber aufklären würde, wie der Hase *wirklich* lief, als er auf dem Strand in einiger Entfernung eine kleine Schar dicht zusammengedrängter Menschen sah. »Los, die fragen wir, wo es zum Rollins-Schloß geht«, sagte Barry.

»Gute Idee«, pflichtete Hermeline ihm bei.

Als sie näherkamen, sahen sie, worum es sich bei der Menschenansammlung handelte: Es waren aneinandergekettete Dreckfresser. Die Häftlinge, Anhänger Lord Valumarts, wurden von einem dickbäuchigen Zauber-Cop mit verspiegelter Sonnenbrille bewacht, der einen geifernden sechzehnköpfigen Hund festhielt und dabei abwechselnd Kautabak kaute, ausspuckte und sie wüst beschimpfte.

»Immer schön fressen, Jungs! Sonst könnt mir glatt mal Fifi hier aus der Hand flutschen«, sagte der Aufseher. »Und das wollnwa doch alle nich, wa?«

»Mrmph«, machten die Dreckfresser unisono. Sie waren damit beschäftigt, Steine zu zerkauen und den feinkörnigen Sand, der dabei entstand, auf den Strand zu spucken. Das Magier-Strafvollzugsamt hatte den lukrativen Auftrag bekommen, J. G.s Strand zu verbreitern.

»Entschuldigen Sie, meine Herren«, sagte Hermeline. »Könnten Sie uns den Weg zum Rollins-Anwesen zeigen?« Mehrere Köpfe des Höllenhundes – die, die einander nicht gerade die Ohren abknabberten – versuchten an Lons Hinterteil zu schnuppern. Lon tat es ihnen gleich.

Einer der Häftlinge erkannte Barry und stürzte sich auf ihn. »Mr. Trotter, Sie müssen mir helfen! Ich bin unschuldig!« Sein Atem roch erdig, und mit jedem Wort spuckte er Barry ein wenig Sand ins Gesicht.

Der Cop hielt den unglücklichen Zauberer mit einer mächtigen Pranke zurück. »Kau weiter, Amigo«, knarzte er. »Da drüben isses, Miss«, sagte der Cop zu Hermeline und machte dabei eine seltsame Geste. »Normal müßt ich Sie fragen, was Sie hier wolln, aber da der große Barry Trotter bei Ihnen ist ...«

Der Cop hatte offenbar gezaubert, denn plötzlich wurde in der Ferne eine beeindruckende Ansammlung von Gebäuden und Nebengebäuden sichtbar. »Danke, Officer«, sagte Hermeline, und sie stapften los. Lon sprang voraus.

Unterwegs versuchte Barry ein wenig Konversation zu machen. »Macht es Spaß, Idioten zu unterrichten?«

»Es heißt ›Minderbegabte‹«, schnaubte Hermeline. Barry fand das Thema plötzlich sterbenslangweilig, doch Hermeline fuhr fort: »Magisch minderbegabte Muddel spielen in unserer Wirtschaft eine bedeutende Rolle, besonders in der expandierenden Dienstleistungsbranche. In St. Hilary können sie das Wissen und die Fähigkeiten erwerben, die sie brauchen, um eine anständige, befriedigende Arbeit zu finden. Vor zwanzig Jahren haben sie sich mehr schlecht als recht als Kosmetikerinnen durchgeschlagen oder auf Kindergeburtstagen Zaubertricks vorgeführt. Jetzt können sie in Würde leben.«

Hermeline zuzuhören war oft wie Fernsehen, und zwar nicht unbedingt einen der interessanteren Sender. »Danke, Mutter Theresa. Guck mal, Lon ist schon fast an der Tür, wir müssen uns beeilen. Los, wir laufen um die Wette!« Ein Pfund Sand in jedem Schuh später holten Barry und Hermeline Lon vor einem mittelgroßen, billig verputzten Einfamilienhaus mit Strohdach ein.

»Das sieht aber nicht besonders nobel aus«, sagte Barry. »Ich dachte, sie wäre stinkreich.«

»Darf ich anklopfen?« fragte Lon aufgeregt.

»Benutz den da«, sagte Hermeline. An der Tür hing ein faustförmiger Türklopfer aus Messing. Als Lon ihn berührte, klingelte es drinnen.

»Huch, wie magisch«, sagte Hermeline.

»Huch, wie blöd«, sagte Barry.

Einen Moment später ging die Tür auf, und ein großer Mann im schwarzen Anzug eines Butlers stand vor ihnen.

»Kann ich Ihnen helfen?« näselte er geziert und zog ein Paar dicke, schwarze Augenbrauen hoch. Barry bemerkte, daß er Leberflecken auf der Stirn hatte, und begann sie zu zählen.

»Wir möchten zu Ms. Rollins. Ist sie da?« fragte Hermeline.

»Werden Sie erwartet?« fragte der Butler. Seine Augenbrauen erinnerten Barry an Raupen.

»Ähm, nein.« Die Tür begann sich langsam wieder zu schließen.

»Aber wir müssen unbedingt mit ihr sprechen.« Die Tür ging schneller zu. »Wir sind Fans ihrer Bücher …« Die Tür war jetzt nur noch einen Spaltbreit offen, und Hermeline wußte sich nicht mehr anders zu helfen. »Das hier ist Barry Trotter!« platzte sie heraus und schob Barry vor. Er prallte mit einem Rums gegen die schon fast geschlossene Tür.

»He! Das war mein Kopf!«

Sofort öffnete die Tür sich wieder. »Ich bitte vielmals um Verzeihung. Kommen Sie doch bitte herein, ich bringe Sie in den Salon.«

»Danke«, sagte Hermeline, ein wenig verärgert darüber, wie schnell Barrys Name ihnen die Tür geöffnet hatte. Sie begann, sich die Schuhe auszuziehen.

»Einen Moment. Wir wollen doch keinen Sand hereintragen.«

Der Butler winkte ab. »Keine Sorge – das ist Zaubersand. Er löst sich ganz von allein auf.«

Zweiundzwanzig Leberflecke, dachte Barry. Ich hoffe, ich sterbe, bevor ich eines Tages so schrecklich aussehe. Hatten sich die Brauen des Butlers nicht gerade bewegt? Das waren ja *wirklich* Raupen!

Sie traten in einen Raum, der aussah wie die Eingangshalle eines alten Familienschlosses. Hermeline blieb auf der Schwelle stehen, betrachtete die bescheidene Fassade draußen und bestaunte dann das um ein Vielfaches größere, hochherrschaftliche Innere. »Komm schon«, flüsterte Barry. »Tu nicht so, als hättest du noch nie was Verzaubertes gesehen.« In Situationen wie dieser wurde sie jedesmal zu einem Vollblut-Muddel.

Sie folgten dem Butler einen breiten Korridor entlang. Er pflückte die Raupen von seinen Brauen und steckte sie in eine Tasche seiner Livree. Die Wände waren mit dunklem Holz verkleidet, mit kostbaren Wandteppichen behangen sowie mit alten, düsteren Gemälden von alten, bleichen Menschen. Hier sieht's fast so aus, dachte Barry, wie es in Hogwash aussehen würde, wenn es nicht vom alltäglichen Wandalismus, der Schülern in aller Welt eigen ist, immer mehr ruiniert würde.

Der Butler öffnete eine Tür, hinter der sich offenbar der Salon befand; an der Wand steckten in Halterungen Flaggen mit dem Familienwappen der Rollins': ein Löwe und ein Einhorn in majestätischer Pose auf goldenem Grund, und darunter, flankiert von einer gezinkten Karte und einem Stück Seife, das Motto: *Semper ubi sub ubi.*

»Warten Sie hier«, sagte der Butler. »Ich hole den Herrn des Hauses.«

Den *Herrn?*

»Danke«, sagte Hermeline und machte einen kleinen Knicks. Barry knuffte sie mit dem Ellbogen in die Seite. Der Butler sagte nichts und ging.

»Mann!« zischte Barry Hermeline ins Ohr. »Das ist doch bloß der Butler!«

Lon war zur anderen Seite des Raums geschlendert, der von einem riesigen Kamin beherrscht wurde. Sie gingen hinterher, betrachteten das Feuer und machten es sich auf einem großen Ledersofa bequem.

Das Feuer war grünblau und hitzelos. Das sind doch die Silverfish-Farben, dachte Barry. An der Seite des Kamins entdeckte er einen kleinen Regler und die Aufschriften: ›kühl‹, ›warm‹, ›heiß‹, ›höllisch‹ und ›Das ist nicht Ihr *Ernst*‹. Er stand auf ›kühl‹. Barry drehte ihn auf ›heiß‹. Plötzlich strahlte das Feuer eine enorme Hitze ab.

»Hey«, rief Lon und blickte von einer Schneekugel auf, die er gefunden hatte. »Willst du, daß ich Hermis Kappe vollschwitze?«

»Uäh!« sagte Hermeline. »Barry, stell es wieder niedriger.«

Gerade wollte Barry den Regler mit einem sadistischen Grinsen auf ›höllisch‹ drehen, als sein Fragerufzeichen zu pochen begann. Er blickte auf und sah auf der anderen Seite des Raumes eine nur allzu vertraute Gestalt stehen. Die schimmernde Pickelhaube, der unglaublich buschige Schnauzbart, die Brust voller Phantasieorden, die glitzernden Schweinsäuglein, die aussahen, als hätte man zwei schwarze Weingummis in zehn Pfund Schmalz hineingedrückt.

»So trrreffen wir uns wiederrr, Trrrotterrr. Mach dich berrreit zu sterrrben.«

DER HOLZKOPF
MIT DEN HOLZAUTOS

Die drei sprangen auf. Hermeline nahm ihre typische geduckte Kampfhaltung ein, in der sie aussah wie eine Shaolin-Meisterin, die gerade unter heftigen Menstruationsbeschwerden litt. Sie hielt sich den Bauch und murmelte, hektisch Spucke versprühend, irgend etwas vor sich hin. Der Zauber, den sie heraufbeschwor, nahm Gestalt an, flog auf Lord Valumart zu und traf ihn exakt in der Magengrube.

»Uff«, sagte der Doofe Lord.

Lon schleuderte blind die Schneekugel in die Gegend und flüchtete sich mit einem Satz hinters Sofa. Leise klirrend landete die Kugel meilenweit von Valumart entfernt, doch das verschaffte Barry die Zeit, die er brauchte, um seinen Zauberstab hervorzuholen. Er hatte ihn, wie von Zed empfohlen, an die Innenseite seines Schenkels geschnallt. Er war ganz verschwitzt und fühlte sich widerlich an, aber Barry hatte jetzt keine Zeit, ihn abzuwischen. Er brüllte: »*Aveda Neutrogena!*« Augenblicklich spritzte der berüchtigte Tod-durch-Feuchtigkeitscreme-Fluch mit einem Strahl aus zähflüssigem, grünen Feuer hervor.

Lord Valumart schrie auf. Seine Stimme klang viel heller, als Barry sie in Erinnerung hatte. Der Doofe Lord machte einen Satz hinter die Tür, die im nächsten Moment mit einem lauten, nassen Platschen von dem grünen Blitz getroffen wurde und sich in nach Aloe riechenden Glibber verwandelte.

Als der Glibber zu Boden glitschte, erblickten sie etwas, das sie nie für möglich gehalten hätten: Der große Lord Valumart war auf den Knien, hatte die Hände in die Luft gereckt und schrie: »Haltet ein! Ich ergebe mich! Hört bitte auf! Ich hab doch nur Spaß gemacht!«

Hä? Er konnte doch nicht einfach aufgeben, dachte Barry – das Buch war doch noch lange nicht zu Ende?! Der Schwarm der gesamten weiblichen Zauberwelt ging mit ausgestrecktem Stab vorsichtig auf ihn zu. Hermeline folgte ihm, immer noch in geduckter Haltung, bereit, falls nötig noch einmal zu hexen. Lon lugte über das Sofa und sah zu.

»Nun, Doofer Lord«, sagte Barry, »ohne Ihre dreckfressenden Kumpane sind Sie ganz klein mit Hut, was?«

»Genau«, sagte Hermeline, die dem noch eins draufsetzen wollte. »Ich wette, Sie überlegen gerade, sich die Hoden abzubeißen und uns ins Gesicht zu werfen!« Manchmal, wenn Hermeline versuchte, witzig zu sein, kam ihr einfach ihre überragende Intelligenz in die Quere.

Als sie sich näherten, sahen sie, daß Valumarts leichenblasse Haut irgendwie verschmiert aussah und daß unter der Pickelhaube ein Wust blonder Haare hervorquoll.

Barry griff in den Schopf: »Valumart, ich wollte es Ihnen schon seit Jahren sagen: Das ist das *schlechteste* Toupet, das ich jemals gesehen habe.« Er zerrte daran, doch es rührte sich nicht vom Fleck.

»Au! AUA! Hör auf, du Grobian.« Valumart griff nach Barrys Hand und versuchte ihn von seinem Tun abzuhalten. »Ich bin nicht Valumart …«

»Was?« entfuhr es Hermeline.

»Das mache ich nur, um die Fans zu verschrecken! Ihr habt ja keine Ahnung, wie viele es sind …«

»Ich denke doch …«, sagte Barry müde und ließ los. Wenn er für jeden falschen Valumart, den er im Laufe der Jahre besiegt hatte, einen halben Schilling bekäme … »Wer sind Sie?«

Der Mann rappelte sich auf. Er zog sich den Schnäuzer ab und warf die Enden in seinen umgedrehten Helm.

»Halten Sie mal kurz still«, sagte Hermeline, die sich inzwischen wieder aufgerichtet hatte. »Ich muß den Verstopfungsfluch zurücknehmen, mit dem ich Sie belegt habe. Also, wie war noch mal der Gegenzauber für einen Darmpropf …?«

Im Stehen gewann der Mann etwas an Würde. Er klopfte sich den Staub ab und sagte: »Mein Name ist Trevor Nunnally. Ich bin der Lebensgefährte von Ms.

Rollins. Sehr erfreut!« Einer nach dem anderen schüttelte die dargebotene Hand. »Normalerweise würde ich die Hunde auf euch hetzen, aber wenn es sich hier tatsächlich um den großen Barry handelt …«, Barry hob drohend den Zauberstab, und Nunnally zuckte zurück, »… und daran besteht ja kein Zweifel, dann müßt ihr alle zum Abendessen bleiben. Wenn ihr wollt …«

Nach dem Empfang, den man ihnen gerade bereitet hatte, war Barry geneigt abzulehnen.

»Gern«, sagte Hermeline, »mit Vergnügen.«

Barry schickte sich an, seinen Zauberstab wieder in die Scheide zu stecken, leckte jedoch erst seinen Daumen an und rubbelte daran herum. Ohne Erfolg: die Led-Zeppe-lin-›Zoso‹-Schnörkel, die er mit wasserfestem Folien-schreiber draufgemalt hatte, als er vierzehn war, gingen nicht ab. Was war er damals bloß für ein Idiot gewesen. Trevor starrte auf den Stab, daher steckte er ihn schnell weg.

»Ich hab Hunger!« sagte Lon.

»Okay, wir bleiben«, sagte Barry.

»Fabelhaft. Ich rufe den Koch«, sagte Nunnally. Er zog eine kleine Silberglocke aus der Tasche und läutete. Un-verzüglich huschte ein Wesen ins Zimmer, das ihnen nur allzu bekannt vorkam. Es war klein, dunkelhaarig, ver-mutlich spanischer Herkunft, hatte Glubschaugen und ei-nen unglaublich spitzen Schnurrbart.

»Sie haben geklingelt, Meist… BARRY! Der große Barry Trotter-e!« Dalí, der Hauself, warf sich Barry an den Hals. »Ich-e bin so froh, Sie zu e-sehen!« Er küßte Barry in kontinentaleuropäischer Manier auf beide Wangen, wobei sein Schnurrbart Barrys Nasenloch bedrohlich nahe kam.

»Ich freue mich auch, dich zu sehen, Dalí. Du schuldest mir noch Geld.«

»Oh, Mister Barry, ich-e wollte Ihnen-e diese Pesetas zurück-e-zahlen-e schon längst-e. Sie werden sie bekommen-e noch-e vor *esta noche*. Bleiben Sie länger-e?« Durch die vielen überflüssigen E-s dauerten Unterhaltungen mit dem Elf immer ewig.

Nunnally tippte Dalí auf die Schulter. »Ich würd gern mit dir übers Abendessen reden, wenn's recht ist.« Dalí hüpfte aus Barrys Armen auf den Boden und zog einen kleinen Notizblock hervor. »Ich-e wär so weit-e«, sagte er.

»Wir werden heute abend ein Festmahl zu Ehren unserer Gäste veranstalten. Die Einzelheiten der Speisenfolge überlasse ich dir«, sagte Nunnally. »Aber scheu keine Kosten. Und hol etwas Besonderes aus dem Keller.«

»Wie nett«, flötete Hermeline. Barry merkte ihr an, daß sie drauf und dran war, sich in Nunnally zu verknallen. Das passierte pro Abenteuer ein oder zwei Mal, und garantiert immer dann, wenn der Typ ein Kotzbrocken war. Barry hatte sich damit abgefunden.

»Sie können sich auf mich verlassen-e, Sir-e«, sagte Dalí und steckte den Notizblock in seine Tasche. »Ich werde sofort-e mit den Vorbereitungen beginnen.« Er zwirbelte seinen Schnurrbart, riß die Glubschaugen auf, so daß sie noch weiter hervorquollen, und trippelte davon.

Nunnally wandte sich seinen Gästen zu. »Würdet ihr mich bitte für einen Moment entschuldigen? Ich muß mich dieser albernen Verkleidung entledigen.« Er hatte recht; sein klirrender Waffenrock war inzwischen mit weißem Make-up vollgeschmiert, und sein Umhang war beim Niederkauern völlig eingestaubt und außerdem mit der tödlichen Lotion bespritzt. Barry stellte fest, daß das rote Satinfutter ausgefranst und zerschlissen war.

Nunnally schaute sich um. »Drippings?« Der Butler mit den vielen Leberflecken tauchte aus dem Dunkel auf, wo er seine Raupen gestreichelt hatte. »Geleite unsere Gäste ins Eßzimmer. Ich komme gleich nach.«

Barry, Lon und Hermeline folgten Drippings durch ein holzgetäfeltes Labyrinth von Fluren ins Eßzimmer. Es war riesig, die Wände waren mit rotem Stoff ausgeschlagen und dicht an dicht mit goldgerahmten Gemälden behangen. Offen gesagt wirkte es ein bißchen arg protzig. Ich hätte mehr Geld von ihr verlangen sollen, dachte Barry.

»Das ist ein Turner«, sagte Hermeline und zeigte auf ein teures Seestück.

»Soll das so verschwommen aussehen?« fragte Lon.

Der Raum wurde von einem langen Tisch mit einem blütenreinen Tischtuch dominiert, auf dem in regelmäßigen Abständen goldene Kandelaber standen. Er bot Platz für mindestens vierzig Personen. Die drei kamen sich irgendwie albern vor und quetschten sich alle an das eine Ende. Barry sagte im Scherz zu Lon: »Warum setzt du dich nicht da drüben hin?«

»Okay«, sagte Lon munter. Barry wollte ihm schnell erklären, daß das ein Scherz war, doch dann überlegte er es sich anders.

Bald darauf tauchte Nunnally auf und setzte sich zwischen Barry und Hermeline. »Warum sitzt er denn ganz dahinten?« fragte er und deutete auf Lon.

»Er hat sich in Waschbärkacke gewälzt«, sagte Barry mit gedämpfter Stimme. Nunnally war verwirrt, fragte aber nicht weiter nach. Lon lächelte, winkte und fuhr fort, sein Silberbesteck auf dem Tisch hin und her zu schieben und dazu mit den Lippen sprotzende Autogeräusche zu machen.

Während sie darauf warteten, daß Dalí das Essen servierte, unterhielten sie sich. Nunnally wollte alles über Lord Valumart wissen, »um ihn besser darstellen zu können«.

»Aber warum machen Sie ihn denn überhaupt nach?« fragte Hermeline.

»Sagen wir einfach, es spielt eine gewisse Rolle in J. G.s und meiner Beziehung«, sagte Nunnally und errötete leicht. »Ihr habt Ihn-der-stinkt also tatsächlich *gesehen*?«

»Wen, Lon?« erwiderte Barry. »Ach so, Valumart. Ja.«

»Und … wonach riecht er?«

Barry zögerte und versuchte, sich den unverkennbaren Geruch des ultimativen Bösen ins Gedächtnis zu rufen. »Am ehesten kann man es vielleicht mit dem Dreck zwischen ungewaschenen Zehen vergleichen. Er versucht es mit Kölnischwasser zu überdecken, aber dadurch riecht der Zehendreck nur wie parfümierter Zehendreck.« Barry wandte sich Hermeline zu. »Dieses Zeug aus dem 99-Cent-Markt, ich vergeß immer, wie es heißt.«

»Cold Spice«, sagte Hermeline, deren Blick weiterhin auf Nunnally ruhte. »So 'ne billige Imitation.«

»Macht ihr Witze? Ein so reicher und mächtiger Mann trägt Cold Spice?«

»Tja, nun, Lord V. ist eben etwas … sonderbar.«

»Ich hab Hunger!« brüllte Lon von seinem Tischende herüber. Ihr Gastgeber griff in seine Tasche, holte eine kleine Schachtel heraus und warf sie Lon zu. Lon fing sie auf.

»Rosinen!« jubilierte er. »Mann, wenn der Rest des Essens genauso gut ist … na, dann wird es ganz schön gut!«

»Was wolltest du gerade sagen?«

»Hab ich vergessen …«

»Du wolltest Trevor gerade erzählen, was Der-der-stinkt für ein Spinner ist«, sagte Hermeline.

Ach, jetzt heißt es schon Trevor, was? Hermeline läßt auch nichts anbrennen, dachte Barry.

Nunnally wurde ernst. »Also Barry, was glaubst du – warum ist Der-der-stinkt so ein Bösewicht?«

»Das weiß niemand so genau«, sagte Barry. »Allerdings wurde er ständig gehänselt, als er in Hogwash zur Schule ging. Es gibt da so ein Gerücht …« Er wandte sich zu Hermeline um: »Soll ich ihm von dem Gerücht erzählen?«

»Ja, bitte!« sagte Nunnally.

Hermeline machte ein verdrossenes Gesicht. »Wenn's sein muß.«

Ein fieses Grinsen machte sich auf Barrys Gesicht breit. »Nun ja, es gibt Leute, die behaupten, der große Lord Valumart sei das Opfer einer verpfuschten Beschneidung.«

»Nein!« Nunnally war richtiggehend schockiert.

»Ja! Ist das nicht irre?« Sie mußten alle kichern.

»Wovon redet ihr?« rief Lon.

»Der Arzt war betrunken«, ergänzte Hermeline.

»Ein Typ, der mit ihm in Hogwash war, hat mir erzählt, daß sein Ding in allen Regenbogenfarben schillert«, sagte Barry.

»Das muß ich unbedingt auf unserer Website verbreiten!« frohlockte Nunnally.

»Ich hab *immer* noch Hunger!« brüllte Lon entnervt. Er hatte seine Serviette wie ein Lätzchen umgebunden und trommelte mit seinem Besteck auf den Tisch. Seinen Hogwash-Freunden waren solche Launen durchaus vertraut. »O nein, er läßt mal wieder das Riesenbaby raushängen«, stöhnte Hermeline.

Dann erschien Dalí, gefolgt von einer Truppe Hauselfen, die zugedeckte Silbertabletts hereintrugen. »Jippie!« schrie Lon.

»Meine Damen und-e Herren-e, hiermit präsentiere ich Ihnen mein neuestes Meisterwerk-e!« Auf Dalís Zeichen hin enthüllten die Elfen die Platten. Unsere ausgehungerten Helden starrten auf gedrehten Kupferdraht, Uhrfedern, Styroporchips, eine Terrine mit Wandfarbe, und – eindeutig das *Pièce de résistance* – eine große Platte mit einem Berg flüssigem Mörtel. Barry klappte die Kinnlade herunter – *das* sollte das Abendessen sein?

»Phantastisch, nicht wahr?«, sagte Nunnally, der Barrys Entsetzen als Bewunderung mißdeutete. »Danke, Dalí, du hast dich heute wirklich selbst übertroffen.«

»Danke, Meister«, sagte Dalí mit einer tiefen Verbeugung.

Ein Hauself trieb, laut fluchend und mit einer überdimensionalen Bullenpeitsche knallend, einen gigantischen

roten Wackelpudding ins Eßzimmer. Der Wackelpudding, in den Augäpfel, Ohren und andere biologische
Notwendigkeiten eingebettet waren, kam gemächlich
dahergewatschelt und zitterte jedesmal, wenn der Elf die
Peitsche hob. »Warum um alles in der Welt hast du den
hier hochgebracht?« fragte Nunnally.

»Sie wollten doch etwas Besonderes aus dem Keller-e«,
erwiderte Dalí. »Ich habe natürlich angenommen-e, Sie
meinten Clarence.«

»Nein, nein! Ich meinte Wein. Clarence gehört schon
seit Generationen zu J. G.s Familie«, erklärte Nunnally
der Tischrunde. »Es wäre nicht richtig, ihn zu essen.«

»Mein Fehler-e. Ich werde ihn in seine Gemächer zu-
rück-e-bringen. Bon appetit-e«, sagte Dalí und verließ
den Raum.

»Dalí ist der führende surrealistische Koch des Vereinigten Königreichs, vielleicht sogar der Welt«, sagte
Nunnally strahlend. »Davon gibt es nicht viele. Langt zu.«

»Wie denn?« fragte Barry, während Hermeline pflichtschuldigst ihren Teller mit ungenießbarem Gerümpel be-
lud.

»He! Schickt mir mal was davon rüber!« rief Lon.

»Okay, aber du wirst es nicht mögen«, sagte Hermeline,
nahm den Teller mit dem Mörtel und brachte ihn ihm.
»Mann, ist das schwer.«

»Ich liebe es, Dalís Kreationen auf meinem Teller zu

arrangieren. Die Muster, die ich dabei kreiere, sind teils gefällig, teils provozierend, manchmal aber auch seltsam traurig. Und zwischendurch« – er holte noch ein paar Schachteln Rosinen aus seiner Tasche – »finde ich die hier recht sättigend.«

Barry nahm sie ohne jede Begeisterung entgegen. »Danke.«

Nunnally, der offenbar glaubte, daß sie nun Freunde wären, wurde plötzlich ernst. »Barry, ich will ehrlich zu dir sein: Ich finde, die Bücher sind ziemlicher Mist. Wenngleich sie auch ihr Gutes haben. Zum Beispiel machen sie Muddeln, die Zauberkräfte haben, aber noch nichts davon wissen, das Leben um einiges leichter.«

»Inwiefern?« fragte Hermeline liebenswürdig lächelnd. Barry kam die Galle hoch.

»Angenommen, ein Elfjähriger stellt fest, daß er Zauberkräfte hat. Wenn er die Bücher gelesen hat, besteht zumindest die Chance, daß er nicht durchdreht. Na ja, vielleicht ist er enttäuscht, wenn er herausfindet, daß das wahre Zaubererleben nicht halb so amüsant oder glamourös ist, wie es in J. G.s Büchern dargestellt wird, aber das ist kein Drama. Ich erinnere mich noch an den Tag, an dem ich entdeckte, daß ich ein Zauberer bin«, sagte Nunnally. »Auf einmal verstand ich die Selbstgespräche meines zahmen Geckos. ›Gleich werde ich mir den Augapfel lecken. So, jetzt hab ich mir den Augapfel geleckt.‹«

»Sie sind ein Brezelmund?« fragte Barry.

»Ja. Ich dachte, ich würde verrückt. Zum Glück wohnte nebenan eine wunderliche Frau, die mich unter ihre Fittiche nahm, eine Mrs. Robinson.« Nunnally machte ein verträumtes Gesicht. »Sie hat mich in die Zauberwelt eingeführt.«

Hermelines Miene verfinsterte sich; Nunnally entging dies jedoch. »Trotzdem – ich wäre froh gewesen, wenn es die Bücher in meiner Kindheit schon gegeben hätte. Es hätte mir das Coming-out als Zauberer sehr erleichtert. Furchtbar viele zauberbegabte Muddel haben damals den Verstand verloren. Heutzutage lächeln sie nur still in sich hinein und warten auf die Aufnahmebestätigung von Hogwash.«

Nunnally fuchtelte mit einer Rosine herum. »Wer weiß, wenn Barry Trotter damals schon gelebt hätte, wäre aus William Shakespeare vielleicht ein nützliches Mitglied der Gesellschaft geworden.«

Hermeline prustete in ihren Teller Styroporchips und blies dabei ein paar davon in die Luft. »Aber …«

Nunnally beachtete sie gar nicht, so gebannt war er vom Klang seiner eigenen Stimme. »Wie auch immer, J. G. hat langsam keine Lust mehr. Hat sie's dir schon gesagt?«

»Mir was gesagt?« fragte Barry.

Nunnally zögerte. »O Mann … wie peinlich … ich war davon ausgegangen, daß sie es dir schon gesagt hätte.«

»Spucken Sie's aus, verdammt noch mal«, sagte Barry gereizt.

»Dies wird wohl das letzte ›Barry Trotter‹-Buch sein, leider.«

»Was?« riefen beide unisono.

»Wahrscheinlich sollte ich euch das nicht erzählen, aber J. G. hat mir ein kleines Geheimnis anvertraut: In diesem Band wirst du sterben, Barry.«

»Aber warum sollte sie … sie kann doch nicht …« Ein eisiger Schauer überlief Barry, als er seinen zweifelhaften Ruhm verblassen sah.

»Na ja, du bist inzwischen erwachsen. Deine Abenteuer sind nicht mehr altersgerecht. Was soll sie denn schreiben, ›Barry Trotter und der vertrackte Lohnsteuerjahresausgleich‹? Vielleicht hat sie aber auch einfach nur die Nase voll – ich weiß es nicht, du müßtest sie schon selber fragen. Aber ich weiß, daß sie die Schriftstellerei an den Nagel hängen will.« Er schaute zu Barry hinüber, und sein vergnügter Gesichtsausdruck verriet, daß er die Bestürzung der anderen keineswegs teilte. »Keine Angst, Barry – du wirst überhaupt nichts spüren, wenn du das Zeitliche segnest.«

Nunnally schob seinen Teller beiseite. »So. Das war ja mal wieder vom Allerfeinsten.« Er schaute auf seine Uhr. »Schon ziemlich spät. Müßt ihr heute noch weiter? Wo geht's denn überhaupt hin?« Er lachte. Vermutlich über die unausgegorene Handlung dieses Buches. »Mir wird gerade klar, daß ich überhaupt noch nicht weiß, weshalb ihr eigentlich hier seid.«

Barry, der hungrig und müde war, sagte grantig: »Wir suchen J. G.«

Lon mischte sich ein: »Wir wollen sie entf…«

»… mit ihr reden«, schnitt ihm Hermeline in letzter Sekunde das Wort ab. »Wir wollen sie davon überzeugen, daß sie den ›Barry Trotter‹-Film verhindern muß.«

»Oh, J. G. hat nichts damit zu tun. Ich an eurer Stelle würde mit Fantastic Books in New York reden – bei denen liegen alle Rechte. Aber warum wollt ihr den Film denn *verhindern?* Ich hätte gedacht, das wäre die Erfüllung all eurer Träume!«

Hermeline sagte: »Das Ganze ist ziemlich kompliziert; ich will's mal so sagen: Wenn der Film rauskommt, muß Barry erwachsen werden und sich einen richtigen Job suchen.«

Nunnally brach in schallendes Gelächter aus. »Uuh, das kann ich dir nachfühlen. Das Leben ist zu kurz für einen richtigen Job. Ich selbst hatte – dank J. G.s Großzügigkeit – das Glück, mich in den letzten Jahren ganz einem einzigen Projekt widmen zu können, das, wie ich glaube, die Welt verändern kann.« Nunnally begann übers ganze Gesicht zu strahlen. »Darf ich es euch zeigen? Möchtet ihr es sehen?«

»O ja, bitte!« flötete Hermeline. Amüsiert stellte Barry fest, daß das ungenießbare surrealistische Abendessen ihre ewig schmachtende Libido keineswegs abgekühlt hatte.

»Nun, dann kommt mit.« Nunnally stand auf und trottete buchstäblich aus dem Raum. Barry, Hermeline und Lon folgten ihm.

Sie gelangten zu einer Tür. Nunnally stellte sich davor und fragte feierlich: »Wenn ich euch zeige, was sich hinter dieser Tür befindet, versprecht ihr mir, daß ihr mir die Idee nicht klaut? Normalerweise würde ich euch etwas unterschreiben lassen, aber wahrscheinlich muß ich euch einfach vertrauen.« Nunnally öffnete die Tür und machte Licht. Zwanzig Leuchtstoffröhren flammten summend auf und gaben den Blick auf unzählige, parallel zueinander aufgebaute Holzfahrbahnen frei, die am hinteren Ende aufgebockt waren und so ein sanftes Gefälle bildeten.

»Das ist es«, sagte Nunnally stolz.

»Das ist was?« fragte Barry.

»Ach, nichts Besonderes. Nur eine Möglichkeit, um alle Konflikte, die es auf dieser Welt gibt, ein für allemal beizulegen.«

Den drei Freunden verschlug es die Sprache.

»Es ist eine Holzauto-Rennbahn! Seht sie euch an!« Nunnally ging zu einer großen Truhe hinüber, öffnete sie und holte zwei Gegenstände mit Rädern daran heraus.

Während er ihnen den Rücken zukehrte, warf Barry Hermeline einen Blick zu, tippte sich an die Stirn und deutete dann auf ihren Gastgeber. Hermeline schaute ihn finster an und versetzte ihm einen Schlag auf den Oberarm. Das tat weh.

»Komm Barry, du nimmst Trinidad.« Es handelte sich um ein keilförmiges Stück Holz, grün, blau, gelb lackiert, den Nationalfarben des Karibikstaats. Er schnippte das rechte Vorderrad an, so daß es sich drehte. »Hermeline, du nimmst diesen hier – Großbritannien. Das ist der, den ich immer benutze.«

»Danke«, sagte sie.

»Hermeline, Barry: Stellt eure Wagen am oberen Ende der Bahn nebeneinander auf. Wenn ich ›los‹ sage, laßt ihr sie losrollen.«

»Dich mach ich fertig, Trotter!« sagte Hermeline zu Barry und schob ihren keilförmigen Wagen angriffslustig auf der Bahn vor und zurück.

»*Los!*«

Die beiden Kontrahenten ließen los. Natürlich verlor Barry – Hermelines Wagen erreichte die Ziellinie ungefähr eine Sekunde vor seinem, bei dem offenbar ein Rad eierte.

»Laßt mich mal!« brüllte Lon. Nunnally gab ihm einen Wagen aus der Truhe. »Hat das nicht Spaß gemacht?«

»Schon«, sagte Barry. »Aber ich versteh nicht, wie das die Welt retten soll.« Nunnally war vielleicht nicht komplett verrückt, aber er hatte definitiv einen Sprung in der Schüssel.

Ihr spinnerter Gastgeber machte eine ausladende Geste. »In diesem Raum befinden sich hundertvierundvierzig Bahnen, eine für jeden souveränen Staat der Welt. Momentan sitzen sie alle in New York bei der UNO und debattieren darüber, wie dieses oder jenes Problem zu lösen ist. Aber, wißt ihr, logisches Argumentieren hat seine Nachteile. Wörter können mehrdeutig sein, Vereinbarungen verwirrend. Manchmal irrt man sich und versteht etwas falsch, besonders wenn man ein bißchen beschränkt ist. Diese Methode ist weitaus gerechter. Ich sag immer: Autos lügen nicht.«

Barry zweifelte immer noch. »Aber wieso Autorennen? Wieso nicht, sagen wir, Badminton?«

Nunnally war empört. »Mein Gott, das wäre ja Anarchie!«

Als er sah, daß Barry nicht überzeugt war, zog der lange Kerl ein zerknittertes Blatt Papier aus seinem Jackett und hielt die Rede, die er unzählige Male vor seinem Schlafzimmerspiegel geübt hatte:

»Nur durch Autorennen können die Probleme der Welt wirklich gelöst werden. Nur das stumme Urteil der Aerodynamik und der Schwerkraft, die unparteiische, läuternde Geschwindigkeit, kann uns den Weg zur Ziellinie der Wahrheit weisen. Ist nicht in gewisser Hinsicht das ganze

Leben ein Wettlauf? Sind wir nicht alle kleine Holzautos, die eine hölzerne Bahn hinunterschießen, deren Ziel die Unendlichkeit ist?«

»Aber …«

»Ihr könnt mich ruhig einen Phantasten schimpfen. Das heißt aber nicht, daß ich nicht recht habe.«

Das heißt nicht, daß du nicht total bekloppt bist, dachte Barry.

Aber so verrückt sein Plan auch klang, nein: *war* – Barry befürchtete, daß Nunnally tatsächlich Erfolg damit haben würde; schließlich trug er einen gewaltigen Globus auf den Schultern. Und seit Barry mit den Reichen und Berühmten verkehrte (vielleicht nicht so regelmäßig, wie er es sich gewünscht hätte, aber es kam doch hin und wieder vor), war ihm eines aufgefallen: Sie hatten alle *Riesenbirnen*. Die Theorie hatte allerdings noch ein paar Lücken: War ein großer Kopf die Ursache des Erfolgs oder bloß ein Nebeneffekt desselben? Nunnally war jedenfalls ein ziemlich aussichtsreicher Kandidat; er hatte nämlich obendrein einen ziemlich voluminösen Haarschopf. Mit einem großen Schädel *und* einer dicken Mähne konnte im Grunde gar nichts mehr schiefgehen. Das war, als würde man bei einem Rennen auf das einzige Pferd setzen, das keine Plastiktüte über dem Kopf trug. Am liebsten würde ich Nunnally eine Plastiktüte über den Kopf stülpen, dachte Barry.

In Barrys Augen hatte sich Nunnally im Laufe des Abends – von seinem Auftritt als Valumart über das Abendessen bis hin zur Präsentation seines ausgemacht schwachsinnigen Plans – vom bloßen Exzentriker zum lupenreinen, staatlich geprüften Irren mit Zertifikat verwandelt. »Apropos New York, wir müssen …«

»Noch ein Rennen, komm!« wechselte Hermeline schnell das Thema. »Trevor, ich will mit dir um die Wette fahren!« Es war nicht zu übersehen, wie sie sich anschmachteten, und Barry wurde langsam sauer, denn er sah die Chancen, dieses Irrenhaus noch am selben Abend zu verlassen, gegen null sinken. Es war klar, daß Hermelines Libido – diese übermenschliche, bald schöpferische, bald zerstörerische Macht – den Sieg davontragen würde.

»Ich fürchte, wir müssen hier übernachten«, murmelte er Lon zu, der gar nicht zuhörte. Er hockte völlig versunken auf Händen und Füßen auf dem Boden.

»Wrumm, wrumm! Iiiietsch! DISCH!« machte Lon und rammte Mosambik gegen Finnland. »Ahh! Ich brenne! Ich bin unter dem Wagen eingeklemmt! Ich verbrenne! Hilfe! Aah! AAAHHHH!«

Verärgert beschloß Barry, Dalí zu suchen und ihn auf den Kopf zu stellen. Vielleicht würde ihm ein bißchen Geld aus den Taschen fallen.

KAPITEL SIEBEN
HAI AHOI!

Als Barry am nächsten Morgen aufwachte, war sein erster Gedanke (um einen Slogan der Zauberer-Antifa zu entlehnen): »Nie wieder.« Obwohl Lon die geistige Reife eines Milchbarts hatte, stand er, was das Schnarchen anbetraf, eindeutig im Zenit der Männlichkeit. Vielleicht würde sein Organ mit dem Alter an Tiefe und Sonorität gewinnen, aber lauter als vergangene Nacht konnte es nicht mehr werden. Daher war Barry nicht gerade in Hochstimmung, als Hermeline ins Eßzimmer gehüpft kam.

»Hallo, Jungs! Na, wie habt ihr geschlafen?« Vor halb elf Uhr morgens so vergnügt zu sein, war einfach ungehörig.

»Furchtbar. Und selbst? Ach, vergiß es, ich will's gar nicht wissen.« Barry drehte sich der leere Magen um, als ihm die letzte Szene des vergangenen Abends wieder einfiel: Nunnally, einen Cognacschwenker in der Hand, hatte Hermeline zum Observatorium hinaufgeführt, um den quadratischen Mond zu betrachten, den J. G. an den Himmel hatte zaubern lassen. Was danach geschehen sein mochte, malte er sich lieber nicht aus. Er konnte es kaum erwarten, diesen geilen Bock bei J. G. zu verpfeifen, sobald er sie gefunden hatte.

»Furchtbar? Wieso?«

»Weil Lon, unser Mann vom Sägewerk hier, im Schlaf Geräusche von sich gibt, als hätte er eine Spielkarte verschluckt«, sagte Barry gereizt.

»Ich hab mich doch schon entschuldigt, Barry«, gnatzte Lon und konzentrierte sich dann wieder darauf, seinen hölzernen Rennwagen über die Tischdecke zu schieben, wie üblich mit den dazugehörenden Geräuscheffekten, *con gusto e sputo*.

»Ach, das tut mir aber leid«, sagte Hermeline ohne echtes Mitgefühl. »Gibt es hier keinen Saft oder so was?«

»Wieso sind deine Haare so naß?«

»Trevor und ich waren gerade im Meer schwimmen. Es war wunderbar, so warm wie in der Badewanne!« Sie biß eine Haarklemme auf und steckte sie sich in die Lockenpracht. »Wir haben eine Schlange gesehen. Sie hat Zahlen in den Sand gekritzelt.«

»Bestimmt eine Boa subtractor«, sagte Barry. Endlich einmal konnte er Hermeline gegenüber mit seinem Wissen auftrumpfen, und das kostete er weidlich aus. »Ihr Biß ist tödlich, sie steckt bis zur Halskrause voll mit Nervengift. Nach fünf Minuten ist man tot, nach sieben setzt die Verwesung ein. Hat sie Nunnally erwischt?« fragte er hoffnungsfroh.

»Sehr witzig. Hat Dalí dir schon das Geld zurückgezahlt?«

»Nein, hat er nicht, danke der Nachfrage.« Nächstes Mal, wenn mich jemand bittet, ein Flugzeug für ein Konzeptkunstwerk zu kaufen, sag ich nein, schwor er sich.

Hermeline breitete eine Serviette auf ihrem Schoß aus. »Nach dem Essen gestern abend mußt du damit rechnen, daß er dir eine tote Ratte überreicht und behauptet, ihr wärt quitt«, sagte sie. »Wobei mir einfällt – was für eine Unverschämtheit gibt's denn zum Frühstück?«

Wie auf Kommando flog die Tür zur Küche auf. »Aus dem Weg, aus dem Weg!« rief Nunnally, ein zugedecktes Tablett in den Händen. Da steht doch niemand, dachte Barry. Und nimm den bescheuerten Hut ab.

Nunnally bemerkte Barrys grimmigen Blick. »Ah, dir gefällt meine Toque. Vielen Dank. Ich fand, sie paßt zu dem Meisterwerk, das ich geschaffen habe.« Er enthüllte das Tablett mit einer schwungvollen Geste: »Toast mit Marmelade und sauren Gurken! – Die Küche ist voll mit Autoersatzteilen und Blasenfolie – wir geben heute abend wieder ein Bankett –, daher mußte ich die letzten Reste zusammenkratzen … Worauf wartet ihr? Langt zu!«

Halt bloß die Klappe, knurrte Barry in sich hinein. Die unterschiedlichen Geschmacksempfindungen prallten in seinem Mund so brutal aufeinander, daß er meinte, Engel singen zu hören. Er schluckte den Fraß trotzdem hinunter. Es schmeckte nicht, aber zumindest war es diesmal keine Kunst.

Als sie fertig waren, sagte Nunnally: »Nun denn! Jetzt geht's ab nach New York, nehme ich an?«

»Ja«, antwortete Barry. »Wie kommt man da am besten hin? Ist hier ein Flughafen in der Nähe, oder können wir uns Ms. Rollins' Privatjet ausleihen?« fragte er halb im Scherz.

Nunnally gluckste. »Einen Jet haben wir hier nicht, aber ihr habt sicher unseren Ozean da draußen bemerkt? Er ist auf magische Weise mit der Karibik verbunden. Ihr seid also ganz schnell drüben in den Staaten. J. G. findet das *äußerst* praktisch für Geschäftsreisen.«

Hermeline meldete sich zu Wort. »Sie fährt also per Schiff?«

»Nein, per Hai.«

Die ganze Runde schrie auf!

»Sagt bloß, ihr habt noch nichts davon gehört. Hai-reisen sind bei hippen jungen Frauen total angesagt.« Er lächelte Hermeline an, und sie lächelte zurück. Barry ver-spürte einen erneuten Anflug von Übelkeit, daher platzte er dazwischen.

»Und wie genau reist man per Hai?«

»Die Haie sind sehr groß, mindestens zwanzig Meter lang – die kleineren bieten einfach nicht genug Beinfrei-heit. Das Tier reißt das Maul auf, und man steigt ein. In seinem Magen finden sich jedoch alle Annehmlichkeiten, die man von zu Hause gewohnt ist, und er wird vorher gründlich ausgespült. Man kann lesen, schlafen oder tun, was einem gefällt. Und man muß keine Angst haben, verdaut zu werden. Wenn man am Ziel ist, kitzelt man ihn, und er spuckt einen wieder aus. Einfacher geht's nicht.«

Barry war alles andere als begeistert, und das war ihm anzusehen.

»Barry, ich bin sicher, Trevor würde das nicht vorschlagen, wenn es in irgendeiner Weise gefährlich wäre«, sagte Hermeline. »Er sagt, seine Fr… seine Partnerin ist ständig damit unterwegs.«

Eben, dachte Barry. Um Hermeline von der Idee abzubringen, griff er zu dem schwersten Geschütz, das ihm einfiel: »Da drin stinkt es doch sicher nach totem Fisch.«

Nunnally wehrte ab: »Fast gar nicht. Die Haie werden vor und nach jeder Überfahrt gereinigt. Sonst würde niemand sie benutzen, obwohl sie wahnsinnig schnell sind. Ihr werdet in drei Stunden da sein.«

»Barry, jetzt komm schon«, sagte Hermeline. »Das wird bestimmt aufregend.«

In seiner Verzweiflung griff Barry nach dem letzten Strohhalm. »Lon, was meinst du?«

»Darf ich dieses Auto behalten?«

Eine Stunde später standen die drei, frisch geduscht, unten am Strand und betrachteten mit sehr gemischten Gefühlen ihr Transportmittel.

»Na, wer entert die ›MS Blutrausch‹ zuerst?« witzelte Barry.

»Na, komm schon, Barry, *coraggio.*« Nunnally watete zu dem riesigen Hai hinaus. Barry nahm all seine telepathische Energie zusammen und sandte dem Fisch die Botschaft: *Friß ihn! Friß ihn auf!* Doch er hatte, wie üblich, einen parapsychischen Blackout. Nunnally tippte das Maul des Hais an und stand plötzlich vor einem riesigen ovalen Loch. Es war so groß, daß man problemlos hindurchgehen konnte; es war gesäumt von handtellergroßen grünen Zähnen. Nunnally berührte einen davon und sagte: »Die Zähne sind alle mit Schutzhüllen aus Kevlar überzogen«, er nahm eine ab und winkte damit, »er kann euch gar nicht verletzen, selbst wenn er wollte.«

»Stecken Sie das wieder drauf!«

»Komm schon, Barry. Sag bloß, du hast Angst«, stichelte Nunnally. »Sogar Kinder trauen sich das.« Barry hatte eine Eingebung: Er nahm Lon den Holzrennwagen weg und warf ihn dem Hai in den offenen Schlund.

»*He!*« beschwerte sich Lon. »Was soll'n das?« Er lief dem Auto hinterher und kletterte in das Maul des Hais. Barry und Hermeline sahen zu und warteten darauf, daß der Albtraum begann. Hermeline war drauf und dran, Barry wegen des fiesen Tricks zu rüffeln, aber im Grunde hatte sie ebenso große Angst wie er.

Lons Kopf tauchte wieder auf. »Ey, ihr zwei beiden, hier drin gibt's 'ne Playstation!«

Die Verabschiedung war kurz, wenn auch in einem Fall ziemlich intensiv. Barry war heilfroh, diesen Ort und besonders Nunnally hinter sich zu lassen. Nachdem er sich hingesetzt hatte, nahm er sich aus der Minibar ein Mineralwasser.

»Hier würde ich lieber nichts trinken«, sagte Hermeline. »Ist bestimmt alles überteuert.« Barry sah sie an und öffnete dann die Flasche mit besonderem Genuß.

Hermeline zog eine Postkarte aus dem Gestell, das an der sanft wogenden, rosafarbenen Wand befestigt war. Der Hai hatte nicht nur Postkarten geschluckt, sondern auch Liegesessel, einen Fernseher, allerlei Snacks, Schlafmasken, Tabletten gegen Reiseübelkeit – einfach alles, wonach es einen Reisenden verlangen könnte.

»Wem willst du denn schreiben?« fragte Barry.

»Trevor«, erwiderte Hermeline. »Um ihm für alles zu danken.«

»Dieser Idiot«, sagte Barry ohne jede Gehässigkeit – in dieser Frage konnte es keine zwei Meinungen geben.

»Ach, du bist zu hart«, sagte Hermeline lächelnd. »Er ist nur idiotesk. Wenn du ihn so gut kennen würdest wie ich …«

Barry wollte gerade eine spitze Bemerkung machen, überlegte es sich jedoch anders. Die Kabine – obwohl es allemal der größte Magen war, den Barry je von innen gesehen hatte – war nicht besonders geräumig. Wie andere Nager auch wirkte Hermeline auf den ersten Blick ganz knuddelig, konnte aber gefährlich werden, wenn sie in die Enge getrieben wurde. Barry nahm einen Schluck von seiner Morgana-Cola und rülpste. »Ich kann verstehen, wieso er dir gefällt. Er sieht ein bißchen aus wie der Typ von dieser Band, auf die du mal gestanden hast. Wie hießen die noch? 'N'Sane? 'N'Competent?«

»'N'Grown«, sagte Hermeline verächtlich. »Ich war wohl kaum die einzige, die sie gut fand. Sie hatten Millionen von Fans. Aber da du ähnlich berühmt bist, verstehe ich, worauf du hinauswillst.«

Barry war ein bißchen gekränkt. »Wenigstens brauchte ich dafür keinen Niedlichkeitszauber.« Er und Lon hatten sich köstlich amüsiert, als das Amt für ordnungsgemäße Zauberei den illegalen Tricksereien der Band auf die Schliche kam. »Das waren vielleicht ein paar Flachpfeifen, was, Lon?« lachte Barry.

Er lachte allein; Lon war eingeschlafen. Wie immer zuckten seine vier Gliedmaßen im Schlaf, sein Hundehirn hatte das Ruder übernommen. Ein unterdrücktes Bellen drang an Barrys Ohr. Zwischen Lons schlaffen Vorderpfoten klemmte ein Buch. Barry nahm es vorsichtig an sich und drehte es um.

»Laß das. Es gehört Lon. Vielleicht will er nicht, daß es

jemand liest«, sagte Hermeline. Sie und Lon hatten vor dem Unfall »zärtliche Gefühle« füreinander gehegt, und nun versuchte sie ihn immer zu beschützen. Barry ignorierte ihren Einwand und las:

»Libes Tagebuch,

Du wirs S nich glauben aber ich bn in aim HEI! 1 gans großer. Ich bin in saim Bauch. Hir ist es kül + nich so stikich wie man glaupt. Hoite hat Hrmelihne 1 Boha gsehn (Giftslange). Bary is so fis wie immer er hat mir main auto wegenom und es wegewofen. Warum is er imer so fis? So behandelt mann froinde einfach nich.«

Barry legte das Buch wieder zurück. Mit seiner irritierenden Mischung aus geistiger Zurückgebliebenheit und körperlicher Reife sah Lon im Schlaf richtig niedlich aus. Einen Moment lang machte es Barry wütend, daß er ausgerechnet jetzt nicht schnarchte; Barry konnte es sich nicht leisten, daß seine Glaubwürdigkeit angekratzt wurde, schon gar vor Hermeline. Doch dieses Ärgernis wurde durch den Umstand, daß er nun endlich selber schlafen konnte, mehr als aufgewogen. Und das tat er denn auch – nachdem er eine Aspirin gegen die Schmerzen in seinem Fragerufzeichen geschluckt und sich vorgenommen hatte, nicht mehr »so fis« zu Lon zu sein. Er durfte ihn nicht dafür bestrafen, daß er den Freund vermißte, den er vor dem Unfall in ihm gehabt hatte. Lon konnte nichts dafür, daß er ein Hundejunge mit einem Hau war.

Ein paar Stunden später verspürte Barry einen Schmerz zwischen seiner dritten und vierten Rippe, dort, wo Hermeline ihn mit ihrem abgekauten Kugelschreiber piekste.

»Wach auf. Wir sind gleich da.«

Barry gähnte und streckte sich. Er schüttelte Lon sanft. Zu den Schmerzen in der Narbe – sie gingen und gingen nicht weg – kam nun noch die Benommenheit, die einem das Hirn vernebelt, wenn man tagsüber verlorenen Schlaf nachholt.

Aber selbst wenn Barry hellwach gewesen wäre, wäre er nie darauf gekommen, warum seine Narbe ihn so beharrlich quälte: Keine zwanzig Zentimeter wogenden Fischfleischs von seinem ruhenden Kopf entfernt klebte ein Remora aus dem Gefolge Lord Valumarts und belauschte sie. Sie konnten in New York mit einem herzlichen Empfang rechnen.

Die Fähigkeit der Muddel, alles Übernatürliche zu ignorieren, war zwar ganz praktisch, vor allem aber war sie in der Zauberwelt so etwas wie ein Running Gag. Sie lieferte Stoff für eine Unzahl von ethnischen Witzen nach dem Muster: »Wie viele Muddel braucht es, um einen fliegenden Teppich zu sehen?« »Das war kein Teppich, das war ein Wetterballon!« Okay, es gibt bessere. Aber die Beziehungen zwischen den beiden Gruppen waren im Grunde nicht allzu angespannt. Die Bemühungen von zarter besaiteten Seelen wie Hermeline, Verunglimpfungen dieser Art zu unterbinden (einer von vielen Kreuzzügen, die sie in Hogwash führte), waren ziemlich erfolgreich gewesen, aber so ganz ließen sie sich nicht aus der Welt schaffen.

Doch so sehr die Muddel auch dazu neigten, alles Magische zu ignorieren, ein gut zwanzig Meter langer, unter spanischer Flagge segelnder *Carcharadon megalodon*, der drei lächelnde Briten auf den Pier würgte, würde auch den abgestumpftesten New Yorker dazu bringen, die nächste Boulevardzeitung anzurufen. Der Hai mußte also zusehen, daß er unbemerkt blieb. Er schwamm hinüber zur West Side und dann den Hudson hinauf zu den Kaianlagen an der Christopher Street, wo als Zeugen höchstens ein paar Transvestiten zu erwarten waren, die dort auf den Strich gingen – und die würden die seltsame Erscheinung ein paar miesen Cocktails zuschreiben.

An einem geeigneten Pier, unter den Augen eines repräsentativen Querschnitts des Rotlichtmilieus, erhob sich der Hai aus dem Wasser und spuckte unsere Helden aus. Nachdem alle drei sanft auf den verwitterten Planken gelandet waren, lächelte der Fisch, ließ sich zurück ins Naß fallen und schwamm davon.

»Hast du irgendeine Ahnung, wo wir sind?« fragte Barry.

»Nein«, erwiderte Hermeline.

»He, Mister – soll ich mal mit den Glocken läuten?« sagte eine äußerst massige, behaarte Lady zu Lon und zupfte spielerisch an seiner Mütze.

Hermeline nahm Lons Arm. »Laß uns gehen, Lon.«

»He, Hermi, gib mir mal dein Handy«, sagte Barry. »Ich ruf Ferd und Jorge an.«

Ferd und Jorge Measly waren ein paar Jahre älter als Barry, Hermeline und Lon, ihr kleiner Bruder. In Hogwash hatten sie nichts als Unfug angestellt, und seit ihrem unfreiwilligen und überstürzten Abgang hatte das Leben im Internat, um der Wahrheit die Ehre zu geben, an Farbe verloren. Sie waren – obwohl sie nur noch ein Semester vor sich hatten – von der Schule geflogen, nachdem Bumblemore einen ihrer Zauberbonbons gegessen hatte und ihm ein zweiter (Gott sei Dank nicht funktionsfähiger) Penis gewachsen war. Alle waren sich einig, daß das den Rausschmiß wert gewesen war. Bis dahin waren die Brüder vor allem für die »Erfindung« der Kornkreise berühmt gewesen; eine Erscheinung, die sogar den Muddeln aufgefallen war.

Die beiden waren nach New York gezogen, weil sie glaubten, dort würde man ihr anarchisches Genie besser zu schätzen wissen. Und so war es auch – der eine arbeitete bei der Gesundheitsbehörde und belegte Zigaretten mit Beschwörungen und Flüchen, um minderjährigen Rauchern ihr Laster zu verleiden, während der andere im Auftrag der Stadt per Zauberkraft Gebäude abriß.

Anders als Zauberpfeifen waren Zauber-Handys nicht besser als Muddel-Handys; oft mußte man schon ein Brezelmund sein, um zu verstehen, was der andere sagte. Als Ferd und Jorge (bruchstückhaft) davon hörten, daß Barry und Konsorten in der Stadt waren, ratterten sie sofort eine Liste von gemeinsam zu verübenden bösen Streichen herunter, die für mehrere Tage reichen würde. Barry ließ sich ihre Adresse geben und legte auf. Die drei winkten ein Taxi heran, und Barry nannte dem Fahrer die Anschrift.

»Womit sollen wir denn zahlen?« flüsterte Hermeline. »Ich bin noch gar nicht dazu gekommen, einen Geldautomaten zu verhexen!«

Der Taxifahrer erkannte sie sofort. »Eh, du – du bist doch dieser … wie heißter nochma? Harry Soundso?«

Das wär ja noch schöner! Was für ein blöder Name! »Barry, wenn's recht ist«, sagte Barry. Als Gegenleistung für die Taxifahrt mußten sie mit Hermelines Lippenstift ein paar Autogramme schreiben.

»Barry! Hermi! Lon!« Ferd und Jorge begrüßten die Reisenden überschwenglich. »Kommt rein!«

Barry fand sich in dem verdrecktesten Apartment wieder, das im Rahmen der Gesetze von Raum und Zeit überhaupt nur denkbar war. Seine gepeinigten Nasenlöcher bebten unter der vergeblichen Anstrengung, den Gestank abzublocken, der aus dem Kühlschrank drang – es roch, als hätte Ferd mal wieder ein chinesisches Gericht zu einem wissenschaftlichen Experiment umfunktioniert. Aber immerhin waren sie unter Freunden, und das war schon mal ein Riesenfortschritt gegenüber Nunnally, fand Barry.

Abgesehen von der Unordnung war das hervorstechendste Merkmal der Wohnung die Badewanne, die in der Küche stand – und die Wände, die irgendein Vormieter schweinchenrosa gestrichen hatte. Hermeline bemerkte, es sähe aus wie im Bauch eines Hais.

»Hä? Na, egal. Schön, euch zu sehen«, sagte Ferd. »Wollt ihr ein Bier? Lon, du kriegst gleich einen Napf Mineralwasser.«

»Kommt, wir setzen uns auf die Feuertreppe«, sagte Jorge. »Da draußen ist die Luft besser.« Zumindest riechen sie den Gestank auch, dachte Barry.

Unter viel Gelächter brachten sich die fünf alten Freunde gegenseitig wieder auf den neuesten Stand, wobei sie hin und wieder das räudige Malteserhündchen, das sie aus dem Garten unten ankläffte, mit Bier bekleckerten.

»Wie geht's euren Eltern?« fragte Hermeline.

»Wie immer«, sagte Ferd. »Nach außen liebevoll und normal, aber in Wahrheit total pervers und echt gestört.«

»Ist das nicht jeder?« fragte Jorge.

»Tolles altes Haus«, sagte Barry und sah sich um. »Eine Schande, daß man es so hat herunterkommen lassen.«

»Wir tun, was wir können«, sagte Ferd und prostete den anderen mit seinem Bier zu, bevor er einen Schluck nahm.

»Wie heißt dieses Gebäude noch mal?« fragte Hermeline. »Es ist ziemlich berühmt, oder?«

»Oneida Building«, sagte Jorge. »Ja, hier haben früher viele Prominente gewohnt, bevor es in kleinere Apartments aufgeteilt wurde. James Dean, Carmen Miranda. Viele Schauspieler und der Lincoln-Attentäter John Wilkes Booth.«

»Und hier spukt's«, sagte Ferd vollkommen sachlich. »Ich hab den Geist schon mal gesehen.«

»Wirklich?!« fragte Lon aufgeregt.

»Klar, schon öfter«, fuhr Ferd fort. »Es ist ein Impro-Geist.«

»Was meinst du damit?« fragte Hermeline.

»Es heißt, er sei ein armer Improvisationsschauspieler gewesen, der eines Abends auf der Bühne gestorben ist. Deshalb ist er dazu verflucht, bis in alle Ewigkeit Improvisationstheater zu machen.« Die Romantik der Geschichte entlockte Hermeline einen Seufzer. Ferd fuhr fort: »Man geht also den Flur entlang oder macht die Haustür hinter sich zu, und plötzlich steht Tony – so heißt er – neben einem und sagt: ›Ist das Ihr erster Arztbesuch?‹

oder ›Willkommen bei der Armee, Soldat!‹ oder sonst irgendwas, und man ist gezwungen, die ganze Szene mit
ihm durchzuspielen.«

»Wenn man sich weigert, spielt er einem üble Streiche«,
sagte Jorge. »Zum Beispiel läßt er plötzlich das Wasser
kalt werden, während du duschst, oder er sorgt dafür, daß
dein Schlüssel in der Tür steckenbleibt.«

»Das Gebäude muß der Albtraum eines jeden Haus-
meisters sein«, sagte Hermeline.

»Das ist es auch, ebenso wie wir«, sagte Ferd lächelnd.
»Also, weshalb seid ihr hier?«

Als Barry ihnen erzählte, worum es ging, runzelte
Jorge die Stirn. »Das dürfte nicht einfach werden. Ihr
werdet sie entführen müssen. Überleg doch mal: Warum
sollte J. G. den Film abblasen? Allein das Merchandising
wird ihr noch mal einen Riesenhaufen Kohle einbringen.«

»Keine Ahnung, aber uns wird schon was einfallen.«

Hermeline ergriff das Wort. »Ich fand immer, daß sie
sehr vernünftig ist. Wir müssen nur herausfinden, wo sie
steckt. Habt ihr irgendeine Idee?«

Ferd sagte: »In der ›New York Ghost‹ stand, daß sie
letzten Monat zusammen mit Ben Affekt und Courtney
Lust in der St.-Bartholomew's-Kirche war, aber das ist alles, was ich und zehn Millionen anderer New Yorker euch
sagen können.«

Barry hatte eine Eingebung. »He! Ich wette, Serious

weiß es.« Serious, ein ehemaliger Schulkamerad seines Vaters, war Barrys Patenonkel; allerdings war die einzige Lebensweisheit, die Serious ihm je mit auf den Weg gegeben hatte, wie man die Karten beim Blackjack zählt.

Barry kletterte durchs Fenster und nahm den Telefonhörer ab. Die Leitung war tot. »Jungs, ihr habt doch beide einen Job. Ihr könntet wirklich eure Telefonrechnungen bezahlen.«

Ferd ging zu ihm hinüber und tippte mit seinem Zauberstab auf das Telefon. Barry hielt den Hörer ans Ohr und vernahm ein Freizeichen.

»Auf die Art kriegen wir's gratis«, sagte Ferd. Barry nickte und staunte über die unbändige semikriminelle Energie der beiden Brüder.

Barry schlug sein Adreßbuch auf und wählte die Nummer, die Serious ihm zuletzt gegeben hatte. Beim achten Klingeln meldete sich eine barsche männliche Stimme.

Was war denn das für ein Akzent – ein russisch-haitianischer? Ein haitianisch-russischer? »Hi, könnte ich mit Serious Blech sprechen?«

»Nein, der wohnt hier nicht mehr.«

»Oh. Wissen Sie, wo er hingezogen ist?«

»Nein, aber ich weiß noch, wie ich den Wichser rausgeschmissen hab. Er hatte einen, wie heißt das gleich, einen Hippogreif. Hat überall den Fußboden rausgerissen und die ganze Wohnung vollgekackt.«

Barry verdrehte die Augen. Was hatten Zauberer bloß an sich, daß aus ihnen immer solche verkrachten Existenzen wurden? »Verstehe, danke.« Als nächstes wählte er die Nummer der Zaubererauskunft, die schon oft für seine Telefonstreiche herhalten mußte: 970-WIZZ. Dann passierte etwas typisch Amerikanisches: Anstelle der vertrauten, leicht verlebten Stimme mit dem walisischen Akzent und der Frage: »Welcher Teilnehmer?«, hörte er etwas sehr Merkwürdiges.

»Häl-loou«, raunte eine erotische Stimme. *»Willkommen bei 970-WIZZ. Hier machen schöne Frauen mit sehr vollen Blasen deine feuchtesten Träume wahr …«*

Barry legte auf.

KAPITEL ACHT

AUS IRGENDEINEM GRUND
SPIELEN HUNDE EINE TRAGENDE ROLLE
IN DIESER GESCHICHTE

Frustriert und mit einem flauen Gefühl im Magen stellte Barry das Telefon beiseite. Er steckte den Kopf aus dem Fenster. »Serious steht nicht im Telefonbuch«, sagte er.

»Hast du's schon in der Bowery probiert?« scherzte Ferd.

»He, du sprichst immerhin von meinem unzuverlässigen, ausgesprochen arbeitsscheuen Patenonkel«, sagte Barry und kletterte hinaus auf die Feuerleiter. »Habt ihr denn *gar* keine Idee, wo wir J. G. Rollins finden können?«

Jorge zuckte mit den Schultern. »Keinen Schimmer«, fügte Ferd hinzu.

»Kommt schon, Jungs! Ihr beide spielt immerhin, na ja, nicht gerade *wichtige* Rollen in den Büchern, aber trotzdem, ich kann mir nicht vorstellen, daß sie nicht von Zeit zu Zeit hier aufkreuzt und euch ein bißchen ausquetscht, um …«, Barry zitierte J. G.s Lieblingsrezension, »… *›die sympathischen Charaktere mit einer Fülle liebenswerter Details auf wirklich zauberhafte Weise unverwechselbar‹* zu machen.«

»Niemand, der euch Blödmänner besser kennt, würde euch je sympathisch nennen«, sagte Jorge. »*Psychopathisch* vielleicht.«

»Ich wüßte vielleicht doch jemanden«, sagte Ferd, »der dir sagen könnte, wo sie zu finden ist.«

»Dann spuck's aus, du Vollidiot«, sagte Barry verärgert.

»Du sollst keine schlimmen Wörter sagen«, mahnte Lon leise.

»Es gibt hier ein Mädel, das so ziemlich der größte Barry-Trotter-Fan aller Zeiten ist. Sie leitet den amerikanischen Fanclub«, sagte Ferd. »Kurz nachdem wir hier hergezogen sind, hat sie uns zu einer Convention eingeladen.« Er wandte sich Jorge zu. »Erinnerst du dich noch an das Mädel? Du hast sie doch mal kennengelernt.«

»Diese verdammte Nervensäge?«

»Du sollst nicht ›verdammt‹ sagen«, beklagte sich Lon mit leiser Empörung.

Barry wurde langsam ernsthaft wütend. »Wir würden ja gern von deinen amourösen Mißerfolgen hören, aber jetzt sag mir bitte den Namen dieses Mädchens!«

»Barry, die Frau macht nur Ärger …«

»Das ist mir egal! Ich will einfach nur wissen, *wo die verfluchte Rollins zu finden ist!*«

Wie eine Stange alten, feuchten Dynamits explodierte Lon urplötzlich. »Hör auf damit! Du sollst keine schlimmen Wörter sagen, Barry! Das tut man nicht, das darf man nicht, und ich petz das!« Dann brach er, völlig außer sich, in Tränen aus. Hermeline tröstete ihn. »Schon gut, Lon. Barry hört schon auf.« Sie warf Barry einen finsteren Blick zu. In seinem Kummer rammelte Lon still und leise ihr Bein.

»Ja, ich hör schon auf. Entschuldige, Lon.« Lon wirkte besänftigt, und schließlich versiegten seine Tränen wieder.

»Sie heißt Phyllis DeVillers«, sagte Ferd. »Eine Telefonnummer hab ich nicht, aber die Adresse einer Website.« Er schrieb etwas auf ein Stück Papier. »Früher hieß es barrytrotter.com, aber Wagner Brothers haben gedroht, sie zu verklagen.«

Barry las: www.BuryTrotter.com. »Das gefällt mir aber gar nicht«, sagte er lächelnd.

Sie kletterten zurück in das kleine, dunkle Apartment. »Barry, Hermeline wollte mir gerade von ihrem neuen Freund erzählen«, sagte Ferd.

»Er ist nicht mein Freund«, sagte Hermeline. »Ich hab bloß versucht, Informationen aus ihm herauszuholen.«

»Ja, ganz tief hinten aus seinem Hals«, schnaubte Barry. »Hat sie euch erzählt, wie er die Welt verändern will?«

»Ja«, sagte Jorge glucksend. »Wenigstens kann er damit keinen Schaden anrichten.«

»Und was ist mit Holzsplittern?« mischte Ferd sich ein. »Und Hermi, paß bloß auf, daß du nichts Falsches zu J. G. sagst, wenn du sie triffst. Du willst dich doch nicht mit einer Milliardärin prügeln.«

»Ich bin mir keiner Schuld bewußt«, sagte Hermeline trotzig. Die anderen johlten und grinsten. »Ich hab doch niemandem was getan.«

Es erstaunte Barry immer wieder, wie dehnbar die Moralvorstellungen der Menschen waren, wenn sie wirklich scharf auf etwas waren. Sie wußten genau, daß sie etwas Falsches taten, hatten aber sofort eine Rechtfertigung parat. Er war froh, daß er einen festeren Charakter hatte.

»He, wie wär's mit illegalem Kabelfernsehen?« fragte Jorge.

»Cool«, antwortete Barry.

Beim Fernsehen tranken sie köstliches, erfrischendes RhaBlubb* aus der Dose. Die Measly-Zwillinge besaßen eine schlafwandlerische Sicherheit darin, im Fernsehen zu jeder Zeit genau jenes reale Chaos aufzuspüren, das ihrem Naturell entsprach – verwackelte Polizeieinsatz-

---

* Für diese Schleichwerbung hat der Hersteller von RhaBlubb, Amerikas einzigem Softdrink mit Rhabarbergeschmack, ordentlich was springen lassen.

videos, Mitschnitte haarsträubender, nicht zur Nachahmung empfohlener Streiche, sadistische japanische Gameshows … Jetzt schauten sie eine neue Reality-Show namens ›Geronimo!‹, in der Freiwillige von einer kleinen Klippe gestoßen wurden. Wer überlebte, wurde erneut hinuntergeworfen, bis nur noch einer übrig war – der Sieger. Dann traf es auch den, damit der Sender das Preisgeld nicht auszahlen mußte. Dieses landete in einem Jackpot für die folgende Woche. Derzeit belief er sich auf 428 Millionen Dollar. Sechs Monate nach Start der Sendung bewarben sich immer noch neue Kandidaten.

»Ich liebe den Gesichtsausdruck des Siegers, wenn ihm klar wird, daß auch er runtergeschubst wird«, sagte Ferd.

»LAAANGWEILIG!« quäkte Lon. »Mach mal Zeichentrick.« Niemand beachtete ihn.

»Uff!« sagte Barry, als der Kandidat auf dem Boden aufschlug. »Guckt mal, er bewegt sich noch.«

»Jorge«, sagte Lon. »Was ist das hier?« Er hielt den Lolli hoch, den er von Zed Grimfoods Arbeitstisch hatte mitgehen lassen.

Jorge nahm ihn lächelnd in die Hand. »Wo hast du den her? Der stammt doch aus unserem geheimen Süßigkeitenversteck neben der Statue des Zauberers mit den elf Fingern.«

»Ich zeig dir gleich meinen elften Finger«, murmelte Ferd, ohne den Blick von der Mattscheibe zu wenden.

Barry gluckste. Für ihn waren versaute Witze seit jeher eine der verläßlichsten Quellen der Erheiterung (wie Sie sicher schon bemerkt haben werden).

»Schhht! Denkt an Lon!« sagte Hermeline. Die Brüder zuckten mit den Schultern.

»Das Versteck ist nicht mehr geheim«, sagte Barry. »Ein Siebtkläßler hat es entdeckt.«

Jorge und Ferd lachten. »O Gott, bin ich froh, daß ich nicht Schwester Pommefritte bin!«[*] Eine Schule voller Schüler, die abwechselnd aufquollen und wieder zusammenschrumpften, denen Federn wuchsen oder die plötzlich vollverspiegelt waren … »Und was war drin? Außer Sabberziehern?« fragte Ferd.

»Durchfallschäumchen, Blinzelblocker, Krampfküchlein, Schuppenkrüstchen und noch massenhaft anderes Zeug«, sagte Ferd. Manchmal war ihre Begeisterung für derartigen Unfug ganz schön anstrengend.

»Aber was ist das hier?« fragte Lon. »Darf ich das essen?«

»Das ist ein Ono-Feuerspucker mit einem Kern aus rei-

---

[*] Schwester Püppi Pommefritte war Alkoholikerin, und es ging das Gerücht, daß eine Grittyfloor-Schülerin namens Penelope Browser einmal mit Bauchschmerzen auf die Krankenstation eingeliefert und mit einem Katzenmagen wieder entlassen wurde. Sie kann jetzt nur noch Milch und tote Mäuse zu sich nehmen. Ihre Eltern erwägen eine Anzeige. Dennoch: Schwester Pommefritte ist und bleibt ein *Genie* auf dem Gebiet tierischer Ersatzteile.

nem Napalm«, sagte er. »Ein japanischer Schmerzlolli. Wenn man nicht eine total abgestumpfte Zunge hat, brennt er wie Feuer. Ist schon etwas gewöhnungsbedürftig. Ich an deiner Stelle würde ihn nicht essen, Lon.«

Barry legte Ferds Buch ›Reise durch die Muddelwelt mit nur fünf Zaubersprüchen am Tag‹ beiseite; das ständige Gerede von Süßigkeiten machte ihn hungrig. Auf dem Küchenschrank entdeckte er eine Keksdose. »Was ist da drin?« fragte er.

»Windbeutel«, sagte Jorge. »Ein Mädchen in meinem Büro hatte Freitag Geburtstag und wollte sie nicht. Mich hingegen kümmert es nicht, wie dick meine Schenkel werden«, sagte er und versetzte sich einen Klaps auf das ausladende Gesäß. »Bedien dich!«

Barry stand auf und holte die Dose. Als er einen nehmen wollte, glitschte er ihm aus den Fingern. »Hoppla«, sagte er leise. Wie viele entscheidende Momente der Weltgeschichte wurden von diesem harmlosen Ausruf eingeleitet! Der hier war keine Ausnahme.

Der Teppich, auf dem das Gebäck (natürlich kopfüber) landete, war dermaßen verdreckt – Flusen, abgekaute Fingernägel, getrocknete Popel waren so tief in den Flor getreten, daß sich unmöglich feststellen ließ, wo der Teppich aufhörte und der Ekelkram begann. Der Windbeutel war mehr als ungenießbar: Er war verseucht. Barry warf ihn schaudernd weg. Er hatte allerdings keine Ahnung, daß der Windbeutel ihm von den Lakaien Lord Valumarts (von denen einer in einer deutschen Bäckerei arbeitete) untergeschoben worden war. In der Sahnefüllung war ein Sender versteckt. Hätte Barry sie gegessen, wären die Mächte des Doofen in der Lage gewesen, ihn auf Schritt und Tritt zu verfolgen, bis er das Gebäck ausgeschieden oder das Zeitliche gesegnet hätte. Besagte Mächte hofften auf letzteres.

Ohne das Wissen unserer Helden explodierte einen Tag später mit großem Getöse ein Müllwagen auf seinem Weg zur Fresh-Kills-Deponie in Staten Island. Valumarts Anhänger hatten keine Erklärung dafür, was Barry Trotter auf einem Müllwagen zu suchen hatte. Sie wußten nur, daß »selbst der große Barry Trotter so eine Explosion unmöglich überlebt haben kann, Euer Doofheit«.

Führende Köpfe des Bösen klagen schon seit Jahren: Es ist unmöglich, gutes Personal zu finden.

»O Mann, schon so spät«, sagte Jorge. »Wir müssen rüber in den Astral Park.« Der Astral Park war ein Teil des Central Parks, der nur für Zauberer sichtbar war. Dadurch war er nicht so überlaufen, besonders am Wochenende.

»Jorge und ich spielen in der Quaddatsch-Amateurliga«, sagte Ferd. »Wollt ihr mitkommen?«

Quaddatsch ist, wie jeder weiß, ein Spiel, bei dem Zauberer und Hexen auf Mops durch die Gegend fliegen und versuchen, einen Ball durch einen Ring zu bugsieren. Dieser wird von einem Torhüter bewacht. Neben den Torhütern gibt es die Drescher, deren Aufgabe es ist, auf sogenannte Matscher (ein solcher Ball hatte sich damals durch Lons Birne gebohrt), auf andere Spieler und in besonders lahmen Spielen auf sich selbst einzudreschen. Wenn Drescher anderen Leuten eins überzogen, brüllten ihre Opfer immer: »Laß den Quaddatsch!« – daher der Name des Spiels. Es ist komplett sinnlos und äußerst brutal.

Schließlich gibt es noch die Hascher, denen die Aufgabe zukommt, eine flugfähige lebende Bulette namens »Schmatz« aufzufangen. Derjenige, der den Schmatz fängt, bekommt eine Fantastilliarde Punkte und gewinnt das Match. Diese Regel ist total bescheuert, denn durch sie werden alle oben genannten Regeln des Spiels bedeutungslos. Aus Autorensicht hingegen ist sie äußerst praktisch, da sie, wann immer der Erzählfluß ins Stocken gerät, ein kurzes, dramatisches Finale ermöglicht. Barry war einer der besten Amateurhascher aller Zeiten. Er liebte diesen hirnlosen, brutalen, halsbrecherischen Sport.

Ganz anders natürlich Hermeline. »Wenn es euch nichts ausmacht, setz ich mich ab«, sagte sie. »Bei Kate Spade gibt es ganz schnuckelige Zauberstäbe im Sonderangebot.«

»Kate Spade!« nörgelte Barry. »Du hast doch behauptet, du wärst knapp bei Kasse!«

»Prioritäten, Barry, Prioritäten«, sagte Hermeline.

»Lon? Barry? Kommt ihr mit?«

»Klar«, sagte Barry. »Ich hab schon ewig nicht mehr auf so einem Mop gesessen.«

»Okay!« sagte Ferd. »Hier, zieh das an.« Es handelte sich um einen lila Umhang, auf dem in weißen, gotischen Buchstaben ›Ty's Bar‹, der Name ihres Teams, stand.

Nachdem sie alle ihre Quaddatsch-Umhänge übergestreift hatten – in deren Schoß ein Suspensorium eingearbeitet war, damit man sich auf den hölzernen Stielen keine Splitter einriß –, schulterten sie ihre Mops und marschierten aus dem Apartment und raus auf die Straße. Lon kam mit, aber ihn auf einen Mop steigen zu lassen, kam definitiv nicht in Frage.

»Sagt mal, Leute«, sagte Barry und zeigte auf die Mops, »werden die Muddel nicht Alarm schlagen?«

»Nee, das schert die nicht«, sagte Jorge. »Das ist hier New York, Mann!«

Der neue, »unfiese« Barry nahm Lon pflichtschuldigst an die Hand, als sie die Straße überquerten, um in den Park zu gelangen.

Schließlich kamen sie zum Spielfeld, das von Menschen in Umhängen übersät war, die vor dem Match Dehnübungen machten, ihre Stiele auspackten und Sprüche klopften: »He, arbeitest du bei einer Reinigungsfirma, oder was?« Das Sprücheklopfen beim Quaddatsch war ein festes Ritual. Ein paar andere Jungs vom ›Ty's Bar‹-Team kamen herüber.

»Hi, Leute«, sagte Jorge. »Das ist unser Freund Barry. Darf er mitspielen?«

»Na, ja, Jorge, das ist eigentlich gegen die Spielre…«

»Heb mal deinen Pony hoch«, sagte Ferd zu Barry. Dieser präsentierte sein Fragerufzeichen.

»Ihr macht wohl Witze! Mensch, klar kann er mitspielen! Hi, Barry! Ich bin Spud, und das ist K-Dawg. Evan und Onkel Doktor sind da drüben und wärmen sich auf.«

Man machte sich bekannt. »Sag mal, Barry, warum gibst du dich eigentlich mit diesen Versagern ab?« fragte K-Dawg.

Barry wollte gerade antworten, als K-Dawg ihn unterbrach. »War nur'n Scherz«, sagte sie. »Paß auf, eigentlich darfst du nicht bei uns mitspielen, und wenn sie rausfinden, wer du bist, machen sie uns erst recht fertig. Sagen wir also, du bist, äh, mein Cousin Pierre aus Frankreich, okay?«

»Okay«, sagte Barry.

»Nein, Pierre, das heißt *oui*«, korrigierte Spud. Barry lachte. Das konnte niemals gutgehen.

Und das wäre es normalerweise auch nicht, wenn das gegnerische Team, ›Nosferatu Heizungs- und Klimatechnik, Brooklyn‹, nicht aus lauter hirnamputierten Neandertalern bestanden hätte. Sie waren Absolventen der legendär schlechten (und zwielichtigen) Zaubererschulen New Yorks, dubioser Etablissements mit Namen wie ›1-2-3 Große Zauberei‹ oder ›Swami Patels Palast der Illusionen‹. Mr. Measly zufolge hatten viele von ihnen Verbindungen zur Magimafia, die sich letztlich, wie Schleim, der durchs Abflußrohr floß, zu Lord Valumart zurückverfolgen ließen. Wer reich war, konnte es sich leisten, sein Kind auf eine der wenigen noblen »Magical Academies« zu schicken, aber dazu mußte man sie schon im Augenblick der Zeugung auf die Warteliste setzen. Oder noch früher, falls man an Astrologie und Orakel glaubte.

Jedenfalls durchschaute keine von diesen trüben Tassen den Trick – noch nicht mal, als Ferd sich ob Barrys Begriffsstutzigkeit gezwungen sah, ihn auffliegen zu lassen: »Pierre! Der Schmatz! Da drüben, Pierre! … *Pierre!* Pierre, ich rede mit dir, BARRY!«

»Er heißt Pierre Baris«, fügte Jorge nervös hinzu. Es bestand jedoch kein Grund zur Sorge, denn der einzige Gegner in unmittelbarer Nähe, »Ochse«, bohrte sich gerade mit seinem dicken Finger in der Nase und war vollkommen mit dem beschäftigt, was er darin fand.

Die Spieler des Nosferatu-Teams waren nicht nur gewalttätig, sie lebten auch noch ungesund: Sogar noch während des Spiels rauchten sie billige, ungesunde Zigarren,* und bei jeder Richtungsänderung sackten die Mops der massigen Brutalos unter ihrem Gewicht grotesk weit ab. Der gegnerische Drescher hatte derartige Hängebakken, daß sie, wenn er richtig Gas gab, im Wind flatterten wie zwei Wimpel. Quaddatsch ist körperlich nicht sonderlich anstrengend, doch die Männer und Frauen des Nosferatu-Teams schwitzten von Spielbeginn an wie fettsüchtige Ackergäule, die hinter dem letzten Zuckerwürfel des Planeten her waren.

Unglücklicherweise gab es unter den Gegnern einen, der sich von »Pierre« nicht täuschen ließ: Barrys Gegenspieler, Nosferatus Hascher, der den schönen Spitznamen »Klops« trug.

Als ›Ty's Bar‹ immer weiter in Rückstand geriet (dank der rauhen Spielweise, die Barry Trotters Kontrahenten generell an den Tag legen), wurde immer deutlicher, daß Barrys Team (wie üblich) nur noch gewinnen konnte, wenn er, Barry, den Schmatz fangen würde. Nachdem Nosferatu weitere sieben Tore vorgelegt hatte, mußte auch Barry dies einsehen, und so verdoppelte er seine Konzentration. Dasselbe tat Klops, der zu ihm hinübersauste und mit breitem Brooklyn-Akzent knurrte: »Ich kenn dich, Flachpfeife, du rührst dich nicht vom Fleck.«

---

* Zauberzigarren haben an der Seite einen Regler, mit dem der Raucher einstellen kann, wieviel Qualm abgesondert wird. Das Nosferatu-Team hatte alle Regler voll aufgedreht.

Während er das sagte, umklammerte Klops mit seiner affenartigen Pranke das Ende von Barrys Mop. Barry sah, daß an seinem Umhang ein Button mit dem gleichen Anti-Barry-Trotter-Symbol steckte, das auch der böse Schlittenmann irgendwo in Kapitel drei oder vier getragen hatte. Barrys Narbe tanzte einen Foxtrott des Unbehagens auf seiner Stirn.

»Laß los, Klops!« brüllte Barry. Klops lachte. Barry versuchte einen Zahn zuzulegen, aber sein Mop – ein billiger ›Feudel 74‹ –, der nun auch noch Klops' Gewicht ziehen mußte, quälte sich nur quietschend und ächzend voran. Stinkende, schwarze Rauchwölkchen stiegen auf; der Mop pfiff auf dem letzten Loch.

Klops lachte sich ins Fäustchen. »Ich laß los, wenn dein Mop abkackt – und dann heißt es: Bye-bye, Barry!«

»Barry, der Schmatz!« brüllte Jorge, der nach allzu vielen Schlägen auf den Kopf vergaß, Barry mit seinem Decknamen anzureden. Der Schmatz schwebte zehn Meter unter ihm in Bodennähe. Barry schwang seinen Mop herum und setzte zum Sinkflug an. Er hoffte, der Schmatz würde nicht von der Zeitschrift, die er gerade las, aufblikken, ihn sehen und sich aus dem Staub machen. Er hoffte, daß sein Mop durchhielt. Klops zerrte heftiger an ihm und haute bei seinem Mop (einem viel PS-stärkeren ›Kehrwisch 2000‹) den Rückwärtsgang rein. Eine dicke Schwade ätzenden Rauchs quoll aus Barrys Mop, als er seinen letzten Tropfen Öl verbrannte. Barry hörte Klops husten, und dann ertönte ein unheilvolles metallisches Kreischen.

Drei Meter über dem Boden hielt Klops den Qualm nicht mehr aus, und er ließ los. Barry machte einen Satz nach vorn und packte den erschrockenen, ziemlich fettigen Schmatz. (»Du hast meine Zeitschrift zerknittert!« beschwerte sich eine empörte Piepsstimme.) Im selben Moment gab sein Mop – der schließlich nur von Amateurliga-Qualität war – den Geist auf, und Barry stürzte zu Boden. Zum Glück fiel er nicht tief, und das Spielfeld war weich – aber er verknackste sich den ohnehin schon angeschlagenen Knöchel.

»*Autsch!* Verhexter Mist, tut das weh!« brüllte Barry und hielt den Schmatz hoch, der in seiner Hand vor Wut kochte. »Ich hab ihn!«

»Gewonnen!« johlte Ferd.

Die ›Ty's Bar‹-Mannschaft sonnte sich in ihrem Sieg (nicht gerade die Super-Überraschung, wenn man bedenkt, von wem dieses Buch handelt). Die Männer und Frauen von Nosferatu waren froh, daß das Spiel vorbei war, und brachen sofort auf, um sich ihrer *eigentlichen* nachmittäglichen Lieblingsbeschäftigung zu widmen: saufen und Prügeleien anzetteln. Nachdem Barry den Schmatz gefangen und damit Nosferatus Schicksal besiegelt hatte, landeten sie gar nicht erst auf dem Boden – sie machten nur ein paar obszöne Gesten und flitzten los zu ihrer Kneipe. Nur Barry wußte, wie gefährlich das »Freundschaftsspiel« gewesen war.

Während die verschwitzten Krieger von ›Ty's Bar‹ mit einem Kübel Fitneßdrink (den Ferd mit Alkohol versetzt hatte) ihren Sieg feierten, führte auf dem Fußweg ganz in der Nähe eine Frau im Nerzmantel ihren Hund spazieren. Der triefäugige Pudel, der selbst für diese mickrige Rasse winzig war, riß sich irgendwie los und lief hinüber zu den Freunden. Sein Frauchen folgte ihm ohne Eile. Der Ausreißer, offenbar spitz wie Nachbars Lumpi, schoß schnurstracks auf Barry zu und begann heftig sein Bein zu rammeln.

»Hau ab!« sagte Barry. »Besorg's dir woanders!«

»Entschuldigen Sie vielmals«, sagte die gut gepolsterte Frauensperson zu Barry, während sie den Hund von ihm wegzerrte. Sie zuckte kurz zurück, als ihr der Geruch von zehn verschwitzten Hexen und Zauberern entgegenprallte. »Komm, *mon petit*.« Hustend ging sie zurück auf den Fußweg und zog den kläffenden, widerspenstig an der Leine zerrenden kleinen Köter hinter sich her.

»Dieser Hund kommt mir irgendwie bekannt vor«, sagte Barry gedankenverloren vor sich hin. »Ich könnte schwören, daß ich den schon mal irgendwo gesehen habe.«

»Ich glaub, Barry hat sich verliebt«, sagte Spud, und die anderen brachen in Gelächter aus.

»Ferd, Jorge, wartet hier«, sagte Barry. »Wenn ich in einer Viertelstunde nicht zurück bin, bringt ihr Lon nach Hause.« Dann lief er hinter der Dame her, die auf dem Weg zum Ausgang des Parks war.

Während er hinter ihr herschlich, achtete er darauf, immer genug Abstand zu halten, damit sie ihn nicht sehen (oder riechen) konnte. Als Hundchen und Frauchen schließlich ein vornehmes Gebäude am Astral Park West betraten, sah Barry, wie ein erstaunlich brutal und heruntergekommen aussehender Portier die Hand an die Mütze legte und sie hereinließ.

Barry blieb am Rand des Parks stehen, kauerte sich ins Gebüsch und überlegte, was er nun tun sollte. Bevor er sich entscheiden konnte, kam der Hund, die Leine hinter sich herziehend, aus dem Gebäude gerannt. Er umkurvte geschickt den Portier und flitzte über die Straße, wo er mehrfach knapp einem unappetitlichen Tod entging.

Der Pudel steuerte direkt auf ihn zu. »Komm her, Kleiner, komm zu mir!« rief Barry und hockte sich mit ausgebreiteten Armen nieder. Doch der Hund rannte schnurstracks an ihm vorbei in den Park.

Die rothaarige Walküre (selbst von der anderen Straßenseite aus konnte Barry sehen, daß die Haare gefärbt waren) rief: »He, junger Mann! Wenn Sie mir meinen

Hund zurückbringen, kriegen Sie tausend Dollar! *Und* einen Gipsabdruck von Art Valumords Glied!«

Wenn einem so ein Angebot gemacht wird und man ein so großer ›Valid Tumor Alarm‹-Fan ist wie Barry, dann stellt man keine Fragen à la: *Und was soll ich damit?* Barry drehte sich auf dem Absatz um und lief in den Park. Er war etwa hundert Meter weit gekommen – von dem Pudel keine Spur –, als er eine heisere Stimme vernahm.

»He, Barty! Hier bin ich.« Ein verwahrlost wirkender Mann in einem abgetragenen, alten Smoking, der ungefähr drei Größen zu klein war, kauerte hinter einem Busch. Er schaute sich nervös um und winkte Barry zu sich.

Es war niemand anders als sein Patenonkel Serious Blech.

Kapitel neun

Der Gefangene
von Aztalan

Schön, dich zu sehen, Barty«, keuchte Serious völlig außer Atem von seiner überstürzten Flucht. Nie kriegte er Barrys Namen richtig auf die Reihe. Anfangs hatte Barry das für einen Versuch gehalten, witzig zu sein, doch inzwischen sah er darin lediglich eine von vielen nervtötenden Facetten von Serious' hochgradiger Bekloppptheit. »Wie ich sehe, hast du endlich diese Pickel besiegt.« Barrys Gesicht war nach Valumarts einige Jahre zurückliegender Attacke, seinen Fans aus ›Barry Trotter und die Feuerakne‹ bekannt, immer noch von Pockennarben gezeichnet. An die Lesereise für das Buch erinnerte Barry sich nur höchst ungern.

»Paß auf, was du sagst, Alter«, entgegnete Barry mit (mehr oder weniger) gespielter Entrüstung. »Sag mal, kannst du mir helfen, mir diesen Gipsabdruck zu krallen?«

Serious' Miene verfinsterte sich. »Schlag dir das aus dem Kopf, Beany. Was meinst du, wie ich in diese mißliche Lage geraten bin? Vor zwei Jahren habe *ich* Mrs. Throttlebottoms Hund wieder eingefangen und ihr zurückgebracht. Seither bin ich dazu verdammt, ihr Liebessklave zu sein.«

»Was? Ich versteh nicht …«

»Minerva Throttlebottom ist stinkreich – ihr erster Mann hat mit einem Warzenmittel ein Vermögen gemacht. Sie war sein Versuchskaninchen, und ich kann dir sagen – sie hat sich jeden Penny redlich verdient. Vielleicht konntest du es von da, wo du standst, nicht sehen, aber glaub mir: Niemand, der nicht durch eine gehörige Ladung Doofer Magie dazu gezwungen ist, würde je auf die Idee kommen, sie zu küssen.«

»Aha, verstehe«, sagte Barry. »Du hast dich mal wieder von einer Frau aushalten lassen, und dann wurde sie dir zu besitzergreifend.«

Serious schaute sich um, um sich zu vergewissern, daß Throttlebottom ihm nicht gefolgt war. »Nein, nein … ja, du hast recht. Aber sie hat mich reingelegt. Sie hat gesagt, sie würde mir das Geheimrezept für Coca-Cola geben.«

Barry stieß einen Pfiff aus. »Offenbar hat sie dich durchschaut.«

»Dich ganz offensichtlich auch«, gab Serious zurück. »Mit Hilfe irgendeines Zaubers findet sie heraus, worauf man scharf ist. Sie ist wie eine Sirene, die einen mit Konsumgütern und Dienstleistungen ins Verderben lockt. Sobald du einmal in ihrer Wohnung bist, kannst du sie so lange nicht mehr verlassen, bis du einen Verwandten berührst! Und der warst du – offenbar war unsere Verwandtschaft eng genug, um den Bann zu brechen«, sagte Serious. »Ihren vorigen Hund hat sie umgebracht, einen Schulfreund von deinem Vater und mir, Cecil Squiffington war sein Name, und zwar direkt vor meiner Nase. Sie warf ihn in einen großen Bottich Warzenentferner; er hat sich einfach aufgelöst. Eine traurige Geschichte. Und das nur, weil Cyril Charles-und-Di-Memorabilien sammelte.«

»Wow«, sagte Barry.

»Das Haus wird von lauter Doofen Magiern bewohnt. Es heißt ›Drovatull Arms‹ … Verstehst du? ›Lord Valumarts‹.«

»Wieder so ein Anagramm«, sagte Barry. »Für wie beschränkt hält der uns eigentlich?«

»Für ziemlich beschränkt«, antwortete Serious, »und oft genug hat er auch noch recht, Barney. Laß uns hier abhauen, nur für den Fall, daß Minerva auf dumme Ideen kommt.«

Er klopfte sich den Staub ab, und sie gingen los. »Stehst du immer noch auf ›Doctor Whom‹?« Barry hatte sich im Jahr zuvor nur so aus Jux einen ›Doctor Whom‹-Aufnäher auf seine Armeejacke genäht, und im Gegensatz zu den meisten Leuten in Barrys Alter verstand Serious den Witz daran nicht. Als Serious Barry zum ersten Mal begegnet war, steckte dieser gerade mitten in einer ›Doctor Whom‹-Phase – er trug lange, häßliche Schals, machte sich an Telefonzellen zu schaffen, ließ sich eine Dauerwelle legen und so weiter. Obwohl Barry die Serie seit fünf Jahren nicht mehr gesehen hatte und sie seit sieben Jahren nicht mehr besonders mochte, hatte Serious diese Verbindung immer noch im Kopf: Barry gleich Doctor Whom. Auf immer und ewig.

Barry glaubte, daß es einfach fehlgeleitete Sentimentalität war, die ihm solch einen nichtsnutzigen Habenichts als Patenonkel beschert hatte. »Dein Vater und ich waren in Hogwash die besten Freunde, Billy«, erzählte Serious Barry zum x-ten Mal. »Hab ihm nach so manchem Besäufnis über der Kloschüssel den Kopf gehalten. In Anwesenheit eines anderen seinen Mageninhalt von sich zu geben – das ist dir vielleicht noch nicht passiert, aber irgendwann erwischt es jeden, und ich sag dir, mein Sohn: Das schweißt zusammen.«

Barry kämpfte gegen das vertraute Gefühl an, nach Strich und Faden vollgelabert zu werden. Während sie durch den Park spazierten, starrte Serious die ganze Zeit auf den Boden, auf der Suche nach verlorenem Kleingeld. Er hob eine abgenutzte Unterlegscheibe auf und warf sie wieder weg.

»Ja, Britney, ich nehme meine Verantwortung als dein Patenonkel sehr ernst«, sagte Serious. »Du bist für mich wie mein eigener Sohn, denn so hätte dein Vater es gewollt. Es gibt nichts, was ich für dich nicht tun würde. Ich möchte dir auf deinem Lebensweg beistehen. Sag mal«, er blieb einen Augenblick stehen, wandte sich Barry zu und legte ihm väterlich die Hand auf die Schulter, »kannst du mir fünfzigtausend Dollar leihen?«

Verblüfft über so viel Dreistigkeit, lachte Barry ihm ins Gesicht. »Vergiß es, Serious. Das fällt mir nicht im Traum ein. Ich hab mir schon oft genug an deinen Geschäftsideen die Finger verbrannt.« Er drehte sich um und marschierte wieder los. Serious Geld zu geben, war, als würde man einem Brandstifter seine Tankstellen-Kundenkarte aushändigen.

Serious trottete hinter ihm her. »Ich weiß, unsere bisherigen strategischen Allianzen haben nicht so hingehauen wie geplant, aber diesmal ist es etwas anderes. Der Erfolg ist praktisch garantiert. Und überhaupt – gib mir ’ne Chance. Ich gebe zu, die magische Treibstoffpille war ein Schwindel, aber sie hat auch meinen Motor ruiniert! Sonst kam niemand zu Schaden; ich war derjenige, den die Terroren nach Aztalan verschleppt haben.«

Barry schauderte bei der bloßen Erwähnung dieses Orts. Aztalan war das gefürchtete Zauberergefängnis, ein mittelamerikanischer Themenpark, hingebungsvoll geführt von Mitgliedern einer zwielichtigen Organisation, die nur als La Raza bekannt war. Man bekam dort angeblich tonnenweise leckere, sehr fettige Sachen mit vielen Jalapeños zu essen, aber *nichts zu trinken*. Wenn man darum bat, den mörderischen Brand löschen zu dürfen, den die Chilis verursachten, bekam man mexikanisches Leitungswasser. Und dann wurde man in eine der Achterbahnen gesetzt.

Die Chimichangas, die Übelkeit erregenden Achterbahnen, die brütende Hitze und Montezumas Rache führten dazu, daß die Häftlinge Aztalan mehr haßten als jedes normale Gefängnis. Kräftige Männer schwanden dahin; haarige Männer wurden kahl; großkotzige Männer wurden kleinlaut. Niemand blieb der, der er einmal war. Und niemand war bisher lebend wieder herausgekommen – bis auf Serious. Der hatte Aztalan – als erster und einziger – überlebt, indem er zwei Regeln befolgt hatte. Erstens: Immer in den vordersten Wagen setzen, da wird man weniger durchgeschüttelt. Und zweitens: Kein Wasser trinken. »Kein Eis, keinen Salat, nichts. Ich hab von dieser merkwürdigen Tamarindenbrause und Sangria gelebt, die ein korrupter Wächter für mich reingeschmuggelt hat«, vertraute er Barry an.

Nachdem er jahrelang von morgens bis abends mit dem Piñata-Expreß gefahren war, entkam Serious, indem er zu einem geheimen Schrumpfzauber griff. Eines Morgens, als die Wärter ihn zum Eingang führten, war er nur ein kleines bißchen kleiner als erlaubt. Die Wärter staunten, aber Vorschriften sind Vorschriften, daher ließen sie ihn gehen.

Wie auch immer, das war schon Jahre her, und Serious war noch immer derselbe Gauner aus Passion. Die *Leidenschaft* war seine größte Stärke.

»Ich kann's immer noch nicht fassen, Serious, daß du im Ernst geglaubt hast, man könnte ein Auto dazu bringen, ewig zu fahren, indem man eine kleine Pille in den Benzintank wirft. Das ist der älteste Großstadtmythos überhaupt.«

»*Du* hast darin investiert«, sagte Serious.

»Ja, aber da war ich vierzehn!«

Serious zuckte mit den Schultern. »Auf mich wirkte der Typ wie ein Wissenschaftler. Woher sollte ich wissen, daß er total gaga war? Meine jetzigen Partner sind Männer von lauterstem Charakter und bester Reputation. Vertrau mir.«

»Aha«, sagte Barry, der seine Geldbörse bereits leichter werden spürte. »Warum raubst du nicht einfach eine Muddelbank aus, wenn du Geld brauchst?«

Serious setzte eine gekränkte Miene auf. Sie wirkte erstaunlich echt. »Der Kodex, Boney, der Kodex. Es gibt gewisse Dinge, die ein Zauberer niemals tun darf, und die erste und wichtigste Regel lautet: ›Verhexe niemals Muddel zum eigenen Vorteil.‹ Sich daran zu halten, liegt in unserem eigenen Interesse.« Barry sah ihn fragend an, und Serious fuhr fort: »Mal abgesehen vom Geld – ohne den Kodex könnten wir Milliarden von ihnen mit einem einzigen Zauberspruch versklaven. Innerhalb von vierundzwanzig Stunden hätten alle auch nur halbwegs fähigen Zauberer und Hexen ihre eigene Privatarmee. Wo kämen wir da hin – streitsüchtig, wie wir sind? Nein, Muddel durch Magie zu schröpfen gehört sich einfach nicht.«

»Aber sein Patenkind unter Druck zu setzen schon, was?«

Serious hörte gar nicht hin. »Ich kenne jemanden, der uns bis in alle Ewigkeit mit Petroleum und Flugasche beliefern kann. Weißt du, wofür man das braucht?«

»Nein«, sagte Barry ohne jede Begeisterung. Von der hatte Serious genug für sie beide.

»Das sind die geheimen Zutaten von Schmodder®, dem Lieblingsspielzeug aller amerikanischen Kinder!« sagte Serious aufgeregt, wobei er für das Trademark-Symbol ein helles kleines Geräusch mit der Zunge machte. »Das weiß nur noch keiner.«

»Du hast 'n Knall!« sagte Barry.

»Die Kids lieben Schmodder! Sie können sich damit *identifizieren*. Schmodder ist *ihr bester Freund*. Weißt du noch, wie es war, wenn man als kleiner Junge Schmodder auf der Straße gefunden hat? Man hat stundenlang damit gespielt.«

»Du darfst nicht von dir auf andere schließen.«

»Man hat mit einem Stock darin herumgestochert, etwas davon aufgeschaufelt und seine Freunde damit beworfen! Man hat versucht, es dem Hund zu fressen zu geben, ist darum herumgetanzt, hat seine Kumpel hineingeschubst. Was ich damit sagen will, ist, daß wir die herrliche, unschuldige Vorliebe für Schmodder, die in jedem Kind steckt, ausnutzen und ein *Vermögen* damit machen können.«

Als sie den Park verließen, begann Serious, seinen Finger in jede Parkuhr zu stecken, an der sie vorbeikamen. »Na gut, vielleicht sind fünfzig Riesen ein bißchen hoch gegriffen. Kannst du mir einen kurzfristigen Überbrückungskredit von fünfundsiebzig Cent geben?«

»Nicht, wenn es für Schmodder® ist«, sagte Barry.

»Nein, ich will bloß eine Brezel.«

Als Barry in seinen Taschen wühlte, fiel seine Zauberpfeife heraus.

»Wie ich sehe, hast du dir das Rauchen angewöhnt, Bernie«, sagte Serious. »Ich war früher auch Pfeifenraucher, bis mir etwas ziemlich Unangenehmes passiert ist.«

»Was denn?« fragte Barry, obwohl er sich ziemlich sicher war, daß er es im Grunde gar nicht wissen wollte.

»Nun ja, wie du weißt, leide ich an chronischem Geldmangel und bin daher ständig darauf aus, ein Schnäppchen zu machen. Dadurch gerate ich immer wieder in unvorhergesehene Situationen. Ich fürchte, dieses Erlebnis war in dieser Hinsicht ziemlich typisch. Ich hatte gerade mit dem Rauchen angefangen, und meine billige Pfeife schmeckte mir gar nicht schlecht. Ich rauchte einfach alles – Tabak, zerkleinerte Zeitungen, Kartoffelbrei, Bindfäden –, es mir machte mir nun einmal Spaß. Eines Tages, als ich an meinem Stammtabakladen vorbeikam, entdeckte ich im Schaufenster eine Pfeife, die zu einem unglaublich niedrigen Preis angeboten wurde. Der Besitzer – zumindest glaube ich, daß es ein Er war, es kann aber auch eine Sie gewesen sein – war verstorben, und nun wurde sein Nachlaß in alle Winde verkauft. Ich bin nicht zimperlich, daher kaufte ich die Pfeife. Aber erst als ich sie in Benutzung nahm, wurde mir klar, warum der Preis dafür so lächerlich niedrig war. Ihr ehemaliger Eigentümer spukte darin – und zwar auf ziemlich aggressive, ja, ich möchte sagen, abscheuliche Weise.«

»Serious, würde es dich sehr kränken, wenn ich dir sagte, daß so etwas von allen Menschen, die ich kenne, auch nur dir passieren kann?«

Serious redete weiter: »Dieser teuflische Rotzkocher pflegte sich selbst anzuzünden, zu den unpassendsten Zeiten wieder auszugehen, beängstigend hohe Flammen zu schlagen (ich habe während unserer kurzen Verbindung mehr als eine Wimper verloren) und dergleichen. Am schlimmsten war jedoch, daß das Mundstück gruselig kalt und klamm wurde, als ob …« – Serious machte eine Kunstpause – »… als ob es voller *Gespensterspucke* wäre.«

Barry schnaubte verächtlich. Er wußte aus Erfahrung, daß diese Geschichte mit allergrößter Sicherheit frei erfunden war, doch das würde Serious nie zugeben. Denn durch ein solches Eingeständnis würde jeder Aspekt seines Lebens ins Zwielicht geraten. Und wer wußte schon, wie viele »Fakten« über ihn frei erfunden waren? Niemand außer Serious – und deshalb hielt dieser sich wohlweislich bedeckt.

»Glaub mir, das hat mir das Rauchen verleidet! Laß dir das eine Lehre und eine Warnung sein: Rauche nie die Pfeife eines Toten. Das lassen die sich nicht gefallen.«

Inzwischen hatten sie das von Menschen wimmelnde Stadtzentrum erreicht. Vor einem besonders heruntergekommenen Bauplatz, einem Schlammloch, das auf ein Fundament wartete, drehte Serious sich zu Barry um und sagte: »Wir sind da.«

Barry war überrascht. »O Mann, du lebst aber echt bescheiden, Serious.«

»Dreh dich um, bück dich und guck zwischen deinen Beinen hindurch«, sagte Serious. Barry tat wie ihm geheißen und sah ein mittelgroßes Gebäude, auf dem ein blaues Banner mit einem H, in das ein Z geschlungen war, flatterte. »›Der Club der Hexen und Zauberer‹«, sagte Barry.

»Da staunst du, was? Der Club zieht immer wieder um, um neugierigen Muddeln aus dem Weg zu gehen – und den Grundsteuern. Wenn du irgendwo in Midtown ein großes Loch siehst, ist das höchstwahrscheinlich der Club.«

Barry begriff immer noch nicht ganz. »Hier zu wohnen

kostet Geld, Serious. Die werfen dich doch achtkantig wieder raus.«

»Der Präsident ist ein Freund von mir. Er hat viel Geld verdient, indem er in eins meiner Projekte investiert hat – eins, das du abgelehnt hast, wie ich hinzufügen möchte. Wir haben eine Abmachung.«

»Na gut«, sagte Barry. »Ich wohne bei Ferd und Jorge. Lon und Hermeline sind auch da.«

»Na, das ist ja ein richtiges Klassentreffen. Wie kommt's?«

»Das ist eine lange Geschichte. Um es kurz zu sagen: Wir versuchen, diesen ›Barry Trotter‹-Film zu verhindern«, sagte Barry.

»Ich persönlich würde mich ja freuen, wenn jemand einen Film über mein Leben drehen würde. Denn dann könnte ich Geld von Bill Gates kassieren. Du mußt einen guten Grund haben, wenn du nicht willst, daß ein Film über dich in die Kinos kommt …«

»Den werde ich dir nicht sagen, denn sonst wüßte innerhalb von Millisekunden der ganze Club Bescheid.«

»Du unterschätzt mich, Beaujolais, wirklich. Aber ist die Wohnung der Jungs nicht ein bißchen eng für euch alle? Die wird doch sicher nicht sehr groß sein«, sagte Serious.

»Stimmt. Und sie stinkt.«

»Ich schätze, ich könnte euch hier für einige Nächte ein

paar Zimmer besorgen. Ich bin sicher, es ist noch was frei«, sagte Serious. »Überleg's dir. Das ist das mindeste, was ich tun kann, nachdem du mir meine Freiheit zurückgegeben hast.«

»Das werde ich, Serious. Danke«, sagte Barry, und die beiden trennten sich. Trotz seines Namens war Serious der unseriöseste Erwachsene, den Barry je kennengelernt hatte – oder sich auch nur vorstellen konnte. Er war ganz unterhaltsam – sofern man über die Kollateralschäden hinwegsah, die dieser Mann meist hinterließ. Das Wort »Konsequenzen« kam in Serious' Wortschatz nicht vor. Solange Barry ihn kannte, hatte sein Patenonkel einen Atomkrieg propagiert, denn, um es mit seinen Worten zu sagen: »Das würde den Wert meiner Comic-Sammlung ins Unermeßliche steigern.« Barry hatte nie den Mut gehabt, ihm zu sagen, wie sich Temperaturen von Millionen Grad auf bedrucktes Papier auswirken.

KAPITEL ZEHN
FANTASTIC!

Die Stadt gefällt mir, dachte Barry, während er zwischen den Wolkenkratzern hindurchspazierte. Mir gefällt, wie es hier aussieht und daß es hier niemanden kümmert, ob man zaubern kann oder nicht. Mir gefällt sogar, wie die Busabgase die Lungen von innen glattschmirgeln. Überall tobte das Leben – Musik dröhnte, Leuchtreklamen blinkten, Massen von Menschen strömten in alle Himmelsrichtungen – Barry fühlte sich so richtig lebendig.

Da die Zeit fürs Mittagessen bereits vorüber war, kaufte er sich einen Hot dog. Einer plötzlichen Eingebung folgend, blieb er bei einem Münzfernsprecher stehen und rief bei Fantastic Books an; vielleicht konnten die ihm helfen. Die Frau, die dran war, sagte, J. G. sei nicht da, und selbst wenn … »Sie wissen ebensogut wie ich, daß Barry Trotter nur eine fiktive Figur ist.« Fantastic bekam über hundert Anrufe am Tag, teils von irgendwelchen Witzbolden, teils von Geisteskranken, die sich allesamt als Barry Trotter ausgaben.

Schließlich hatte Barry ihr Gequatsche satt, und so

schickte er einen Zauberspruch durchs Telefon. Obwohl die Zauberkraft durch die Leitung stark gemindert wird – bitte versuchen Sie das nicht zu Hause –, brachte der Spruch sie so weit auf Trab, daß sie ihn mit der Dame von der Presseabteilung verband.

Diese wiederum hatte keinerlei Schwierigkeiten, Barry zu glauben, daß er der war, der zu sein er behauptete. *Es schien fast, als hätte sie seinen Anruf erwartet.*

Sie bat ihn, doch auf ein Mineralwasser in den Verlag zu kommen, um alle mal kennenzulernen. Sie wirkte sehr freundlich, fast übereifrig – das war endlich mal was anderes. Barry sagte zu und rief Hermeline und Lon an. Lon würde es in einem Kinderbuchverlag gefallen, und Barry war entschlossen, sich keine »Fiesheiten« gleich welcher Art mehr zu leisten. Bald waren die drei auf dem Weg zum Fantastic-Gebäude, das in Eulenfluglinie nur ungefähr zehn Quaddatsch-Spielfelder vom Apartment der Measlys entfernt lag.

Im neununddreißigsten Stock der Fantastic-Towers (die nicht ohne Grund »Das Haus, das Barry baute« genannt wurden) saßen Barry, Hermeline und Lon vor einem großen Schreibtisch in einem nichtssagenden kleinen Büro. Der Name auf dem Schreibtisch lautete ›Susan Thompson‹. Sie war die Chefin der Presseabteilung des Fantastic-Verlags. Das Zimmer hatte ein Fenster – ein klares Anzeichen dafür, daß Thompson karrieremäßig auf dem aufsteigenden Ast war –, war aber nicht sonderlich groß und stank nach Ozon, Fensterputzmittel und aufdringlichem Parfüm.

»Das ist also der junge Mann, der uns soviel Geld eingebracht hat. Willkommen bei Fantastic – möchten Sie einen Kaffee?«

»Nein danke«, sagte Barry.

Die Pressetante bemerkte, daß Lon ein Plüschtier auf ihrem Schreibtisch beäugte. »Gefällt er Ihnen?« fragte sie. Er nickte, und sie warf ihm das Tier zu. »Behalten Sie ihn. Das ist unser Maskottchen, Randy, der lustige Rottweiler.«

Während die meisten Männer an dem rauhen Klima, das in den höheren Sphären der Geschäftswelt herrscht, schlicht zerbrechen, werden Frauen nur abgehärtet, besonders die ehrgeizigen und fähigen werden hart wie Stahl. Alles, was an ihrer Persönlichkeit entbehrlich war, hatte Thompson vor langer, langer Zeit abgelegt. Freundlichkeit war für sie eine lästige Notwendigkeit wie das Tragen einer Strumpfhose.

Thompson erzählte ihnen von der glanzvollen Vergangenheit des Verlages: Er war 1903 aus einem Newsletter für halbwüchsige Luftgewehrfans namens ›Peng‹ hervorgegangen, »und heute hat er alle übrigen Kinderbuchverlage unter seine Fittiche genommen«. Unter seine Fittiche genommen? dachte Hermeline. Sie konnte sich das nicht recht vorstellen – wenn diese Frau einen in den Arm nehmen würde, dann würde das Blut spritzen. Und doch: Sie hatte sogar Kinder, der Beweis stand direkt vor ihr auf dem Schreibtisch. Sie wirkten unversehrt. Wahrscheinlich zog sie sich eine Art Schoner über, bevor sie nach Hause ging.

»… Aber genug geschwatzt«, sagte Thompson und schob mit einer raschen Bewegung ihre Brille hoch. »Was kann Fantastic für Sie tun?«

Barry und Hermeline begannen gleichzeitig zu sprechen. Um des lieben Friedens willen ließ Barry Hermeline den Vortritt.

»Also, Mrs. Thompson, wir suchen J. G. Rollins, und zwar aus verschiedenen Gründen. Wir müssen dringend mit ihr sprechen.«

»Sie ist eine sehr beschäftigte Frau, Ms. … äh …«

»Cringer.«

»Ms. Cringer. Wie konnte ich das vergessen, wo ich doch alle Bücher gelesen habe?« log sie, denn ihre Lektüre beschränkte sich auf trashige Anwaltskrimis. »Ms. Rollins braucht ihre Ruhe, um zu schreiben, und obwohl wir Ihnen dreien gern helfen würden, sind wir zuallererst unserer Starautorin verpflichtet. Das werden Sie sicher verstehen.«

»Aber wir *müssen* mit ihr sprechen. Wenn nicht, wird Hogwash womöglich …«

Sie braucht nicht mehr zu wissen als nötig, dachte Barry und platzte dazwischen. »Sehen Sie, Mrs. Thompson, wir müssen J. G., die ich schon oft getroffen habe – wir sind *befreundet* –, ja, also wir müssen sie sprechen und sie davon überzeugen, daß sie den ›Barry Trotter‹-Film verhindern muß.« Hoppla, dachte Barry.

Thompson war ernstlich schockiert. Sie wurde blaß – doch dann lachte sie. »Ach, mein lieber Barry Trotter. Da ich Ihre Bücher gelesen habe, weiß ich, daß Sie einen gern mal auf den Arm nehmen!«

»Ich meine es ernst. Wir sind nicht zum Spaß hier«, sagte Barry. »Wenn ich J. G. nicht finde, werde ich alles tun, was in meiner Macht steht, um den Film zu stoppen. Ich laß mich verhaften oder weise mich selbst in eine Drogenklinik ein. Hermeline wird einen Politiker verführen … und Lon, nun ja, er wird jemanden beißen. Was ich damit sagen will: Wir werden dem Film eine so *gnadenlos* schlechte Publicity bescheren, daß er nur ein Flop werden *kann*. Und die Buchreihe werden Sie dann auch einstellen müssen.«

»Die Buchreihe einstellen? Gott behüte. Warum sollten wir das wohl tun?« Thompson lächelte eisig. »Barry, wenn Sie nur halb so intelligent sind wie Ihr fiktives Alter ego, dann wissen Sie ganz genau, daß Sie J. G. nicht daran hindern können, Bücher zu schreiben. Sie hat das Recht, sich ihren Lebensunterhalt zu verdienen. Und solange es

Bücher gibt, wird es auch Filme geben«, sagte Thompson. »Wenn der Film eine vor Obszönitäten strotzende Parodie oder so etwas wäre, dann könnten Sie ihn vielleicht verhindern. Aber so wie die Dinge stehen, ist die einzige Person, die die ›Barry Trotter‹-Merchandising-Maschinerie stoppen kann, J. G. selbst. Und das hat sie nicht vor, soviel kann ich Ihnen versichern. Dafür steht zuviel auf dem Spiel.«

Barry setzte an, ihr zu erzählen, was Nunnally ihm eröffnet hatte. Hermeline brachte ihn mit einem Blick zum Schweigen; diesen Trumpf sollten sie sich bis zum letztmöglichen Moment aufsparen.

»Daher würde ich Ihnen empfehlen, sich abzuregen und die Aufmerksamkeit, die man Ihnen entgegenbringt, lieber zu genießen.« Das künstliche Lächeln kehrte zurück.

»Na ja, ich dachte, nach so vielen Bänden wäre J. G. es vielleicht langsam leid«, sagte Hermeline.

»Ganz und gar nicht – sie liebt es, ›Barry Trotter‹-Bücher zu schreiben. Sie ist dazu berufen. Ja, ich glaube, daß die Reihe erst dann zum Ende kommen wird …«, und jetzt wurde ihre Stimme hart, »wenn man ihr die Feder aus den *kalten, toten Händen* windet.« Hermeline spürte, wie die reichlich vorhandenen braunen Haare auf ihren Armen sich aufstellten.

Einen Moment lang herrschte Schweigen, und dann

setzte sich die Unterhaltung mit derselben Zähflüssigkeit fort, mit der sie begonnen hatte. »Möchten Sie sich vielleicht einmal das Gebäude ansehen?«

»Klar!« sagte Lon, den es mittlerweile kaum noch auf dem Stuhl hielt.

»Also gut.« Die Gruppe verließ das Büro und stieg in den Fahrstuhl. Es folgten ungefähr zehn Stockwerke typisches Büroambiente: beigefarbene Teppichböden, durch Stellwände voneinander getrennte Arbeitsplätze, muffelige Angestellte, Neonlicht. Nur vereinzelte Akzente – in Primärfarben gestrichene Überputzleitungen, gerahmte Kinderzeichnungen – erinnerten daran, daß hier Kinderbücher verlegt und nicht etwa PCs oder Tampons produziert wurden.

Ganz anders sah es lediglich in dem Stockwerk aus, in dem die Zeitschriften gemacht wurden: Es wimmelte von Menschen, die ihre anarchistische Grundhaltung nur mühsam unter einem Deckmantel der Angepaßtheit verbargen, der anständigen Krankenversicherung wegen. Innerhalb von fünf Minuten wurden Barry, Lon und Hermeline einer Frau, die experimentelle Skulpturen aus Götterspeise herstellte, einem Musiker, der Sinfonien für Fische komponierte, und nicht weniger als sieben Stand-up-Comedians in spe vorgestellt. Als sie durch die Grafik gingen, sah Lon einen weiteren Randy auf dem Schreibtisch eines Mitarbeiters. Nur an diesen hatte irgendein

Spaßvogel einen pinkfarbenen erigierten Penis dran-gebastelt. »Das ist mein Randy, der geile Rottweiler«, raunte der Mitarbeiter verschwörerisch. Lon wurde rot und kicherte.

»Sie sind aber ein *ganz* Schlimmer«, sagte er.

Als sie mit dem Aufzug hinunter zum Empfang fuhren, fiel Barry ein Knopf auf, an dem unverkennbar ›Folter-kammer‹ stand. »Was ist das denn?« fragte er.

Thompson zögerte und sagte dann: »Ach, so nennen unsere Mitarbeiter das Fitneßstudio im Keller. Wir sind hier alle sehr kreativ, aber auch ein bißchen verrückt.«

Zwei gesichtslose Herren in identischen Nadelstreifen-anzügen stiegen ein. Sofort überlief Barry eine eisige Käl-te; es begann in seiner Brust und breitete sich von dort in alle Glieder aus, als sei sein Herz zu Eis geworden. Die Welt begann sich zu drehen, und ihm wurde schwarz vor Augen.

»Ich …«, stammelte Barry, dann brach er zusammen.

»O mein Gott, *Barry!* Lon, hilf mir.« Hermeline richtete Barry auf.

»Was ist denn los?« fragte Thompson. Hermeline glaubte, den Anflug eines Lächelns auf ihrem Gesicht zu entdecken. Die Anzugtypen mit den ausdruckslosen Ge-sichtern sahen den leise aufstöhnenden Barry unbewegt an.

»Wir müssen ihn hier rausbringen!«

Genau in dem Moment gingen die Türen auf, und Lon und Hermeline trugen Barry aus dem Aufzug. Sie legten ihn auf den Teppichboden, und Hermeline kniff ihn in die leichenblassen Wangen. Thompson stieg ebenfalls aus der Kabine, und die Tür ging zu. Sofort kam wieder Leben in Barry.

»Tut mir leid«, sagte Thompson. »Ich hatte keine Ahnung, daß er so empfindlich auf unsere Marketoren reagieren würde.«

Hermeline platzte fast vor Wut. »Diese seelenlosen Blutsauger hätten ihn *umbringen* können!«

Die Pressefrau versuchte sie zu beruhigen. »Ich verstehe, Ms. ... äh ...«

»Cringer!« schnauzte Hermeline.

»... Cringer, aber sie sind eine bedauernswerte Notwendigkeit. Fantastic muß sich und seine Produkte vermarkten wie jede andere Firma auch.« Lon knurrte sie an.

»Ah, Barry kommt wieder zu sich«, sagte sie.

Barry richtete sich auf. »Was ist passiert?«

»Ich fürchte, Sie sind zwei Mitarbeitern unserer Marketingabteilung begegnet, Barry. Ich hatte keine Ahnung, daß Sie so heftig auf sie reagieren würden.«

»Ich *bin* eine Marke«, murmelte Barry. »Sie zehren von meiner Identität.«

»Tja ... es tut mir wirklich sehr leid, Barry. Hören Sie, wir geben heute abend eine kleine Party zur Feier des milliardsten verkauften ›Barry Trotter‹-Buchs. Sie findet in einem Club ganz in der Nähe statt, im ›Chez Spirochäte‹. Es wäre uns allen eine große Ehre, wenn Sie kommen könnten.«

»Kommt J. G. auch?« fragte Hermeline.

»O nein«, sagte Thompson mit einem merkwürdigen Lachen, das ein bißchen so klang, als wüßte sie ganz genau, wo J. G. war.

»Wir werden's uns überlegen«, stieß Hermeline zwischen gefletschten Zähnen hervor. »Aber erst mal möchte ich Barry an die frische Luft bringen.«

KAPITEL ELF

CHARLIE UND DAS SCHIMMEL-
VERSEUCHTE ANTIQUARIAT

Je weiter sich Barry von den Fantastic-Marketoren entfernte, desto besser fühlte er sich.

»Keine zehn Pferde kriegen mich zu dieser Party«, sagte Hermeline.

Ausnahmsweise sprach aus Barry einmal die Stimme der Vernunft. »Ich bin dafür, daß wir die Zähne zusammenbeißen, hingehen und sehen, ob wir nicht etwas herausfinden. Hast du ihre Lache gehört? Ich wette, sie weiß, wo J. G. ist.« Hermeline mußte zugeben, daß er nicht ganz unrecht hatte – auch wenn es ihr mißfiel.

Die drei Freunde spazierten die belebten Kopfsteinpflasterstraßen von Greenwich Village entlang. Nachdem sie ungefähr eine halbe Stunde lang ziellos herumgeschlendert waren, stellten sie fest, daß sie sich verlaufen hatten; die geordneten Straßen von Uptown waren einem Labyrinth aus gewundenen Gassen gewichen, die alle sehr pittoresk, aber für Ortsfremde nicht voneinander zu unterscheiden waren. Hermeline war kurz davor, ein Taxi anzuhalten, als sie um eine Ecke bogen und vor einem Buchladen standen.

»›Fundgrube für Schundfreunde‹!« las Barry. »Den Typen kenn ich. Ich hab ihn mal auf einem Literaturfestival getroffen; laßt uns reingehen und ihm guten Tag sagen.«

»Und ihn nach dem Weg fragen«, sagte Hermeline. »Ich hab's satt, hier herumzuirren.«

Die Tür öffnete sich mit einem leisen Klingeln. Schon nach zwei Schritten ins Innere des Ladens fühlten die drei sich wie eingeklemmt. Überall stapelten sich Bücher – auf Regalen, die bis an die Decke reichten, in verstaubten, bekritzelten Kartons, die darauf warteten, sortiert zu werden, in kleinen Haufen neben jedem Gang, die geradezu dazu einluden, umgestoßen zu werden. Im ganzen Raum schien es nur eine Farbe zu geben: die verschiedensten Schattierungen von Braun – der gelbliche Ton von altem Papier, das Khaki von Pappe, das Beige von verschüttetem Kaffee, das Ocker von Kakerlaken. Ein mittelgroßer Mann in einer grünen Strickjacke sagte: »Kann ich Ihnen helfen?« Er hatte einen leichten englischen Akzent, rotblonde Haare und trug eine Nickelbrille.

»Charlie Bukett, kennst du mich noch? Ich bin's, Barry Trotter«, sagte Barry.

Charlie streckte sofort die Hand aus. »Aber klar, schön, dich wiederzusehen«, sagte er mit einem aufrichtigen Lächeln. »Du warst der rettende Engel auf diesem Festival damals. War das nicht in Ham-on-Rye?«

»Genau«, sagte Barry. »Das hier sind Freunde von mir, Hermeline Cringer und Lonald Measly.«

Charlie schüttelte ihnen die Hand. »Ich kenne sie aus den Büchern – aber wir beide wissen ja, wieviel die mit der Realität zu tun haben, nicht wahr?« Alle mußten grinsen. Charlie war selbst der Star eines der beliebtesten Kinderbücher der Welt, aber eine außerordentlich schwere Laktoseintoleranz, die erst im Erwachsenenalter aufgetreten war, sorgte dafür, daß sein nächster Besuch in einer Schokoladenfabrik garantiert sein letzter sein würde.*

»Wie läuft das Geschäft?« fragte Barry. Lon streunte los, um alles gründlich zu beschnüffeln.

»Sieh dich doch um«, seufzte Charlie. Im Laden war außer ihnen kein Mensch. »Ich verdiene mir meine Brötchen mit einer Website. Dort verkaufe ich Videos – hauptsächlich Raritäten und Kinderfilme – und Kino-Memorabilien. Die Miete hier bringt mich um. Nur von Büchern allein könnte ich nicht leben. Die Leute kaufen einfach nicht mehr so wie früher.«

---

* Charlies Autor war einer der wenigen, die J. G. in puncto Verkaufszahlen Konkurrenz machen konnten; er hatte nicht nur die Vorlage zum legendären Musikfilm ›Willy Wunka und die Schokoladenfabrik‹ geliefert, sondern auch Klassiker wie ›Zungenkuß, Zungenkuß‹, ›James und der Riesenrettich‹, ›Sophiechen und ihre Riesentitten‹ und natürlich die unsterbliche anti-ödipale Tirade ›Die Giraffe, der Penis und ich‹ geschrieben. Er war tot – ermordet von einem Lynchmob von Schulbibliothekaren.

»Apropos Filme«, sagte Hermeline und wandte sich zu Barry um. »Darf ich es ihm sagen?«

»Klar, Charlie ist vertrauenswürdig«, sagte Barry.

»Jetzt habt ihr mich aber neugierig gemacht«, sagte Charlie.

»Wir versuchen den ›Barry Trotter‹-Film zu verhindern.«

Charlie griff nach Barrys Hand. »Ich bin froh, das zu hören! Ich wünsche euch viel Glück. Wie schön wäre es, wenn jemand den Film über mich verhindert hätte.« Charlies Tonfall wurde bitter – er hatte in seinem Laden mehr als genug Zeit, sich über dieses Thema aufzuregen. Fast nie war jemand da, mit dem er reden konnte, daher sprudelten die Worte nur so aus ihm heraus, wenn sich ihm die Gelegenheit bot. »Willy Wunka war gar kein Held! Er war ein größenwahnsinniger, selbstherrlicher, geldgieriger Verbrecher!« Charlie lief rot an. »Wißt ihr, wieviel man als Bumpa-Dumpa verdient hat? Fünf Cent am Tag! Meine Frau war eine Bumpa-Dumpa. Sie haßt Wunka wie die Pest.«

»Nimm's mir nicht übel«, sagte Barry, »aber ich hab den Film immer gemocht.«

»Na klar, jeder mag ihn. Er ist ja auch lustig. Aber der Star war Gene Milder und nicht das Kind. Nicht Charlie. Der ganze Film war von vorn bis hinten erlogen«, sagte Charlie. »Der echte Willy Wunka war dermaßen versoffen, daß er beim Bonbonkochen kaum gerade stehen konnte. Und er war ein fieses Arschloch. Frag einen Bumpa-Dumpa, falls du mir nicht glaubst.«

Charlie fing sich wieder. »Ich bedaure zutiefst, daß er je gedreht wurde. Laß dir eins gesagt sein, Barry: Wenn es dir nicht gelingt, ihn zu verhindern, wird es dir am Ende genauso gehen.«

»Also«, fuhr er fort, »wie kann ich euch helfen?«

»Ich weiß nicht, ob du etwas für uns tun kannst«, sagte Hermeline.

»Oh, ich weiß!« sagte Charlie. »Wartet mal kurz, ich hol mal eben was aus dem Büro!«

Barry und Hermeline schauten sich ein paar Bücher an, und dann kam Charlie mit einer klobigen Lampe mit schwerem Metallschirm zurück.

»Die wird dem Film den Todesstoß versetzen. Ich wollte sie eigentlich auf meiner Website verkaufen, aber was soll's, es ist ja für einen guten Zweck.«

»Ich verstehe nicht«, sagte Barry.

»Das ist eine Jupiterlampe, wie man sie beim Film verwendet. Der erste, der mit ihr gearbeitet hat, war Orson Welles. Dann wurde sie von Regisseur zu Regisseur und von Studio zu Studio weitergereicht und hat dabei ganze Karrieren ruiniert«, sagte Charlie. »Sie ist verhext. Kein Film, bei dem sie zum Einsatz kommt, wird je fertiggestellt. Ich geb dir Brief und Siegel drauf.«

Barry und Hermeline inspizierten die Lampe. »Es geht

die Sage, daß einer schauspielernden jungen Hexe eine Rolle in ›Citizen Kane II: Rosebuds Rache‹ versprochen wurde, wenn sie mit dem Drehbuchautor ins Bett gehen würde. Sie war so naiv, sich darauf einzulassen, aber natürlich konnte der Autor sein Versprechen nicht halten, und daraufhin hat sie diese Lampe mit einem Fluch belegt. Das ist der Grund, weshalb Welles' zweiter Kane-Film nie gedreht wurde«, behauptete Charlie. Hermeline hatte ihre Zweifel, doch sie sagte nichts. Charlie schien harmlos zu sein, und außerdem waren sie auf jede Hilfe angewiesen, die sie bekommen konnten.

»Probiert's aus. Ihr seid die Zauberer, ihr versteht davon mehr als ich. Da ihr meine Freunde seid, gebe ich sie euch für …« Und dann nannte Charlie einen Preis, der Barry exorbitant vorkam und Hermeline schlicht unverschämt.

»Ich weiß nicht, Charlie …«, sagte Barry.

Charlie schnitt ihm das Wort ab. »Was wollt ihr denn sonst machen? Die Kameras sabotieren? Den Regisseur entführen? Glaubt mir, diese Filmgesellschaften sind mit allen Wassern gewaschen. Die finden immer einen Weg. Regisseure sind wie Hydras: Wenn man einen umbringt, nehmen zehn Alan Smithees seinen Platz ein.«

»Na denn …«, sagte Barry, der langsam weich wurde. »Okay, Hermie, kannst du mit deiner Karte bezahlen? Du kriegst es wieder«, sagte Barry.

Widerstrebend rückte Hermeline ihre Kreditkarte heraus. »Uff, ist die schwer«, sagte sie, als sie die Lampe in Händen hielt. »Können wir sie abholen, wenn wir sie brauchen?«

»Klar«, sagte Charlie. Hermeline schwenkte ihren Zauberstab darüber hinweg. Jetzt würde die Lampe sich auf Befehl selbsttätig von Charlies Lagerraum dorthin begeben, wo Hermeline sich gerade befand. Magie konnte verdammt nützlich sein.

»Wenn ich das hier kaufe, liest du es mir dann vor?« fragte Lon und zeigte Barry eine illustrierte Ausgabe von ›Der kleine Hefelmann und sein erstaunlicher Mast‹.

»›Das Kinderbuch mit dem feuchtesten Traum aller Zeiten‹«, las Barry vom Umschlag ab. »Hermeline, würdest du …?«

»He, seit wann bin ich euer Goldesel?«

»Ich dachte nur, da ich es ihm schon vorlesen muß, könntest du es eigentlich bezahlen.«

»Na gut«, sagte sie, holte ihre Karte wieder heraus und knallte sie auf den Tresen. »Aber was dieser ewige schwanzfixierte Schweinkram soll, werde ich nie kapieren.«

»Jungs sind einfach so veranlagt«, sagte Charlie.

»Jungs sind einfach so bekloppt«, sagte Hermeline.

Es war ein schöner Abend, wie es ihn nur ein- oder zweimal im Frühherbst gibt, wenn sich die besten Eigenschaften der ineinander übergehenden Jahreszeiten in vollkommener Weise vereinen wie die Bestandteile eines richtig angewandten Zauberspruchs. Bei Einbruch der Dunkelheit, nach einem strahlend blauen Tag, war es immer noch warm genug, um in Hemdsärmeln herumzulaufen. Hin und wieder wehte eine leichte Brise. Es war so ein Abend, an dem jeder, dem man auf der Straße begegnet, auf dem Weg in ein Restaurant ist.

Doch Barry, Lon und Hermi hatten Wichtigeres zu tun. Nach einem Kaffee in einem Straßencafé – Barry brauchte einen Muntermacher, denn nach seinem unschönen Zusammenstoß mit den Marketoren war er noch immer ziemlich erschöpft – machten sie sich auf zum ›Chez Spirochäte‹.

Als sie ankamen, sagte Barry zu Lon: »Versuch bitte, dich wie ein Erwachsener zu benehmen, ja?«

»Tut mir leid – geschlossene Gesellschaft«, sagte der Türsteher.

»Ja, ich weiß«, sagte Barry und zückte die Einladungen. Sie ließen sich die Hände stempeln und gingen hinein.

Der Club machte ein bißchen auf Krankenhaus; das gesamte Servicepersonal trug OP-Schürzen, während es hin- und hersauste und auf Klemmbrettern die Bestellungen entgegennahm. Hermeline stellte fest, daß die (ausnahmslos süßen) Barkeeper Krankenhaushemden trugen, die ihre Hintern frei ließen. Die Getränke wurden in Schnabeltassen oder Infusionsbeuteln serviert, das Knabberzeug in Bettpfannen.

Sie ergatterten einen Tisch, und Barry rief Jorge und Ferd an. Er beschrieb ihnen den Stempel, den der Türsteher ihnen gegeben hatte, überzeugt, daß die Brüder ihn mittels Zauberei kopieren konnten – so etwas machten sie schließlich am laufenden Band. Binnen einer Stunde saßen sie neben ihm.

Die Party war todlangweilig; die Chefs blieben alle unter sich, tranken Mineralwasser und unterhielten sich über Aktienoptionen. Die Untergebenen, die keine gutbestückten Portfolios zur Linderung ihrer Sorgen hatten, stürzten sich auf die freien Getränke.

Ständig scharwenzelten irgendwelche Verlagsangestellten um sie herum und versuchten sich einzuschleimen, doch Barry war das nur unangenehm. Lon war damit zufrieden, seine Kindercocktails zu trinken und Jorges ausgequetschte Limonen Zwiegespräche führen zu lassen. Hermeline starrte schamlos die Barkeeper an, und ihre gestörte Feinmotorik ließ darauf schließen, daß sie vor keiner Peinlichkeit mehr zurückschreckte. Sie bekleckerte »aus Versehen« die gleichfalls Liebenswürdigkeit heuchelnde Susan Thompson mit ihrem Drink. Die beiden waren drauf und dran, sich gegenseitig die Augen auszukratzen.

Barry versuchte, ein paar weibliche Angestellte (natürlich nur die jungen, hübschen) in ein Gespräch zu verwikkeln, um herauszufinden, wo sich J. G. aufhielt, aber als sich nach einer Stunde die Trunkenheit wie die Nebel des Vergessenen Walds über die versammelte Menge senkte, war er genauso schlau wie zuvor.

Frustriert und durch den Zigarettenqualm von Kopfschmerzen geplagt, wandte er sich Ferd und Jorge zu, die gerade ein Kneipenspiel mit verzauberten Untersetzern spielten. »Ich hau ab. Kommt ihr mit?«

»Klar«, sagte Ferd.

»Geht nur«, sagte Jorge, »ich bleib hier und sorg dafür, daß Lon und Hermeline sicher nach Hause kommen.«

»Hermeline will vielleicht gar nicht nach Hause«, sagte Ferd.

»Ist mir nicht entgangen«, antwortete Jorge.

Nachdem Barry seine Armeejacke von der Garderobe abgeholt hatte, standen er und Ferd auf der Straße. Es nieselte.

»Mann, das war ja schlimmer als das Silverfish-Sommerfest«, sagte Barry. »Wenn *so* Erwachsensein ist, kann ich darauf verzichten.«

Ferd lächelte. »Das hatte ich schon ganz vergessen«, sagte er. »Ach, erwachsen zu sein ist gar nicht so übel.«

»Ja, aber eure Wohnung …«

»Was ist damit?« Während sie ziellos herumliefen, begann Barry die zahlreichen Absonderlichkeiten der Behausung der beiden Measlys aufzuzählen, von den quietschrosa Wänden bis hin zur singenden Badewanne in der Küche und dem vor Schmutz knirschenden Teppich. Ferd ließ Barry eine Weile reden, dann sagte er: »Laß uns über was anderes sprechen. Was machen wir jetzt?«

»Guck dir das an«, sagte Barry. Hoch oben am Nachthimmel kreisten zwei Drachen umeinander – ein Connecticut-Blaublut und ein Newark-Spitzschwanz – und taxierten einander. »Ich wette, da geht's um einen geplatzten Drogendeal«, sagte Ferd. Die beiden sahen zu und warteten darauf, daß es zum Kampf kam.

Blitzschnell gingen Zauberer vom magischen Luftverkehrsamt dazwischen, um das zu verhindern. Im Zweiten Weltkrieg war ein Drache aufgrund eines dummen Streichs in das Empire State Building geknallt. Jahrelang mußte die Magiebehörde die Muddel durch Zauberei glauben machen, es sei ein verunglückter Jagdbomber gewesen.

Sie kehrten in einer Zauberer-Bodega ein, und Ferd kaufte sich ein Päckchen Hornüsse. Sie summten im Mund.

»So was ißt du?« staunte Barry. »Das sind doch die reinsten Plombenzieher.« Ferd zuckte mit den Schultern. Ein paar Blocks weiter kamen sie an einem großen Schild vorbei, auf dem stand: ›Genitallesen – $5‹.

Barry war gerade betrunken genug, um darauf anzu-springen. »Das machen wir, Ferd! Da gehen wir rein!«

»Neee«, sagte Ferd. »Ich will nicht, daß irgendeine per-verse Alte an meinem Schniedel rumfummelt. Alpo war schon schlimm genug.«

Barry lachte. »Komm schon, vielleicht kann sie uns sa-gen, wo J. G. Rollins ist.« Er zog Ferd am Ärmel.

Unter dem Einfluß des Alkohols löste sich Ferds Be-sonnenheit, mit der er ohnehin nicht gerade überreich ge-segnet war, sang- und klanglos in Wohlgefallen auf, und sie traten ein. Sie wurden von mehreren Generationen weiblicher Wesen mit buschigen Schnurrbärten empfan-gen, zweifellos allesamt Genitomantiker; die Fähigkeit des Genitallesens war Gerüchten zufolge vererblich und nicht erlernbar. Die Älteste ignorierte sie einfach. Sie saß in ei-nem mächtigen Ohrensessel am Fenster und beobachtete den Straßenverkehr in der Hoffnung auf einen Unfall. Die Jüngste starrte ähnlich gebannt auf einen großen Fernseher, auf dem gerade ein trashiger Zeichentrickfilm lief. Die Wände des schummrig beleuchteten Raums wa-ren mit Bildern vollgehängt, die alle etwas mystisch, aber zugleich dermaßen pornographisch waren, daß Barry gar nicht lange hinsehen mochte.

Sämtliche Möbelstücke waren mit Plastik überzogen. Barry meinte sich zu erinnern, in Madame Tralalas Unter-richt gelernt zu haben, daß man besser in die Zukunft sehen konnte, wenn man von lauter Schonbezügen umgeben war. Aber vielleicht irrte er sich auch. Barry konnte sich an alles mögliche »erinnern«, wie absonderlich es auch sein mochte. Aber hatte er das nun aus dem Unterricht oder nicht? Hatte er es irgendwo aufgeschnappt oder sich ausgedacht? Es war ein ständiges Hin und Her, als hätte sein Gehirn Schluckauf.

Die dritte Frau – die ebensogut fünfundzwanzig wie sechzig sein konnte – blickte von einem Buch auf und begrüßte sie. »Hallo, Jungs. Ich bin Madame Charlemagne. Soll ich nur mal einen kurzen Blick auf euch werfen, oder wollt ihr das volle Programm?«

»Äh, einen kurzen …«

»Das volle Programm«, sagte Barry.

»Also gut. Einer nach dem anderen.« Sie zog sich ein Paar Latex-Handschuhe über. »Kommt mit. Geht durch den Perlenvorhang und laßt eure Hosen runter.«

Aus Gründen der Pietät breiten wir den Mantel des Schweigens über die Details der Prozedur. Es genügt wohl, zu sagen, daß Madame Charlemagne keine Hochstaplerin war und daß Ferd und Barry beide etwas bekamen für ihr Geld. Ferd eröffnete sie, daß er ein ziemlich bewegtes Leben vor sich habe, wenn auch nicht so bewegt, daß sie ihm zu kosmetischer Chirurgie raten würde.

Und auch für Barry hatte sie bedeutsame Informationen – so bedeutsam, daß er sich Ferd schnappte und so schnell ihn die Beine trugen zum Club zurückspurtete.

Sie drängelten sich in der Schlange vor, zeigten dem Türsteher ihre gestempelten Hände und rannten auf der Suche nach Hermeline durch den dunklen Clubraum. Das Schwarzlicht, in das sämtliche Räume getaucht waren, machte es praktisch unmöglich, jemanden zu finden, und führte nur dazu, daß sie diverse Leute anrempelten, so daß diese ihre Drinks verschütteten. Ihre Suche schien vergebens – doch dann sah Ferd in einer Ecke einen Büstenhalter aufblitzen.

»Barry, ich hab sie gefunden!« brüllte er gegen die Musik an.

»Sie gibt mal wieder eine ihrer Vorstellungen!« rief Barry. Wenn Hermeline zuviel getrunken hatte, wurde sie zur Exhibitionistin. Ihre Freunde kannten jede Sommersprosse an ihrem Körper. Sie hatten offen gesagt die Schnauze voll davon, aber wie Jorge zu sagen pflegte: »Zumindest wird sie nicht ausfallend, wenn sie blau ist.«

Barry und Ferd schlängelten sich durch die Menge. Als sie Hermeline erreichten, fiel sie ihnen beiden um den Hals und gab ihnen einen dicken Kuß. Sie hatte mächtig einen im Tee.

»Zieh deinen Pulli wieder an«, grölte Barry. »Wir wissen, wo J. G. ist!«

»Jungs! Ich weiß, wo J. G. ist!« brüllte Hermeline, die kein Wort verstanden hatte.

»Was?« schrien Ferd und Barry.

»Was?« schrie Hermeline.

In dem Moment war der Song zu Ende, und sie konnten sich wieder verständigen. »Ich weiß, wo J. G. ist«, sagte Hermeline.

»Wie das?« fragte Ferd. »Hast du dir die Muschi lesen lassen?«

»Was?« Hermeline war völlig verdattert. Die ohrenbetäubende Musik setzte wieder ein, daher gingen sie in einen ruhigeren Gang, um sich gegenseitig auf den neuesten Stand zu bringen.

»Jetzt wissen wir also, daß sie bei Fantastic ist«, sagte Barry. »Das ist doch schon mal was. Die Frage ist nur: Befreien wir sie selbst oder warten wir darauf, daß eine umherstreunende Acromandela das für uns erledigt?« Wie jeder Leser von ›Fabeltiere und wie man sie zubereitet‹ weiß, sind Acromandelas riesige, schwarze Spinnen mit einer Leidenschaft für Menschenrechte. Leider lebten sie in Südafrika und nicht in New York.

»Wir können nicht warten. Ich denke, wir sollten es selbst tun«, sagte Barry. Nachdem sie Jorge und Lon gefunden hatten, wechselten sie ins ›Tiny's‹, einen unterirdischen Jazzclub, in dem sich die Zentauren New Yorks trafen. Ferd und Jorge waren Fans der regelmäßigen Magic-Slams des Clubs, bei denen Männer mit Ziegenbärten und Frauen mit strähnigen Haaren ihre neuesten Stegreifzauberformeln vortrugen.

Der Eingang zum ›Tiny's‹ war ein Entlüftungsrohr mitten auf der Seventh Avenue in Greenwich Village. Muddel sahen, wie gründlich sie es auch inspizierten, immer nur das orangefarbene Plastikrohr, aus dem oben Dampf quoll, ein gewohnter Anblick in New York. Zauberer und andere magische Wesen jedoch konnten das Rohr durch eine geheime Öffnung an der Seite betreten, stiegen ein paar Stufen hinunter, und schon waren sie im ›Tiny's‹.

Ein Quartett spielte gerade die letzten Takte von ›Relapsin' at Camarillo‹, und dann erschien ein Conférencier auf der Bühne. »Sehr geehrte Hexen und Hexer, Zentauren und Zentrinas, hier kommt … Miss Spatula Clark!« Er stellte eine Chianti-Flasche im Korb auf die Bühne. Rosafarbener Rauch stieg aus ihrem Hals auf und formte die Kurven und Rundungen einer Frau. Die dampfgeborene Chanteuse begann zu singen: *»It's witchcraft … cra-zy witchcraft …«* Es gab viel Applaus. Der Geist von Frank Sinatra spazierte durch den Club und teilte Prügel aus – aber da er ein Geist war, ging seine Faust einfach durch jeden hindurch, ohne ihm Schaden zuzufügen.

Jorge sagte: »Wissen wir eigentlich, ob J. G. überhaupt abhauen will? Sollen wir ihr sagen, daß wir sie entführen wollen?«

»Ich glaube nicht, daß das nötig sein wird. Mein Informant hat mir erzählt, sie haust in einer winzigen Zelle im Keller«, sagte Hermeline. »Der Fußboden steht unter Strom, und jedesmal, wenn sie eine bestimmte Anzahl von Worten pro Minute unterschreitet, kriegt sie einen Schlag. Ich glaube, sie wird froh sein, da rauszukommen, und dankbar genug, uns zu helfen.«

Die männlichen Wesen an ihrem Tisch starrten wie gebannt die ätherische Sängerin an, die ständig ihre Form veränderte und sich in andere Frauen verwandelte, eine schöner als die andere. In Hermeline stieg der gewohnte Ärger darüber auf, von Neandertalern umgeben zu sein. »Hier spielt die Musik, Jungs! Wir haben einen Job zu erledigen! Irgendwelche Ideen? Wie kommen wir an sie ran?«

Jorge sagte: »Na ja, wahrscheinlich bringt es nichts, aber morgen findet bei Fantastic eine Vorstandssitzung statt. Auf der Party haben alle davon gesprochen.«

»Sehr gut«, sagte Hermeline. »Das bedeutet, daß haufenweise Leute im Haus sind, die keiner kennt.« Sie war ganz in ihrem Element. Die Band spielte, und alle dachten nach. Phantom-Frank schlich umher und versuchte eine Schlägerei anzuzetteln.

»Wenn ich mich in einen Overhead-Projektor verwandeln würde …«, bot Barry an.

»… dann würde dich nur jeder angucken. Und außerdem, Barry, müssen wir alle da rein, nur für den Fall, daß es brenzlig wird. Ich hab eine bessere Idee«, sagte Hermeline. Barry haßte es, unterbrochen zu werden, doch er ließ sie fortfahren. »Bei so einer großen Versammlung wird immer Essen bestellt. Ich werde mich als Lieferantin ausgeben und einen Haufen Bagel hineinschmuggeln.«

»Da werden sie sich bestimmt freuen«, sagte Barry.

Hermeline verdrehte die Augen. »*Ihr* seid die Bagel! Du, Lon, Ferd und Jorge. Ich werde euch verwandeln.«

»Guter Plan«, sagte Jorge. »Ich wollte mir schon immer mal den Verdauungstrakt eines Verlagsbonzen von innen ansehen.«

»Keine Angst, Jorge. Ich werde ein paar echte Bagel obendrauf legen. Die werden sie essen und euch vergammeln lassen«, sagte Hermeline.

Sie dachten alle einen Moment lang nach, abgesehen von Lon, der nie nachdachte, und Ferd, der eingeschlafen war. Barry brach das Schweigen. »Ich finde, das ist eine bescheuerte Idee« – Hermeline machte den Mund auf, um zu widersprechen – »aber da wir keine bessere haben: Okay.«

»Laßt uns nach Hause fahren und ein bißchen schlafen«, sagte Hermeline.

»Baby, du hast für einen anderen die Glücksfee ge-spielt! Das kannst du mit dem Boß nicht machen!« brüllte Sinatra Hermeline an und schlug zu. Sie bemerkte es nicht einmal, der Schwinger glitt wirkungslos durch ihr Kinn. »*Verdammt!*« polterte Sinatra.

Kapitel zwölf
Auf der Flucht

Während der Rest der Hogwash-Elite sich am nächsten Morgen voller Euphorie darauf vorbereitete, unbemerkt bei Fantastic einzudringen, freute sich ein Ehemaliger gar nicht auf die Action, die nun anstand: laufen, springen, eventuell Kugeln ausweichen und möglicherweise sogar Taser-Schüsse in die Lendengegend kassieren. Ferd war noch mal ins ›Chäte‹ zurückgekehrt, nachdem die anderen nach Hause gegangen waren. Er hatte bis zum Morgengrauen gefeiert, in jedem Arm eine als Krankenschwester verkleidete Kellnerin, und nun mußte er dafür büßen.

Er hatte ein paar Smart Drinks gekippt – was sich für einen Menschen mit nur mittelmäßigen geistigen Fähigkeiten überhaupt nicht empfiehlt –, und obwohl die dadurch hervorgerufene Steigerung des abstrakten Denkvermögens angenehm war, solange sie anhielt (endlich verstand Ferd den ›Ulysses‹, moderne Kunst und Trigonometrie), brachte der freie Fall zurück zu seinem normalen IQ den heftigsten Kater mit sich, den man sich nur denken konnte. Ferd hatte ein großes Glas Wasser getrunken und in der ›Encyclopædia Britannica‹ gelesen, bevor er sich für ein paar Stunden schlafen legte, aber es hatte nicht geholfen. Nun gab er mal schwache Seufzer von sich, mal verlangte er nach seinem bevorzugten Gegenmittel: Jaffa-Keksen.

Diese bezaubernden kleinen Kunstwerke aus Orange und Schokolade, irgendwo im Niemandsland zwischen Keks und Kuchen angesiedelt, haben keinerlei medizinische Wirkung. Dennoch hatte Ferd sich auf sie als Katermittel seiner Wahl versteift, und deshalb waren nun sechs Packungen von Kablooey.com unterwegs.

Es klingelte an der Tür; Barry ging und machte auf. Vor ihm stand, den Helm unterm Arm, der Bote von Kablooey.com … und auf der Stirn hatte er ein makellos geformtes Fragerufzeichen.

Barry glotzte ihn an. Hatte er einen lange verschollenen Bruder gefunden? Und wenn ja, konnte er dann umsonst bei Kablooey.com bestellen?

»Es sieht um einiges besser aus als deins«, höhnte der Bote. »Ich wäre echt sauer, wenn ich so ein Gekrakel auf der Stirn hätte.«

Barry holte tief Luft. »Aber … was hat das zu bedeuten?«

»Als Kind stand ich total auf die Bücher«, sagte der Typ, während er Barry die Jaffa-Kekse übergab. »Dann habe ich die Mädchen entdeckt. Hier unterschreiben«, sagte er und reichte Barry ein Klemmbrett. Der Bote seufzte. Er drückte ein bißchen auf die Tränendrüse, um mehr Trinkgeld rauszuschlagen. »Das hier ist meine letzte Lieferung, heute mittag wird meine Firma dichtgemacht.« Barry fragte sich, ob er ihm das glauben sollte, aber er gab ihm trotzdem einen Fünfer. »Danke«, sagte der Typ und ging.

Barry schloß die Tür und übergab die Packung Ferd, der sie mit der Gier eines Vielfraßes aufriß. »Danke! O Mann, mein Kopf bringt mich um«, sagte Ferd.

»Tja, wie sagt Sartre? ›Leben heißt leiden.‹« Ferd reagierte nicht, sondern kaute nur wie besessen.

»Das war Buddha«, sagte Hermeline.

»Ist doch dasselbe«, erwiderte Barry schulterzuckend.

»Laßt uns abhauen«, sagte Jorge. »Da Verbrechen sich nicht bezahlt machen, muß ich bis heute mittag bei der Arbeit sein.«

Barry, Lon, Jorge und Ferd stellten sich in einer Reihe auf und warteten auf ihre Transformation in einen Bagel. Jorge war als erster dran, und das bekam ihm gar nicht gut: Er wurde erst in einen Bügel und dann in einen Beagle verwandelt, bevor Hermeline es endlich richtig hinbekam.

»Es dauert immer ein Weilchen, bis Zauberstäbe morgens warm werden«, sagte Hermeline und schüttelte den ihren wie ein Thermometer.

»Ich will Mohn obendrauf! Ich will Mohn obendrauf!« brüllte Lon und machte dabei Luftsprünge, um seinem Begehr Nachdruck zu verleihen. Er liebte Mohn. Hermeline lächelte. In solchen Momenten konnte man ihn fast für einen liebenswerten kleinen Jungen halten anstatt für einen anstrengenden Ex-Schwarm mit einer grausigen Verletzung, dem leider nie jemand beigebracht hatte, was Körperpflege war.

Als die Jungs alle verwandelt waren, steckte sie die Bagel in eine Papiertüte und ging dann los, um zwanzig weitere zu kaufen. Die legte sie obendrauf, was ihren eingezwängten Kollegen gar nicht gefiel. Ihr gedämpftes Gezeter verstummte jedoch bald; Hermeline nahm an, daß sie schliefen. Sie gähnte mitfühlend – es war eine lange Nacht gewesen.

Sie stieg in ein Taxi und nannte dem Fahrer die Adresse von Fantastic. In einem Moment, als der gerade mit seinem Handy beschäftigt war, richtete sie den Zauberstab auf sich selbst und murmelte die uralte Formel:

»*Simsalaplünn!*«

Statt ihrer normalen Klamotten trug sie nun eine angemessen scheußliche, schweißtreibende Polyesteruniform. Eine magische Nadel stickte mit Zauberfaden ›Taste Sensations‹ auf ihren grünen Hut und den ebenso grünen Overall.

Während der Fahrt ging sie im Kopf alles noch einmal durch, und so lief dann tatsächlich alles glatt, als sie bei Fantastic ankam. Sie wurde hereingelassen, fuhr mit dem Aufzug in den zehnten Stock, arrangierte die Bagel flink (und, wie sie fand, ziemlich professionell) auf dem Konferenztisch und wollte gerade mit der Tüte mit den vier menschlichen Bageln darin wieder hinunterfahren, als ein rotgesichtiger Mann in einem spießigen grauen Anzug sie am Arm berührte.

»Huch!« Hermeline zuckte zusammen.

»Warum so nervös?« sagte der Mann. »Ich beiße nicht.«

Dabei würdest du es nicht belassen, wenn du wüßtest, was ich vorhabe, dachte Hermeline.

»Wir sind heute mehr als sonst«, sagte er. »Am besten lassen Sie alle hier.«

»Aber … diese hier sind alt«, sagte Hermeline und drückte die Tüte an die Brust.

»Das macht nichts«, sagte der Mann und nahm sie ihr weg. »Wir werden sie toasten.«

Hermeline hoffte, daß man ihr das Entsetzen nicht anmerkte. »Sie *t-toasten?*«

»Ja, macht man das in New York nicht?« Er schüttete den Inhalt der Tüte auf den bereits aufgebauten Bagelstapel. Hermeline schluckte. Er reichte ihr die leere Tüte.

»Sagen Sie, mögen Sie ›Barry Trotter‹?« fragte der Mann lächelnd.

»Wer mag ihn nicht?« fragte Hermeline mit einem An-flug von Ironie zurück.

»Ich habe etwas für Sie«, sagte er und nahm eine Biege-puppe aus der Tasche. »Wen mögen Sie lieber, Barry oder Hermeline?«

»Hermeline? Wer ist Hermeline?« fragte Hermeline. »Ich hab die Bücher nicht gelesen.«

»Sie ist Barrys Freundin.«

»Ist sie *nicht!*« platzte Hermline unbedachterweise her-aus.

»Ich denke, Sie haben die Bücher nicht gelesen«, sagte der Mann lachend. »Ich versteh das. Viele Erwachsene geben es nur ungern zu. Aber solange Sie sie kaufen, macht uns das nichts aus! Hier, nehmen Sie eine Herme-line.« Er hielt das Gesicht der Figur neben ihrs. »Wow, Sie könnten ihre Schwester sein!«

»Finden Sie?« sagte Hermeline mit einem schwachen Lächeln.

»Wir haben gerade zwanzig Millionen davon an ›McDaniel's‹ geliefert. Sie werden sicher dazu beitragen, daß die Kinder noch mehr von diesem salzigen Fraß in sich reinstopfen. Ich selber rühr das Zeug nicht an. Schlecht für die Pumpe.« Er nahm einen Vollkornbagel in die Hand. »Mit denen hier ist es natürlich was anderes – die haben ja praktisch kein Fett.« Sie mußte der Versuch-ung widerstehen, ihm den Bagel aus der Hand zu schlagen. Wenn sie das tat, war das Spiel aus, wenn nicht, würden die Jungs aufgegessen werden.

Er biß herzhaft hinein. Hermeline erwartete, einen piepsigen Schrei zu hören, aber glücklicherweise blieb der Bagle still.

»Ich heiße Brent«, sagte der Mann und reichte ihr seine vollgekrümelte Hand.

»Hi, Brent, ich bin …«, Hermeline hatte vergessen, sich einen Namen für sich auszudenken, »… wirklich sehr in Eile, also wenn Sie mich bitte entschuldigen wollen …«

Sie wollte so schnell wie möglich J. G. befreien und dann wieder herkommen, um die Jungs abzuholen. Solange mußten die vier sich wohl oder übel allein durchschlagen (soweit sich Bagel denn durchschlagen können). Hermeline entschuldigte sich, ging zum Fahrstuhl und hieb wie wild auf die Knöpfe ein. Schließlich kam er, sie stieg ein und wählte die ›Folterkammer‹. »Fitneßstudio« … so'n Quatsch, dachte Hermeline. Der Aufzug fuhr sehr langsam – das Gebäude sah von außen zwar neu aus, aber innen drin war es alt. Die Tür öffnete sich, und vor ihr stand ein massiger Wachmann, die Pistole gut sichtbar an die Hüfte geschnallt.

»Tut mir leid, Miss. Sie haben sich wohl im Stockwerk geirrt. Hier ist der Zutritt für Unbefugte verboten.«

Hermeline stellte sich dumm. »Oh, Entschuldigung.« Wie mogel ich mich bloß an diesem Blödmann vorbei?

dachte sie. »Können Sie mir sagen, wie ich in die Lobby komme?«

»Kein Problem«, sagte der Wachmann. »Drücken Sie einfach die 1 – so.«

Die Tür schloß sich, und Hermeline zog ihren Zauberstab hervor und fuhr sich damit über den Körper.

»Anorexia nervosa!«

Nun war sie Susan Thompson, die Pressetante. Es wäre lustig, sie in Schwierigkeiten zu bringen, dachte Hermeline. Als sie in der Lobby ankam, drückte sie erneut ›Folterkammer‹, noch bevor jemand zusteigen konnte. Das Protestgeschrei der Wartenden verhallte.

Die Tür ging auf, und wieder stand der Wachmann vor ihr. Diesmal trat er zur Seite, um sie durchzulassen. »Guten Morgen, Mrs. Thompson. Die Gefangene verhält sich heute ziemlich ruhig.«

Hermeline drehte sich um. Sie bemühte sich, ihrer Stimme einen herrischen Ton zu verleihen, und sagte: »Ich habe meinen Schlüssel für ihre Zelle verloren. Könnten Sie sie für mich aufschließen?«

Der Wachmann witterte sofort, daß etwas nicht stimmte, denn er war schlauer, als er aussah; Thompson nannte die Gefangene stets »unsere goldene Gans«.

»Sie brauchen keinen Schlüssel, Sie wedeln vor der Tür einfach nur mit Ihrem Ausweis. Das wissen Sie doch.« Er griff zum Telefon. »Rühren Sie sich nicht vom Fleck!«

»O verdammt!« fluchte Hermeline und knockte ihn rasch mit einem Zauberspruch aus. »Ich leihe mir solange Ihren«, sagte sie und nahm ihm seinen Ausweis ab.

Kurz darauf stand sie vor einer dicken Metalltür mit einem Schild, auf dem stand: »Dies ist bloß ein Besenschrank – Hier gibt's nichts zu sehen – Zutritt für Unbefugte verboten.« Sie zog ihre Magnetkarte über den brusthohen schwarzen Plastikstreifen, und die massive Tür ging auf. Dahinter, im Halbdunkel, saß die einst so stolze J. G. Rollins.

»Neiiiin!« kreischte sie und kauerte sich in eine Ecke.

Der Raum schien vom Boden bis zur Decke aus poliertem Stahl zu bestehen. Abgesehen von einer nackten Glühbirne, die trostlos von der Decke baumelte, waren die einzigen Einrichtungsgegenstände ein Tisch mit einer Schreibmaschine darauf, eine Gefängnistoilette und ein Trinkwasserspender, wie man ihn für Hamsterkäfige verwendet (nur größer). In der Ecke lag ein zerfledderter Stapel alter ›Buchrapport‹- und ›Bösenblatt‹-Ausgaben, vermutlich das momentane Nachtlager der bekanntesten Kinderbuchautorin der Welt.

»O Gott, ich hab doch gestern erst Elektroschocks gekriegt!« krächzte J. G. »Sie haben Ihr Kapitel doch bekommen!«

Wie konnte es nur soweit kommen, daß der Verlag seine eigene Starautorin gefangenhielt? Das fünfte Buch, ›Barry Trotter und der Orden des Penis‹, das von Barrys turbulenter Pubertät handelte, hatte eine Flut (vermeintlich) erotischer Fantasy-Romane ausgelöst und außerdem sämtliche Verkaufsrekorde gebrochen. Nach dem sechsten Buch, ›Barry Trotter und das magische Gruseldingsbums‹, warfen die Kritiker ihr vor, sie würde es sich zu leicht machen. Hierauf folgte das ambitionierte, 4 700 Seiten starke siebte Buch, ›Barry Trotter und die Ritter der Logorrhö‹, in dem J. G. versuchte, alle Handlungsfäden aus den vorangegangenen Büchern miteinander zu verknüpfen. Nachdem sie von zahlreichen Lesern, die durch den fetten Wälzer Schaden genommen hatten, verklagt worden war, sah sie sich genötigt, Buch Nummer acht zu schreiben, ›Barry Trotter dreht durch und ermordet ein paar Anwälte‹ (Fantastic zwang sie, es in ›Barry Trotter und die Diplomatenkofferbande‹ umzubenennen).

J. G. wurde langsam zum Problemfall, und immer stärkere Repressalien waren nötig, um sie dazu zu bringen, überhaupt weiterzuschreiben. Zitternd hockte sie vor Hermeline, bis die ihren Zauberstab schwenkte und plötzlich anstatt Susan Thompson die ›Taste Sensations‹-Hermeline* vor ihr stand.

---

* Nicht im Spielwarenhandel erhältlich. Noch nicht.

J. G. hörte prompt auf zu zittern und stand auf. »Tut mir leid, ich habe nichts bestellt«, sagte sie. »Sie sind vermutlich im falschen Stockwerk ausgest …«

»Ich bin's, Sie dumme Kuh«, sagte Hermeline. »Hermeline Cringer.«

»Ach, Gott sei Dank«, sagte J. G. »Bitte hilf mir! Ich tu auch alles, was du willst! Ich versprech dir, daß ich dich im nächsten Buch nicht mehr so verkniffen darstellen werde!«

»Vor allem halten Sie erst mal den Mund«, sagte Hermeline. Die Autorin sah unmöglich aus – sie war eigentlich zu einem Meeting mit den Marketoren hergekommen, doch dann hatte man sie gefangengenommen und in diesen stählernen Kerker geworfen. Die letzten beiden Wochen hatte sie ein Leben in Dickens-mäßiger Knechtschaft geführt. Hermeline mutmaßte, daß sie seitdem ununterbrochen dasselbe geschmackvolle Busineß-Kostüm trug; die Sohlen ihrer Feinstrumpfhose waren total durchgewetzt, und die Fetzen umflatterten hilflos ihre Waden. »Kommen Sie«, sagte sie und packte die unvorstellbar reiche, gefährlich unterernährte Schriftstellerin an ihrem spiddeligen Arm. »Lassen Sie uns abhauen.«

Sie liefen – nun ja, die eine lief, die andere wankte eher – hinüber zum Aufzug. Beide waren äußerst nervös. Mehrmals setzte die Autorin, während sie auf den Fahrstuhl warteten, zum Sprechen an, wurde aber jedesmal von Hermeline zum Schweigen gebracht, die angestrengt nachdachte: Wie krieg ich sie hier raus? Sind die Jungs schon verspeist worden? Und soll ich mir diese Schuhe kaufen, die ich gestern gesehen habe?

Endlich öffnete sich die Fahrstuhltür, und vor ihnen stand – wie der Geist von Fantastic, der sich wütend erhob, um sein wertvollstes Gut zu beschützen – Randy, der lustige Rottweiler.

Randy nahm seinen Kopf ab, und darunter kam ein junger Mann mit schütterem Haar und ungesundem Teint zum Vorschein. »Tschuldigung«, sagte er. »Falsches Stockwerk. Ich kann durch diese Maske überhaupt nichts sehen.«

Hermeline und J. G. stiegen zu ihm in die Kabine. J. G. hatte Todesangst, und das zu Recht, wie Hermeline fand. Sie zweifelte nicht daran, daß Fantastic J. G. eher umbringen würde, als zuzusehen, wie sie entkam und alles brühwarm der ›Compostmollitan‹ erzählte. Rollins konnte Fantastic nicht wegen Freiheitsberaubung belangen – Amnesty International drückte Buchverlagen gegenüber ein Auge zu –, aber sie konnte sie dort treffen, wo es am meisten weh tat, indem sie mit dem kostbaren Trotter-Stoff zur Konkurrenz wechselte. Plötzlich hatte Hermeline einen Geistesblitz.

»Was macht ein netter Typ wie Sie in so einem Kostüm?« fragte sie.

»Um zehn Uhr kommt eine Schulklasse zur Besichtigung«, antwortete der Hundemann. »Die stehen total auf Randy.« Er lachte bitter. »Ich frag mich immer: ›Und dafür bin ich auf die Schauspielschule von Yale gegangen?‹«

»Danke, mehr wollte ich nicht wissen«, sagte Hermeline, zwanzig Minuten würden reichen. Sie zog ihren Zauberstab heraus und verpaßte ihm einen Soporifikus simplex. Fest schlafend sackte er auf dem Boden des Fahrstuhls in sich zusammen.

»Helfen Sie mir, ihm das Kostüm auszuziehen«, forderte sie J. G. auf. »Und dann ziehen Sie es an!«

Als sie den Konferenzraum im zehnten Stock erreichten, war die Autorin gerade dabei, Randys Kopf zu befestigen. Sie traten aus dem Aufzug und überließen den nur mit Unterwäsche bekleideten Mann in der Ecke seinen süßen Träumen.

»Folgen Sie mir und sagen Sie kein Wort«, sagte Hermeline.

Sie gingen zum Konferenzraum, aus dem ihnen hustende und würgende Managertypen entgegenkamen.

»Mit diesen Bagel *stimmt* was nicht!« sagte eine Frau und rieb sich die Augen. »Das sind keine Brötchen, das ist eine Unverschämtheit.«

»Ich weiß, Ma'am«, sagte Hermeline, ohne mit der Wimper zu zucken. »Ich hab gerade einen Notruf von der Zentrale wegen einer Partie verdorbener Bagel bekommen. Ich nehm sie wieder mit und sorg dafür, daß sie vernichtet werden.«

»Mein Gott, so was Schlimmes habe ich noch nie gerochen«, sagte ein anderer Manager, der sich ein Taschentuch vor die Nase hielt. »Was ist denn bloß mit denen los?«

»Es war ein Experiment«, sagte Hermeline. »Die sind mit Olestra gebacken. Ihre Personalabteilung hat Sie als Versuchskaninchen eingesetzt.« Sie entschuldigte sich und ließ die Verlagsleute verwirrt zurück. Was mochte da passiert sein, fragte sie sich.

Mittlerweile wurde Randy von ein paar Managern gepiesackt, die ihn knufften und ihm leichte Schläge auf die Schnauze versetzten. Hermeline hoffte, daß J. G. sich nicht zu irgendeiner Dummheit provozieren lassen würde. Sie behielt sie im Auge, während sie sich rasch die Bagel schnappte und sie in eine Tüte warf.

»He, die wollte ich noch essen«, sagte eine tiefe Stimme hinter ihr. Mit entsetztem Gesicht wirbelte sie herum. »Nein! Ich meine, das dürfen Sie nicht – Sie können doch nicht …«

»Ach, Sie meinen den Gestank? Stimmt, ich sollte wohl besser aus dem Raum gehen, sonst ruinier ich mir noch den Anzug.« Er biß noch einmal ab. Hermeline sah Krümel seiner früheren Opfer in einem üppigen Walroßbart hängen. Sie horchte angestrengt auf einen piepsigen Schrei. »Aber ich habe meinen Geruchssinn in Vietnam verloren, mir macht der Gestank nichts aus. Ich riech nichts.«

Hermeline zwang sich, den Blick von dem Rachen des Todes abzuwenden, in dem mit Sicherheit gerade einer ihrer Schulfreunde auf Nimmerwiedersehen verschwand. Tja, was sollte sie schon dagegen tun? Die Risiken einer Verwandlung in Lebensmittel waren den anderen ebenso bekannt wie ihr selbst. Es war Zeit zu gehen.

»Na kommen Sie, lassen Sie mir ein paar hier …«, bettelte der Mann.

»Kommt nicht in Frage«, sagte Hermeline und versuchte, so energisch und resolut zu klingen, wie sie es von einer Amerikanerin erwartet hätte. »Die sind schlecht. Danke. Wiedersehn.«

Sie schnappte sich die Bageltüte, eilte hinüber zum Aufzug und drückte den Abwärts-Knopf. Der Fahrstuhl kam, und alle drängelten sich hinein – Hermeline, die Managertypen und Randy, der sich immer noch seiner Haut kaum erwehren konnte. Die Verlagsmenschen, allesamt sehr geübt im Tyrannisieren, fühlten sich offenbar in ihre Kindheit zurückversetzt.

»Na komm schon«, sagte so ein Anzugrüpel, »ich will doch mal sehen, wer da drinsteckt.« Er zerrte am Kopf des Hundes. J. G. krallte ihre Hände in seine Unterarme und versuchte ihn zurückzudrängen. Es kam zu einem Gerangel.

Hermeline schritt ein. »Ähm, er ist sehr sensibel.«

Der Flegel wandte sich ihr zu. »Woher wollen Sie denn das wissen?«

»Das hat er mir gesagt. Er hat Hautprobleme.«

Der Rüpel wollte gerade ein paar Obszönitäten vom Stapel lassen, als ein anderer, deutlich älterer Verlagsmitarbeiter sagte: »Bill, hör auf mit dem Quatsch. Wir sollten uns eher Gedanken darüber machen, wie wir Barry an die Aborigines verscheuern können.«

Diese Stimme hatte sie schon mal gehört … beim ›Literarischen Quatschtett‹ … Erschrocken stellte sie fest, daß sie neben dem Oberboß von Fantastic Books stand. Er sah ganz harmlos aus, wie irgendein Opa – was er zweifelsohne auch war. Dennoch rollte ihr eine Schweißperle den Rücken hinab.

Aus dem Hundekostüm ertönte ein Niesen. »Verzeihung«, sagte J. G., wobei sie versuchte, mit tiefer Stimme zu sprechen.

Nachdem sie mehrere Stockwerke abwärts gefahren waren, ging die Tür auf, und vor ihnen stand Susan Thompson. Hermeline täuschte einen Hustenanfall vor und versuchte ihr Gesicht zu verbergen.

»Hier geht keiner mehr rein«, sagte einer der Manager.

»Okay, ich nehm den nächsten«, sagte Susan.

Gerade als die Tür sich schließen wollte, schnellte eine Hand vor, und Hermeline hörte Brent grölen: »Susan, guck dir das Mädel hier an – sieht die nicht ganz genauso aus wie Hermeline?«

Thompson blickte von dem Bericht auf, den sie gerade überflog, und musterte Hermeline. Bitte erkenn mich nicht, bitte erkenn …

»Die echte Hermeline ist pummeliger«, sagte Susan. Sie wandte sich wieder ihren Papieren zu, und die Tür schloß sich. Erbost murmelte Hermeline ein paar Worte, und fünf Kilo hartnäckiger Zellulite legten sich lautlos auf Thompsons Hüften.

Schließlich erreichten sie den fünften Stock, und all die Anzugtypen strömten hinaus. Als die Tür wieder zuging, gestattete Hermeline sich, auszuatmen. Aus Randys Halsgegend hörte sie ein halb ersticktes Dankgebet.

Sie kamen im Erdgeschoß an und spurteten zum Ausgang. Würde der Portier sie aufhalten? Hatte man den schlafenden Schauspieler und den bewußtlosen Wachmann wohl schon entdeckt?

Der Portier schaute sie an. »He, Randy, die Schüler warten auf dich«, sagte er.

»Ähm« – verstell bloß deine Stimme, betete Hermeline – »ich muß was aus meinem Auto holen.«

»Was denn, dein Flohhalsband?« fragte der Wachmann und lachte dämlich.

Auf dem Weg hinaus stießen sie mit einer uniformierten Frau zusammen, die eine große Tasche voller Lebensmittel hereinschleppte. »Verzeihung«, sagte Hermeline, und ihr wurde klar, daß der *echte* Lieferservice angekommen war. Sie machten sich besser aus dem Staub, und zwar schnell!

Während in der Empfangshalle das Chaos ausbrach, winkten die beiden Frauen ein Taxi heran und rasten erleichtert davon. Gleich darauf rannte ein Mann in Boxershorts beinahe den Portier über den Haufen und kam auf dem frisch gebohnerten Boden schlitternd zum Stehen.

»Hören Sie, Mann, so können Sie hier nicht rumlaufen«, sagte der Portier. »Hier wird gerade eine Schulklasse herumgeführt …«

»So'n Typ hat mir das Kostüm geklaut! Ich hab 250 Dollar Pfand dafür bezahlt!« Keine Minute später war die Sie-wissen-schon so richtig am Dampfen.

KAPITEL DREIZEHN
EIN WARMER REGEN

Der grenzenlosen Durchgeknalltheit New Yorks ist es zu verdanken, daß die Taxifahrer der Stadt praktisch durch nichts zu erschüttern sind. Doch überdimensionale Frottee-Maskottchen erregen auch in einem so toleranten Umfeld wie diesem noch Aufsehen. Der Fahrer drehte das Radio lauter und hoffte, daß diese Irren ihm keine Schwierigkeiten machen würden.

J. G. nahm ihren Kopf ab. »Freiheit!« schrie sie gegen die dröhnenden Ethno-Rhythmen an, die aus dem Radio drangen. »Ich bin frei!« Spontan gab sie Hermeline einen Kuß.

Der Taxifahrer beäugte sie nervös im Rückspiegel. Schließlich waren sie in Greenwich Village.

»Fahren Sie einfach«, sagte Hermeline. Sie konnte keine neugierigen Blicke gebrauchen, zumal sie gerade im Begriff war zu hexen. Sie nahm einen Bagel aus der Tüte und legte ihn neben sich auf den Rücksitz.

»Danke, Hermeline, aber ich hatte genug Wasser und Brot für den Rest meines Lebens.«

Hermeline berührte den Bagel mit ihrem Zauberstab.

Nichts geschah, daher warf sie ihn aus dem Fenster. Er traf eine Frau, die auf einen Bus wartete.

»Was machst du da?« fragte J. G.

»Das werden Sie schon noch sehen«, sagte Hermeline und nahm den nächsten Bagel heraus.

Diesmal gab es einen grellen Blitz, und plötzlich saß Jorge neben ihr und strich sich ein paar Sesamkörner aus den Haaren. Hermeline verwandelte auch Barry, Lon und schließlich Ferd zurück – und keiner von ihnen hatte auch nur die kleinste Bißwunde. (Wer hätte etwas anderes erwartet?) Als sie fertig war, sah es im Fond des Taxis aus wie in einem Viehtransporter: Barrys Fuß hing sogar aus dem Fenster.

»Das kostet extra!« sagte der Fahrer wie aus der Pistole geschossen.

Als sie in die Straße einbogen, in der Ferd und Jorge wohnten, bemerkte Barry als erster die riesige Menschenmenge, die sich vor dem Oneida Building zusammengerottet hatte. Jemand skandierte in ein Megaphon: »Wir wolln den Film sehn, der Dreh muß weitergehn!« Ein paar andere verbrannten symbolisch eine Barry-Puppe.

»Lassen Sie uns hier raus«, sagte er. »Jorge, du hast doch Muddelgeld, bezahl ihn.« Jorge klatschte dem Fahrer zehn Dollar in die Hand, und sie stiegen aus. Dabei duckten sie sich hinter die Taxitür, um nicht gesehen zu werden. Jemand mußte ausgeplaudert haben, daß Barry in der Stadt war und weshalb. Die Sache roch nach Cold Spice. Barrys Fragerufzeichen pochte in stiller Zustimmung. Sie schlichen sich unentdeckt um die Ecke.

»In die Wohnung können wir nicht zurück«, sagte Barry.

»Die sahen mir eigentlich nicht besonders furchterregend aus«, sagte Ferd. »Ich wette, das sind alles Affirmatoren.« Affirmatoren waren zombieähnliche Wesen, die von den Marketoren geschaffen und gelenkt wurden. Sie traten meist in Horden auf, die Zielgruppen genannt wurden, verdarben mit ihren idiotischen Vorlieben sämtliche Filme, gaben bei Umfragen dumme Antworten und wählten schwachsinnige Politiker. Es gibt da eine Daumenregel: Immer, wenn Sie denken: Wie kann ein Mensch bloß so bescheuert sein? ist es kein Mensch, sondern ein Affirmator.

»Sei still, du Quatschkopf«, sagte Jorge. »Barry hat recht. Affirmatoren und Marketoren können wir mit einem Glaubtihnenkeinwort-Zauber in Schach halten, aber womöglich haben sich von Fantastic gedungene Schläger unter die Leute gemischt.« J. G. schluckte.

»Kommt, wir gehen ins ›Tiny's‹«, sagte Jorge. »Die haben sicher gerade erst dichtgemacht und sind noch am Saubermachen. Mitch wird uns reinlassen.«

Minuten später, sicher unter der Erde und von zahlreichen RhaBlubb-Flaschen und Sandwiches umgeben, die sie sich von einem Deli in der Nähe hatten bringen lassen, feierten die Freunde den Erfolg ihrer Mission. Barry schüttelte seine Brause wie Champagner und bespritzte Hermeline damit. Ausgelassenheit paarte sich mit einem Anflug von Wandalismus – es war wie früher.

Derweil liefen die Musiker, die zur nächsten Schicht eingetroffen waren, im Dämmerlicht der Kerzen umher, probten, bauten auf und erzählten sich Witze, die offenbar nur Jazzer verstehen konnten. Sie nahmen sowenig Notiz von Barry und seinen Gefährten wie die von ihnen.

»Also, was ist da oben im Konferenzraum passiert?« fragte Hermeline. »Als ich da ankam, machten die alle den Eindruck, als müßten sie gleich kotzen.«

Die Jungs schauten Ferd fragend an.

»Ich konnte nichts dafür«, murmelte Ferd. »Ich hatte ganz üble Blähungen.« Die alte Trinkerweisheit *Smart Drinks auf Bier, das rat ich dir; auf Hornüsse Smart Drinks, dann pupt es und stinkt's* hatte sich mal wieder als vulgär-aber-wahr erwiesen. Nur daß sie diesmal den Jungs das Leben gerettet hatte.

Die Manager waren hungrig gewesen und hatten die nichtbeseelten Bagel rasch verzehrt. Glücklicherweise war der erste unserer verwandelten Helden, dem ein frischkäsegarnierter Abgang bevorstand, Ferd gewesen, und in dem hatten sich den ganzen Morgen schon fürchterliche Blähungen zusammengebraut (eine unangenehme Nebenwirkung der dubiosen Schlaumacher-Drinks, die er in der Nacht zuvor probiert hatte). Als er schon über dem weit geöffneten Schlund des Vertriebsleiters schwebte, überwältigte ihn die Angst, und er ließ einen fahren. Und wie das so ist, wenn der Damm erst mal gebrochen ist, folgten auf den ersten Pups weitere, einer heftiger und übelriechender als der andere. Schon bald war der ganze Raum von einem fauligen, grünlichen Dunst erfüllt, und die Führungskräfte von Fantastic begnügten sich nicht mehr damit, zu husten und sich die Augen abzutupfen, sondern stießen wüste Flüche aus, bis sie schießlich zu Boden gingen und auf allen vieren versuchten, sich in Sicherheit zu bringen. Es muß wohl kaum erwähnt werden, daß danach keiner mehr einen Bagel aß.

Die Freunde lachten sich schlapp. Auf der Bühne spielte sich eine Mumie mit Trompete samt Rhythmusgruppe warm.

Daran, daß die Unterhaltung plötzlich ernst wurde, war wohl der Rhabarber schuld, der ein natürliches Wahrheitsserum ist. Barry wandte sich J. G. zu und sagte: »Sie fragen sich vermutlich, warum wir Sie befreit haben. Nun: Wir müssen den ›Barry Trotter‹-Film verhindern, und wir dachten uns, Sie wüßten vielleicht, wie.«

Als sie das Wort »Film« hörte, erstarrte J. G. und sagte

mit lauter, monotoner Stimme: »Ich bin überglücklich, daß Wagner Brothers meine Werke Millionen neuer Fans auf der ganzen Welt näherbringen wird.«

Die Freunde waren ob des unpassenden Übergangs überrascht. »Äh … okay«, sagte Hermeline. »Also, J. G., gibt es jemanden bei Fantastic, der …«

J. G. erhob wieder die Stimme, diesmal noch lauter. »Die Leute bei Fantastic sind die nettesten, engagiertesten, wunderbarsten Menschen, die mir je begegnet sind.«

»Das kann nicht Ihr Ernst sein. Diese Fantastic-Wichser …«

»Die Leute bei Fantastic sind die nettesten, engagiertesten, wunderbarsten Menschen, die mir je begegnet sind.«

»Wow«, sagte Ferd. »Ich glaub, jetzt hat sie den Verstand verloren.«

»Da bin ich mir nicht so sicher«, sagte Hermeline. »J. G.: *Film*.«

»Ich bin überglücklich, daß Wagner Brothers meine Werke Millionen von neuen Fans auf der ganzen Welt näherbringen wird.«

»*Fantastic*.«

»Die Leute bei Fantastic sind die nettesten, engagiertesten, wunderbarsten Menschen, die mir je begegnet sind.«

»Sie wird irgendwie gesteuert«, sagte Barry. »Per Hypnose?«

»Das glaube ich nicht«, sagte Hermeline. »Strecken Sie

mal die Zunge raus, J. G.« Die Autorin gehorchte und entblößte einen glänzenden Mikrochip. Blitzschnell nahm Hermeline ihn heraus. »Das ist des Pudels Kern. Jedesmal, wenn sie gewisse Wörter hört, wird sie gezwungen, auf bestimmte Weise darauf zu reagieren.«

J. G. wirkte benommen, als erwachte sie aus einem unruhigen Traum.

»Danke. Es ist ziemlich ermüdend, immer wieder dasselbe zu sagen.«

Jorge meldete sich zu Wort. »Deshalb hat sie also zugelassen, daß Barrys Fans jahrelang von Wagner Brothers so schlecht behandelt wurden. Die haben Websites dichtgemacht und lauter solche Sachen. Das paßte gar nicht zu ihr.«

»Das war auch nicht sie selbst«, pflichtete Hermeline bei.

»Laß mich mal sehen«, sagte Barry, und Hermeline gab ihm den Chip. Auf der Rückseite war eingraviert: ›Eigentum von Z. Grimfood‹. Barry war schockiert – Zed arbeitet für Fantastic. Andererseits war es irgendwie klar. Zed dachte wahrscheinlich, den Bösen zu helfen sei der beste Weg, um berühmt zu werden.

Hermeline und die anderen erklärten der Autorin die Situation. J. G. wirkte immer bedrückter und vielleicht sogar ein bißchen verängstigt.

»Ich weiß gar nichts«, sagte sie. »Ich habe die letzten beiden Wochen in einer Zelle verbracht. Mit dem Film habe ich nichts zu tun. Tut mir leid, ich komme mir ganz undankbar vor, aber ich bin machtlos. Es ist schon Jahre her, daß ich diese Verträge unterzeichnet habe.«

Barry traf eine schnelle Entscheidung. »Okay. Wenn Sie versprechen, nach Hause zu fahren und sich ruhig zu verhalten«, sagte er, »dann brauchen wir Sie nicht zu entführen.«

J. G. wirkte gekränkt. »Bin ich vielleicht ein Sack Kartoffeln, den jedermann durch die Gegend schleifen und in irgendwelche Keller sperren kann?«

Hermeline mischte sich ein. »Natürlich werden wir Sie nicht entführen, J. G. Wissen Sie, wer hinter dem Film steckt? Wen müssen wir bearbeiten?«

»Oh, ich weiß sehr wohl, wer dahintersteckt«, sagte J. G., wobei sich ein seltsam verängstigtes Lächeln auf ihrem Gesicht zeigte: »Lord Valumart.« Auf der Bühne schüttelte der Trompeter etwas Spucke aus seinem Instrument.

Jorge sagte: »Bin ich der einzige, den das nicht überrascht?«

»*Mich* überrascht es«, sagte Lon. Er malte mit einem Cocktailspieß in einem Zuckerberg herum.

»Hört mal«, sagte J. G., »wenn irgend jemand weiß, wie clever ihr seid, dann ich. Und ich bin wirklich beeindruckt, wie oft ihr Valumart schon besiegt habt. Aber dieses Mal ist es anders. Ihr habt nicht nur den Doofen Lord gegen euch, sondern ganz Hollywood, und die verstehen keinen Spaß.«

»Na und?« antwortete Barry trotzig.

»Im Filmgeschäft geht es um Milliarden! Fantastic hat mich wegen ein paar Millionen entführt – das sind Peanuts dagegen. Ihr werdet Wagner Brothers sehr viel mehr kosten: Die Millionen, die sie bereits für die Werbung ausgegeben haben, und die Millionen, die dieser Film einspielen würde, ganz zu schweigen von den nächsten fünf. Die kämpfen mit harten Bandagen. Die sind unberechenbar. Ihr müßt bedenken, daß dieselben Leute auch das Kabelfernsehen kontrollieren.«

J. G. machte eine dramatische Pause.

»Ich habe nicht vor, mich mit denen anzulegen. Ich habe schon eine Kostprobe davon erhalten, wozu die fähig sind, und ich habe keine Zauberkräfte, durch die ich mich schützen kann.« Sie nahm Hermelines Handy und begann zu wählen.

Ferd ahnte, was sie vorhatte, und schlug es ihr aus der Hand. Es flog auf die Bühne.

»Ruhig, Brauner«, sagte einer der Musiker.

»IIe, das ist mein Telefon«, brüllte Hermeline. Sie holte es sich zurück und drückte ein paar Knöpfe, um zu sehen, ob es noch funktionierte. Als Klingelton spielte es ›Black Magic‹.

»Wir lassen uns doch nicht verpfeifen!« sagte Ferd. »Eine falsche Bewegung, und ich räucher den Laden hier aus!«

Barry wirkte ernst, ja geradezu … erwachsen. »Da Sie

nutzlos für uns sind, werden Sie jetzt gehen. Sie fahren zurück nach Schottland und tun so, als wäre nichts passiert. Sie werden niemandem etwas erzählen, denn wenn Sie das tun, werde ich Fantastic sagen, daß Sie vorhaben, die Schreiberei an den Nagel zu hängen.«

»Das ist eine Lüge! Wer hat dir das gesagt?« fragte J. G.

»Ihr Mann«, sagte Barry.

»O *bitte*. Er ist bloß mein Freund. Trevor konnte noch nie etwas für sich behalten«, sagte J. G. Barry sah, wie Hermeline fast unmerklich zusammenzuckte.

Er fuhr fort: »Sie nehmen den nächsten Hai zurück nach Schottland und sagen kein Wort, bis wir den Film gestoppt haben. Wenn Sie auch nur einen Mucks machen, rufe ich bei Fantastic an, und dann werden Sie mit Randy dem lustigen Rottweiler auf der Brust aufwachen.«

Ein langes Schweigen folgte. Schließlich ergriff die Autorin das Wort.

»Na gut, ich sage nichts«, sagte J. G. »Wißt ihr, die haben mich gefragt, ob sie meine Bücher verfilmen dürfen. Ich habe das geanwortet, was jeder Autor antworten würde: ›O ja!‹ Denn obwohl ich mit dem Film eine hübsche Summe Geld verdienen werde, geht es mir vor allem darum, daß er vielleicht noch mehr Kinder dazu bringen wird, meine Bücher zu lesen. Könnt ihr das nicht verstehen?«

»Und was aus Hogwash wird, ist Ihnen egal«, sagte Jorge.

»Sie denkt nur an sich«, meinte Ferd.

»Natürlich mache ich mir Gedanken um Hogwash. Aber mit der Schule ging es bereits bergab, bevor ich auch nur ein einziges Wort geschrieben hatte. Hogwash ist der reinste Dinosaurier«, sagte J. G. »Die besten Zauberschulen sind heutzutage alle online! Die Dinge verändern sich. Veraltetes verschwindet und wird durch Neues ersetzt. Ich liebe Bücher – ich habe schließlich mein Leben ganz der Aufgabe gewidmet, welche zu schreiben –, aber heutzutage wollen die Leute Filme. Der Fortschritt läßt sich nicht aufhalten«, sagte J. G. und fügte dann etwas geknickt hinzu: »Ich kann ja verstehen, daß ihr Bumblemore um der guten alten Zeit willen helfen wollt, aber warum seid ihr so sauer auf mich?«

»Weil Sie mich zu einem Betrüger gemacht haben«, sagte Barry. »Jeder glaubt, ich wäre ein großer Zauberer, der mit einem kurzen Schwenk seines Zauberstabs die Welt retten kann. Aber das kann ich nicht – das kann niemand. Ich verbringe meine gesamte Zeit damit, mich als großes Arschloch aufzuführen, wie es die Leute von mir erwarten, oder mit Dem-der-stinkt zu kämpfen! Bevor Sie uns berühmt gemacht haben, hat Valumart mir nur das Leben schwer gemacht, weil er was gegen meine Eltern hatte. Jetzt versucht er mich *umzubringen!* … Außerdem«, fügte Barry nach einer Pause hinzu, »leide ich permanent an Geldmangel.«

J. G. grübelte still vor sich hin. Dann zog sie einen Stift und ein kleines Heft hervor und schrieb einen Scheck aus. »Barry«, sagte sie, »deinen Ruhm kann ich dir nicht mehr nehmen, aber gegen dein anderes Problem kann ich etwas tun.«

»O nein, J. G., Sie können mich nicht kaufen …«, sagte Barry. Sie reichte ihm den Scheck. Er war auf fünfundzwanzig Millionen Pfund ausgestellt.

»… oder vielleicht doch.« Der Betrag war so hoch, daß der Scheck in Barrys Hand zu vibrieren schien.

»Das sollte für dich und deine Freunde reichen. Du könntest wegziehen, deinen Namen ändern und dir diese Narbe entfernen lassen. Oder auch nicht, ganz wie's dir gefällt. Ich werde nicht versuchen, dich von deinem Vorhaben abzubringen. Ich tue, was ihr von mir verlangt: Ich bleibe zu Hause und halte meinen Mund.« Die Autorin schrieb einen Namen und eine Nummer auf eins von Lons geöffneten Zuckerpäckchen. »Diese Person kann euch vielleicht helfen, an die Filmleute ranzukommen. Ihre Website wurde geschlossen, daher dreht sie jetzt eine Dokumentation, rennt allen möglichen Wagner-Mitarbeitern hinterher, stellt ihnen unbequeme Fragen und wird ständig aus irgendwelchen Häusern rausgeworfen.«

Hermeline las: »Phyllis DeVillers. 310-555-5902.«

»He, das ist doch das Mädel, von dem wir euch erzählt haben«, sagte Ferd.

J. G. erhob sich, um zu gehen. »Ich danke euch allen – für euer Leben, eure Geschichten, dafür, daß ihr mich reich gemacht und mich befreit habt. Falls meine Bücher euer Leben verkompliziert haben, tut mir das leid. Wenn ihr je irgend etwas braucht, kommt zu mir«, sagte sie.

Die Freunde am Tisch waren immer noch sprachlos, als J. G. ihre Handtasche nahm, die letzen Tropfen ihres Drinks austrank und zur Tür ging. Kurz bevor sie dort ankam, drehte sie sich um und sagte: »Einen Rat noch, Barry.«

»Ja?«

»Gib Serious nie deine Kreditkarte«, sagte J. G. »Er ruft mich zwei- bis dreimal pro Woche an und bettelt mich um Geld an.« Sie winkte, drehte sich um und ging dann die Treppe hinauf auf die dunstige Straße.

Sie saßen da, starrten auf den Scheck und sonnten sich in ihrem neuen Reichtum. Schließlich sagte Barry: »Diese J. G. Rollins ist echt in Ordnung.«

Es war, als wäre ein Bann gebrochen: Die Freunde eilten zur nächsten Bank und lösten Barrys Scheck ein.

»Und nun?« fragte Ferd, als alle ihre Taschen mit Barrys neuem Geld gefüllt hatten.

»Jetzt seid ihr nicht mehr so mies drauf, ihr Measlys, was?« sagte Barry. »Erzählt ihr euren Eltern davon?«

»Natürlich tun sie das«, sagte Hermeline. »Wie werden wir bloß die Fans vorm Haus los?«

»Wir könnten sie mit 1000-Dollar-Scheinen weglocken«, sagte Jorge, der gerade eine teure Zigarre paffte. (Eigentlich rauchte er gar nicht, er fand bloß, daß es den Umständen entsprach.)

»Keine Sorge. Wir verbringen die Nacht einfach im ›Club der Hexen und Zauberer‹«, sagte Barry. »Serious kann uns Zimmer besorgen.«

»So sehr ich auch dazu neige, allen Behauptungen von Serious zu mißtrauen«, sagte Hermeline, »ich muß dringend duschen, also laßt uns gehen.«

Zu aller Erstaunen hatte Serious nicht übertrieben, was seinen Einfluß im ›Club der Hexen und Zauberer‹ anging; kaum hatte der Empfang sie mit dem Büro des Präsidenten verbunden, war auch schon für ihre Unterbringung gesorgt – vier nebeneinandergelegene Zimmer im siebzehnten Stock.

»Sie haben Glück«, sagte der Hotelpage, als er die Tür zu Barrys Zimmer öffnete. »In der Stadt findet gerade ein großer Orakel-Kongreß statt. Dies hier sind die letzten freien Zimmer.« Barry gab ihm hundert Dollar Trinkgeld. »Wow, danke!« sagte der Page. »Ihr Freund, der mit der Wollmütze, hat mir einen Hundekeks gegeben.«

Als er wieder allein war, inspizierte Barry das Zimmer. Es war etwas heruntergekommen und muffelte, aber es war hübsch – er fühlte sich ganz wie zu Hause in Hogwash. Drucke mit magischen Motiven zierten die Wände; über dem Bett hing die manieristische Darstellung eines Alchemisten bei der Entdeckung von Spukspachtel (nicht zu verwechseln mit Schmodder®). Die Einrichtung war streng akademisch: viele Bücher, großer Schreibtisch, kleiner Fernseher. Barry schälte sich aus seiner Jacke, ließ sich aufs Bett fallen und stellte die Glotze an.

Er zappte wild herum und blieb schließlich bei einem Lokalsender hängen. Ein stämmiger Herr im Blaumann stand vor einer amerikanischen Flagge und wetterte gegen die »Mischrassen«. Seiner Ansicht nach waren alle Menschen, deren Haut dunkler war als pfirsichfarbene Pastellkreide, Ausgeburten einer »Verschwörung zur Versklavung der arischen Rasse«. Selbst in der heutigen Zeit, der Ära des Reality-TV, sah man selten jemanden im Fernsehen, der so eindeutig geisteskrank war. Barry wollte gerade umschalten, als er eine gemeine Idee hatte.

Sein Zauberstab hing im Schenkelholster am Bettpfosten. Er schnappte ihn sich und ging zurück zum Fernseher. Er überlegte sich kurz den richtigen Zauberspruch, dann wartete er, bis der Schwachkopf wieder zu einer seiner wüsten Haßtiraden anhob, und tippte dann auf die Gestalt auf dem Bildschirm.

»*Arsenio!*« sagte Barry leise.

So schnell, wie ein Rülpser dem Magen entweicht, verwandelte der Mann sich in einen Afroamerikaner, schwarz wie ein Kongolese. Nichtsahnend schwafelte er weiter, und die Situation wurde mit jeder Sekunde paradoxer. Der entsetzte Aufschrei des Kameramanns ließ ihn schließlich verstummen. Barry konnte zusehen, wie der Kretin innerhalb von fünf Minuten von Wut über Verleugnung, Panik und Trauer bis hin zur Resignation die ganze Palette menschlicher Emotionen durchmachte. Zufrieden mit sich selbst schlief Barry ein.

Ein paar Stunden später wurden die Hintergrundgeräusche im Zimmer – die Klimaanlage, Lons Schnarchen und die Zeichentrickfilme, die von nebenan zu hören waren – von einem Klopfen an Barrys Fenster übertönt. Er schaute zu der verdreckten Scheibe hinüber, durch die man in einen Luftschacht hinausblickte. Dort hockte Hertha. Eine zerknautschte Zigarette baumelte aus ihrem Schnabel; sie hatte sich durch Barrys sporadische Experimente mit Tabak zu diesem Laster verleiten lassen. Jetzt war sie süchtig, klaubte unentwegt Kippen aus der Gosse, tippelte damit von einem Passanten zum nächsten und zwickte sie, bis ihr jemand Feuer gab.

Das Fenster war festlackiert. »Warte«, sagte Barry, zwängte einen Brieföffner zwischen Fensterbrett und Rahmen und versuchte es aufzuhebeln. Der Öffner zerbrach. »Dann werd ich es wohl einschlagen müssen«, brummte Barry vor sich hin und erteilte sich so eigenmächtig die Erlaubnis. Er griff sich einen herumliegenden Briefbeschwerer – eine Bumblemore-Büste – und schlug damit gegen das Glas. Die Scheibe zerbrach mit einem befriedigenden Knirschen und Klirren, und die Scherben fielen den Schacht hinunter. Er warf den Briefbeschwerer aus dem Fenster, damit der Club ihn nicht auf Fingerabdrücke untersuchen konnte.

Hertha hüpfte herein und hielt ihm begierig ihre Zippe hin. Barry zündete sie an. Die Eule sah ziemlich heruntergekommen aus. Ihr schneeweißes Gefieder war vom Zigarettenrauch ganz gelb geworden. Sein Hausgeist war eine Beleidigung für die Augen, ein stummer Vorwurf, eine fahrige, übellaunige Nikotinabhängige. Barry löste die Botschaften von ihrem Fuß. Geistesabwesend streichelte er ihren kleinen Schädel, während sie genüßlich schmauchte, und las die Briefe. Im ersten stand:

Von Alpo Bumblemore
Hogwash-Schule
per Zauberdiktat

Lieber Barry,
Ich schreibe Ihnen, weil ich wissen möchte, wie Sie mit Plan X vorankommen. Die Situation hier wird immer schlimmer. Gestern sind zwei Muddel in die Schule einge-

brochen und haben alles mit Obszönitäten vollgeschmiert. Zu allem Überfluß nicht einmal orthographisch korrekt. Ich will den genauen Wortlaut nicht wiederholen, aber ich kann Ihnen versichern, daß es sich um einen Extremfall verbaler Entgleisung handelt, der von äußerster charakterlicher Verdorbenheit zeugt. Außerdem haben sie mehrere kleine Brände gelegt.

Eine kleinere Meute von Muddeln hat sich darauf verlegt, sich ständig in der Nähe der Päderastenpappel aufzuhalten. Es scheint ihnen dort zu gefallen, was dem Baum den ganzen Spaß verdirbt. Am Ende wird er sogar Sie in Ruhe lassen. Es ist wirklich eine Schande.

Ich konnte eine Gruppe den Muddeln feindlich gesonnener Schüler gerade noch daran hindern, die Sache selbst in die Hand zu nehmen, aber ich weiß nicht, wie lange ich sie noch im Zaum halten kann. Ich weiß auch nicht, ob ich das überhaupt will.

Herein! Oh, hallo, Hafwid. Ein paar Muddel sind in deine Hütte eingebrochen und haben dein Allerheiligstes gestohlen?

Barry verzog das Gesicht. Hafwids »Allerheiligstes« (wie er es nannte) war eine mißlungene Kohlezeichnung der riesenhaften, nur mit einem Spitzenbody bekleideten Schulleiterin von Beaubeaux.* Bumblemore gefiel es gar

---

* Beaubeaux war die angesehenste Zauberschule Frankreichs, die französische Ausgabe von Hogwash. Die dritte große Schule Europas war eine zwielichtige, halb-barbarische Institution

nicht, daß dieses Bild in Hafwids Besitz war – nicht zuletzt, weil seine Kollegin darauf aussah wie ein in einem Thunfischnetz gefangener Baby-Beluga –, aber da Hafwids Rasse bereits fast ausgerottet war, drückte er ein Auge zu. Ihm war letztlich alles recht, was den Wildhüter von den Amüsierlokalen von Hogsbleede fernhielt. Barry las weiter:

Ich verstehe ja, daß du aufgebracht bist. Okay. Nein, ich glaube nicht, daß du es zurückbekommst, indem du pro Tag einen Menschen umbringst und seinen Kopf vor deinem Haus aufspießt. Das begreifen sie nicht; das ist ein ganz stumpfsinniges Volk. Ich werde dir helfen. Warte mal kurz – ich schreibe gerade an Barry.

Also, Barry, was ist los? Ist es Ihnen gelungen, den Film zu verhindern? Wenn Sie scheitern, steht uns hier wohl ein wahres Blutbad bevor. Die Blair-Witch hat uns ihre Hilfe angeboten – sie ist Kuratoriumsmitglied –, aber ich hoffe bei Merlin, daß ich sie nicht in Anspruch nehmen muß. Wir würden im Nu bis zum Hals in ausgeweideten Muddeln und verwackelten Videobildern von deren Abschlachtung stecken.

Ansonsten ist eigentlich alles wie immer. Hafwid läßt

namens Fradenscheude. Die drei Schulen trugen regelmäßig Wettkämpfe um völlig bedeutungslose Auszeichnungen aus, bei denen jeweils Dutzende von Schülern draufgingen. Aber wer hat behauptet, daß Zauberkräfte etwas mit Intelligenz zu tun haben?

grüßen und fragt, was er diese Woche den Mädchen sagen soll. (??)

In der Hoffnung, daß Sie – um Himmels willen! – den Film verhindern,

Alpo Bumblemore

P. S. Eine Horde Mäuse hat die Bibliothek besetzt und Madame Ponce als Geisel genommen. Sie haben mir eine Liste mit Forderungen vorgelegt. Wissen Sie irgendwas darüber?

Barry zerknüllte den Brief. »Na toll. Er glaubt, es ist jetzt schon alles ganz schlimm. Wie soll es erst werden, wenn die Fans rausfinden, daß wir versuchen, den Film zu verhindern?« grummelte Barry und malte sich heftige Krawalle, wie man sie aus dem Nahen Osten kennt, auf dem Rasen vor der Schule aus. Der Druck auf Barry wurde immer größer. Er fühlte sich wie der Elefantenmensch, der gedrängt wurde, am Jitterbug-Wettbewerb teilzunehmen. Möglicherweise übertrieb Bumblemore. Doch wenn nicht, dann konnte Barry sich darauf einstellen, daß er in ein, zwei Wochen ein paar Tausend Fans weniger haben würde. Und wenn Drafi Malfies und all die anderen Rowdys sich auch noch einmischten, würde ganz schnell die britische Armee – und vermutlich die NATO – in Hogwash einmarschieren. Und Barry war sich nicht sicher, auf wessen Seite er in dem Fall stünde.

Er wandte sich dem nächsten Brief zu. Hertha hockte darauf wie eine Katze. Er scheuchte sie weg und wünschte sich sofort, er hätte ihn nicht gelesen: Der Brief war eine Zahlungsaufforderung von Fowler & Krüger für das Flugzeug, das er für Dalí gekauft hatte. Das Geld von J. G. hätte gereicht, um den Betrag inklusive Zinsen für etwa fünf Minuten zu begleichen. Aber der Ton des Schreibens gefiel Barry nicht, daher schrieb er: »Leckt mich am Zauberstab« darunter. Er faltete den Brief wieder zusammen und winkte dann Hertha herbei, die ihn zurück nach England bringen sollte. Statt näherzukommen, machte sie zwei Schritte von ihm weg und streckte ihm ihre winzige Zunge heraus; sie war hungrig, müde und nicht bereit, *irgend*wohin zu fliegen.

»Ich könnte auch einen Happen vertragen«, sagte Barry. Nachdem er beim Empfang angerufen und sich beschwert hatte, daß ein »kleiner Meteor« sein Fenster durchschlagen habe, ging er mit seiner müden Eule nach unten, um etwas zu essen aufzutreiben. Reiß dich zusammen, sagte er sich. Die anderen dürfen nicht merken, wie niedergeschlagen du bist. Du mußt jetzt wieder der unbesiegbare Barry Trotter sein.

ES FÄHRT EIN ZUG
NACH NIRGENDWO

Das akademische Ambiente des Zauberclubs erstreckte sich leider auch auf das Essen. Gäste, die den Fehler machten, eine Mahlzeit im Club einzunehmen, bekamen gewöhnliche – das heißt ungenießbare – Mensakost vorgesetzt. Noch lieber als Gekochtes brachte man hier Gebratenes auf den Tisch, und Lebensmittel, die erst gedämpft, dann gekocht und anschließend gebraten wurden, schienen der hiesigen Vorstellung vom kulinarischen Nirvana am nächsten zu kommen. Von was für Vierbeinern das Fleisch stammte, wußten die Götter. Und um auch den letzten Hauch von Geschmack, der die verschiedenen Stufen des Dämpf-, Koch- und Bratprozesses überlebt haben mochte, zunichte zu machen, wurde alles obendrein in einen schweren, pappigen Fritierteig gehüllt. Die Tagesgerichte waren im Grunde bloß normale Vorspeisen, doch sie waren von einem grell orangefarbenen, öligen, geschmacklosen und dennoch ekelhaften Käse überzogen, den die meisten Restaurantgäste klugerweise verschmähten. Hinter den putzigsten Namen verbargen sich die tödlichsten Gerichte – das ›Würstchen im Schlafrock‹ war nachweislich ein Mordwerkzeug und nicht minder barbarisch als ein Maschinengewehr.

Architektonisch machte der Raum schon mehr her. Er war dem gigantischen Großen Saal in Hogwash nachempfunden, und das einzige, was die Illusion störte, war der stete Fluß des New Yorker Verkehrs, der draußen hupend vorbeirauschte. Der Raum wurde von mit flackernden Kerzen bestückten Kronleuchtern illuminiert, was zur Folge hatte, daß man das Essen nicht allzu genau unter die Lupe nehmen konnte – worüber man froh sein mußte. An den Wänden hingen Gemälde von berühmten Clubmitgliedern, deren verkniffener Gesichtsausdruck darauf schließen ließ, daß sie unmittelbar, bevor sie Modell gesessen hatten, eine hauseigene Mahlzeit heruntergewürgt hatten.

Doch so stark war die Macht der Nostalgie, daß der Saal ständig vollbesetzt mit Männern und Frauen war, die in dem zugigen, schlechtbeleuchteten, höhlenartigen Gewölbe schlampig zubereitetes, ekelhaftes Essen in sich hineinschaufelten. Ganz wie in alten Zeiten ging es dabei ziemlich ruppig zu – man warf mit Zaubersprüchen ebenso um sich wie mit Essen, Leuten wurde der Stuhl unter dem Hintern weggezogen, irgendein Hausgeist riß sich los und biß die Gäste und so weiter. Alles in allem war es ein höchst unerfreuliches Erlebnis, dort zu speisen.

Neben den Fahrstühlen am Ende des Raums machte Barry eine traurige Entdeckung – die Sprechende Mütze, die unzählige Hogwash-Schüler jahrhundertelang den verschiedenen Häusern zugeteilt hatte, war endlich in den Ruhestand geschickt worden. (Inzwischen wurde diese Aufgabe von einer Muddelfirma in London für einen Bruchteil des Preises per Computer erledigt. Sprechende Mützen sind, ähnlich wie italienische Sportwagen, ständig in Reparatur und benötigen Ersatzteile, die dann extra eingeschifft werden müssen). Die Mütze lag altersschwach auf einem Stuhl und murmelte: »Silverfish! Nein, Grittyfloor! Nein, halt – Muffelpuff! Ach, nein …«

Jorge winkte. Die drei Measlys und Hermeline saßen an einem Tisch in der Nähe des Tresens. Barry gab Hertha bei der Hausgeist-Garderobiere zu seiner Linken ab und ging zu ihnen hinüber.

Jorge quatschte gerade eine hübsche Hexe am Nachbartisch an. »Weißt du, mein Bruder und ich, wir haben die Kornkreise erfunden … Hi, Barry! Das ist mein Freund, Barry Trotter. Vielleicht hast du schon mal von ihm gehört?«

Barry ließ Jorge weiter Süßholz raspeln und begrüßte die anderen. »Mann, hab ich einen Hunger«, sagte er.

»Tja, dann bist du hier falsch«, sagte Hermeline trübsinnig. Die Speisekarte war eine Verhöhnung der gesamten zivilisierten Eßkultur, daher richtete Barry sein Augenmerk bei der Wahl einfach nur auf Schadensbegrenzung.

»Gibt es in Beaubeaux auch so schlechtes Essen?« fragte Ferd. »›Tote Qualle am Strand‹? Was *ist* das?«

»Panierter D-A-C-K-E-L, glaube ich«, sagte Hermeline. Sie buchstabierte das Wort, um Lon nicht zu erschrecken.

»Warum tun wir uns das an? Wir haben doch die Taschen voll Geld«, sagte Barry. »Laßt uns in irgendein *schönes* Restaurant gehen.«

»Nein, Barry, das können wir nicht riskieren«, sagte Jorge, der soeben einen Korb bekommen hatte. »Jemand könnte deine prominente Fresse erkennen und dich in Stücke reißen.«

»Könnt ihr nicht was holen und mir was mitbringen?« fragte Barry und pfefferte die Speisekarte auf den Tisch. »Diesen Fraß muß ich schon tagein, tagaus in der Schule essen.«

»Gute Idee«, sagte Ferd. »Ich hab um die Ecke einen Chinesen gesehen.«

Barry trug ihnen seine Bestellung auf, und sie liefen hinüber zu ›Chen's‹ – was, wie sich herausstellte, gar kein Chinese war, sondern ein Italiener, der von Griechen geführt wurde. Sie waren nur noch nicht dazu gekommen, das Schild auszuwechseln.

Welcher Nationalität es auch sein mochte, das Essen war lecker. Sie saßen zusammen in Ferds Zimmer auf dem Boden und speisten, während Barry sich anhörte, wie

Hermeline fünfhundert Dollar bei einem Hütchenspieler vor der Tür gewonnen hatte. »Ich hatte meine Oma-Sonnenbrille auf«, sagte sie. »Ich konnte alles sehen. Der Ärmste dachte die ganze Zeit, er sei einfach zu doof!«

»Da wir gerade davon sprechen, wie man Muddel an der Nase herumführt«, sagte Jorge. »Ich habe den Gaswerken ein Leck in der Leitung gemeldet. Die Fans vor unserem Haus sind wir bald los.«

»Jetzt wo wir Geld haben, Jorge, laß uns doch eine schönere Wohnung suchen«, sagte Ferd.

»Okay«, sagte Jorge. »Und was habt ihr nun vor?« fragte er an Barry gewandt.

»Nach L. A. fliegen und diese Phyllis suchen, würd ich sagen«, antwortete Barry, den Mund voll mit gebratenen Ravioli.

»Ich hab mir da so meine Gedanken gemacht«, sagte Hermeline. »Valumart weiß offensichtlich, wo wir sind und was wir im Schilde führen. Ich glaube, es wäre unklug, irgendwelche magischen Transportmittel zu benutzen. Deshalb bin ich dafür, daß wir zur Abwechslung mal auf Muddelart reisen.«

»Und das heißt? Fliegen?« fragte Barry.

Hermeline fielen die Drachen ein, die mit dem Flugzeug »Grill den Flieger« gespielt hatten. »Ich bin für die Bahn.«

»Nach Los Angeles?« wandte Barry ein. »Das dauert doch bestimmt drei Tage.«

»Genau. Hier in den Staaten würde niemand, der sich ein Flugticket leisten kann, jemals mit dem Zug fahren. Deshalb wird der Doofe Lord uns dort auch nie im Leben suchen.«

»Sie hat recht«, sagte Jorge.

»O Gott!« sagte Barry. In seinen Spaghetti Cacciatore schwamm ein gekochter Zigarettenstummel. Er verlor den Appetit.

Später am Abend – nachdem Lon alle einmal im Ping-pong geschlagen hatte – kehrten unsere Helden auf ihre Zimmer zurück. Hermeline überredete die Jungs, den Abend im Club zu verbringen, damit die Mächte des Doofen nicht Wind davon bekamen, wo sie sich aufhielten. »Außerdem«, fügte sie masochistisch hinzu, »müssen wir morgen früh spätestens um acht am Bahnhof sein!«

Jorge, Barry und Lon machten das Beste aus der Situation, indem sie in Jorges Zimmer Gin-Rommé spielten. (Ferd war unten im fünften Stock und nahm am Treffen einer Selbsthilfegruppe für ehemalige Abhängige von Peter Potts Palerbsen jeder Geschmacksrichtung teil.) Sie besprachen, wie sie sich am besten an Zed Grimfood rächen konnten, und es wurde beschlossen, daß Jorge und Ferd nicht mit nach L. A. kommen, sondern eine angemessene Vergeltung – möglichst ohne Todesfolge – aushecken sollten. Barry stellte fest, daß im Zimmer bereits ein totales Chaos herrschte – und dabei hatte Jorge dort bislang nur ein Nickerchen gehalten. Nun ja, dachte Barry, wir haben alle unsere Talente.

Der Butterbourbon, den Barry zum Essen getrunken hatte, um alle Bazillen abzutöten, die an der Zigarettenkippe geklebt haben mochten, hatte ihn schläfrig gemacht. Nach nur wenigen Spielen und trotz des Protests der Measly-Brüder, die in dem Spiel einfach unschlagbar waren (selbst das Chappihirn kochte ihn regelmäßig ab), entschuldigte sich Barry und ging ins Bett.

Was bin ich kaputt, dachte Barry. Ein richtiger Job kann unmöglich so anstrengend sein wie das hier. Dann fiel er in einen tiefen Schlaf.

In aller Herrgottsfrühe verließen Barry, Hermeline und Lon am nächsten Morgen den ›Club der Hexen und Zauberer‹ (der durch Zauberei zwanzig Blocks weiter südwärts gezogen war) und machten sich auf den Weg zum Bahnhof. Hermeline kaufte mit ihrer Kreditkarte – »Kreditkarten sind die Magie der Muddel«, sagte sie immer – eine Fahrkarte, die sie dann mit einem einfachen Zauberspruch für Barry und Lon vervielfachte. Serious wäre stolz auf dich, dachte Barry.

Sie stiegen in den Zug, ein scheckiges Gefährt, dem man jedes Jahr ansah, das es auf dem Buckel hatte, und in dem es roch, als wäre nie auch nur eines seiner Fenster geöffnet worden. Der ästhetische Gesamteindruck störte Barry und Lon zwar nicht, die unbequemen Sitze dafür aber um so mehr. Hermeline änderte ihre Fahrkarten sofort so, daß jeder von ihnen ein eigenes Abteil bekam. (Alles darüber hinaus würde nur unnötig Aufmerksamkeit erregen, sagte sie.)

Und so machte Barry es sich in seinem kuscheligen Coupé bequem und schaute aus dem zerkratzten und verschmierten Fenster, während aus seinen Kopfhörern ›Valid Tumor Alarm‹ dröhnten. Deren letzte Platte, ›Kill You? Sure!‹, war gerade mit Platin ausgezeichnet worden, und Barry hatte sich auf dem Weg zum Bahnhof noch schnell eine besorgt. Die versauten Texte und hyperaggressiven Beats beruhigten ihn auf eine Weise, die jedem, der alt und nicht mehr up to date war, unbegreiflich sein mußte.

Als sie aus New York herausfuhren und Barry einen letzten Blick auf Manhattan warf, dachte er, daß er gern zurückkommen würde, und zwar am liebsten als berühmter Musiker. Das Schaukeln des Zuges und das haßerfüllte Schlaflied, das er gerade hörte, machten ihn müde, und er döste ein, bis Hermeline an seine Tür klopfte.

Da Barry nicht reagierte, öffnete Hermeline sie einen Spaltbreit und winkte. Barry nahm seinen Kopfhörer ab. »Was gibt's?« fragte er.

»Lon und ich gehen in den Panoramawagen, willst du mitkommen?« fragte Hermeline.

»Was gibt's denn da?«

»Der Panoramawagen ist ungefähr fünf Wagen weiter. Da gibt es was zu essen und zu trinken, und man kann sich an einen Tisch setzen. Er hat sogar ein Glasdach, durch das man hinausgucken kann – wenn es denn was zu sehen gibt, was ich bezweifle. Wir sind schließlich noch in New Jersey.«

»Ich glaube, ich bleibe noch eine Weile hier sitzen.«

»Wie du willst«, sagte Hermeline lächelnd und schloß die Tür wieder.

Barry vertiefte sich erneut in das testosterongetriebene Geblubber von ›Valid Tumor Alarm‹. »*I'm gonna cut you, cut you up good, cut your butt, like a nut would ...*«, kreischte Art Valumord über einem abgehackten Beat.

Für eine besserwisserische Quasi-Nymphomanin ist Hermeline eigentlich voll in Ordnung, dachte Barry. Sie kümmert sich zum Beispiel darum, daß Lon seinen Spaß hat, und solche Sachen. Ich sollte ihr mal was Gutes tun, beschloß Barry und wandte sich seinem Buch zu. Es war ein Thriller, den er sich am Bahnhof gekauft hatte. So etwas las er nur, wenn er absolut nichts Besseres bekommen konnte; er fand diese Bücher immer so furchtbar unrealistisch. Ihnen fehlte jegliche Magie.

Hermeline hatte noch keine fünf Minuten aus dem Fenster geschaut und Brause getrunken, als ein Mann sie fragte, ob er sich zu ihr setzen dürfe.

»Klar«, sagte sie. Es war ein großer, dürrer Typ mit kurzgeschorenen braunen Haaren und einer gewaltigen Brille. Er hatte einen hervorstechenden Adamsapfel und so ein großes, herunterhängendes, grützbeutelartiges Muttermal an der Oberlippe, daß jeder, der sich mit ihm unterhielt, unweigerlich davon abgelenkt wurde.

»Ich heiße Joel«, sagte er.

»Hi, Joel. Ich heiße Hermeline.«

»Fahren Sie GANZ REIN nach L. A.?« fragte Joel, wobei er einige Wörter merkwürdig betonte.

»Was? Ja«, sagte Hermeline. Was ist denn das für'n Spinner?

»Oh, wie toll. L. A. ist echt SPITZe«, sagte Joel. »Die Reise ist zwar SUPERLANG und ganz schön HART, aber wenn man daBEI SCHLÄFT, geht es ganz FICKS.«

Hermeline wurde ärgerlich. »Entschuldigung, aber was wollen Sie?«

»Hab ich dich schon scharf gemacht?« fragte Joel beglückt. »Komm, laß es uns tun!«

Hermeline lachte. Der Typ war zu spiddelig, um eine Bedrohung darzustellen. »Scharf auf wen? Auf dich?« Die Ärmel seines Hemds waren mindestens eine Größe zu lang.

»Mist! Mist, Mist, Mist!« stöhnte Joel. »Ich hab tausend Dollar für ein Aufreißseminar ausgegeben, und es hat überhaupt nichts gebracht! Ich soll alles, was ich sage, mit ›Sexwörtern‹ spicken, angeblich macht euch Frauen das scharf. Aber es funktioniert nicht! Bei keiner!« Er hämmerte mit beiden Fäusten auf die Melaminplatte vor ihnen. Doch mehr als ein leises, dumpfes Pochen kam nicht dabei heraus.

»Paß auf, hier kommt ein guter Rat von einem Mädchen aus Fleisch und Blut«, sagte Hermeline. »Vergiß die Aufreißtaktiken und laß dir dieses abscheuliche Muttermal entfernen.«

»Das kann ich nicht«, sagte er. »Ich brauche es fürs Geschäft.«

O Gott, dachte Hermeline. Diese Muddel haben doch alle einen Schaden.

»Ich bin Schriftsteller. Ich schreibe T-Shirt-Texte. Kennst du das mit dem Spruch ›Weißt du, was dein Problem ist‹?«

»Nein«, sagte Hermeline und bemühte sich, so desinteressiert wie möglich zu klingen.

»Darunter ist 'ne Karikatur von 'nem Typen, der ein Brett vorm Kopf hat. Ein Klassiker.«

»Deine Mutter ist bestimmt sehr stolz auf dich.«

Joel wurde ungehalten. »He, lach nicht. Ich verdiene ziemlich gut. Wie auch immer, mein Muttermal ist das Geheimnis meines Erfolges. Es ist mein Glücksbringer. Ich hab eigentlich auch keine Erklärung dafür, aber jedesmal, wenn ich einen Termin beim Hautarzt hatte, ist was Schlimmes passiert. Letztes Mal hab ich einen wichtigen Kunden verloren – ›Zehn Gründe, warum ein Bier einer Frau vorzuziehen ist‹.«

»Das fand ich immer höchst frauenfeindlich.«

»He, von mir stammt auch ›Zehn Gründe, warum eine Gurke einem Mann vorzuziehen ist‹«, erwiderte Joel trotzig. »Ich gebe den Leuten nur, wonach sie verlangen. Wenn Shakespeare noch am Leben wäre, würde er T-Shirt-Texte schreiben. Wer guckt sich schon Theaterstücke an?«

»Ich«, sagte Hermeline.

»Das hab ich mir gedacht. Deshalb hab ich's gesagt. Wie auch immer, ich hab diesen Bier-kontra-Frauen-Kunden verloren. (Falls es dich interessiert, *ich* ziehe Frauen vor.) Dann habe ich geträumt, daß mein Muttermal zu mir sagt: ›Paß auf, Kumpel, wenn ich dran glauben muß, bist du auch dran.‹ Es klingt vielleicht verrückt, aber ich werd's nicht drauf ankommen lassen. Das schien durchaus ernst gemeint. Es hatte die Stimme eines Killers.«

Barry, der auf dem Weg zu der in der Mitte des Waggons gelegenen Bar war, kam an ihnen vorbei. »Hi, Hermi«, sagte er. Was ist denn das für ein schräger Typ, mit dem sie da redet? Sie zieht die Freaks offenbar magnetisch an. Zu seiner Rechten sah er, wie Lon ein paar Jugendliche beim Kartenspielen beschiß. Wenigstens war er nicht der einzige, dem Lon das Geld aus der Tasche zog.

»Rommé!« sagte Lon. »Ich hör auf.«

Seine Gegenspieler stöhnten, während Lon das Kleingeld in eine Papiertüte fegte. »Euch hab ich aber ausgenommen!« triumphierte er und strich die feuchten Dollarscheine glatt, die seine zerlumpten Widersacher aus ihren Socken und Schuhen geklaubt hatten.

»Du mußt uns die Chance geben, unser Geld zurückzugewinnen!« sagte einer mit einer großen Nase.

»Genau, du Spasti«, sagte ein anderer.

»Fällt mir überhaupt nicht ein«, sagte Lon und ging hinüber zur Bar, wo Barry stand. »Herr Ober«, sagte er in Spendierlaune, »einen Kindercocktail für mich und meinen Freund hier.« Er reichte Barry die Papiertüte. »Halt mal.« Mit seinem Drink in der Hand ging Lon zu dem Tisch mit den Verlierern und sagte: »Nur um euch zu beweisen, daß ich ein netter Kerl bin: Mögt ihr ein Kaugummi?«

»Klar«, sagte der mit dem Riesenzinken und nahm eins, und alle anderen schlossen sich ihm an. Barry schaute staunend zu. Ob mit Hirn oder ohne – ein Measly blieb immer ein Measly.

Lon, der verzweifelt versuchte, sich das Lachen zu verkneifen, ging mit seinem Glas hinüber zu Barry und schaute durch das Panoramadach.

»Guck mal die Wolke da, Lon. Die sieht aus wie ein Drachen.«

»Und die da sieht aus wie ein … Kreis«, sagte Lon und deutete auf eine andere. »Oder vielleicht wie ein … Karat.«

»Quadrat. Und die da drüben neben der Sonne sieht aus wie eine Tarantel.«

»Au! Au!«

»Du mußt blinzeln, Lon. Kneif die Augen zusammen!«

»So geht's viel besser, Barry! Woher weißt du so was bloß immer?« fragte Lon.

»Darf ich mich zu Ihnen setzen?« Ein kleiner Mann unbestimmbarer asiatischer Herkunft ließ sich auf den Sitz ihnen gegenüber fallen. Er hatte eine Vollglatze, einen dünnen Schnurr- und Kinnbart und trug einen lavendelblauen Umhang sowie einen knorrigen Stock. Wären Lon und Barry Muddel gewesen, hätten sie ihn sofort für verrückt erklärt und das Weite gesucht. Doch die Zauberwelt reagiert auf exzentrische Outfits manchmal nur allzu gelassen, daher war Barrys einziger Gedanke: Ob er wohl Qi-Boing kann?

»Sind die Wolken nicht schön?« fragte der Mann, als er merkte, womit sich die beiden die Zeit vertrieben. »Eine Wolke zu sein, wäre ein toller Beruf.« Er zupfte seinen lavendelfarbenen Umhang zurecht und legte seinen Stock auf den leeren Stuhl neben sich. »Allerdings wäre man dann nicht sozialversichert, das ist das Problem.«

Am anderen Ende des Wagens brach ein Höllenspektakel los, denn die Tränengaskaugummis begannen zu wirken. Lon kicherte, als seine Rommé-Gegner aus dem Wagen hetzten, wobei sie mehrere Tische umstießen. Blind um sich schlagend, würgend, heulend und schrille Schmerzensschreie ausstoßend, kämpften sie sich zur Toilette durch.

»Was ist denn mit denen los?« fragte der Mann.

»Keine Ahnung. Ich nehme an, das sind einfach *Spastis*«, sagte Lon. Moment mal, dachte Barry. War das gerade *Ironie*? Konnte es sein, daß Lon allmählich seinen Humor zurückgewann? Früher hatte er Barry ständig mit seinen Witzen zum Lachen gebracht, aber das war, bevor der Unfall ihm einen Lüftungsschacht in den Schädel gefräst hatte.

»Ich heiße Curtis, aber meine Freunde nennen mich Bruder Curtis, denn ich bin ein Mönch. Ich hoffe, ich kann euch beide als Freunde betrachten?«

»Klar, Curtis«, sagte Barry und schüttelte ihm die seltsam gummiartige Hand. »Bruder Curtis, meine ich.«

»Barry, der riecht nach Heftpflaster!« flüsterte Lon gut hörbar.

Barry errötete peinlich berührt. »Bitte entschuldigen Sie. Das dürfen Sie ihm nicht übelnehmen. Er ist …« Und dann formte Barry mit den Lippen das Wort »entwicklungsgestört«.

Curtis nickte höflich. Er schien ein kleines Stück über seinem Sitz zu schweben. »Gewiß. Jeder von uns muß seinen eigenen Weg gehen, und alle Wege sind gleichwertig, auch die idiotischsten, die nirgendwohin führen.«

»Was ist ein Mönch?« fragte Lon.

»Jemand, der in die Welt hinausgeht, um mit anderen Menschen gemeinsam zu lernen und zu beten«, sagte Curtis.

»Das ist so ähnlich wie Studieren, nur daß es dabei um Gott geht«, sagte Barry zu Lon. »Was für ein Mönch sind Sie?«

»Ich *war* praktizierender Zen-Buddhist. Ich habe viele Jahre in Tibet verbracht und meditiert, in der Hoffnung, bei einem speziellen Orden, dessen Mönche sich mit Luft aufpumpen, um abzuheben und so Buddha näherzukommen, die Erleuchtung zu finden. Nun ja, es hat funktioniert, wenn auch vielleicht nur allzugut: Als ich die Erleuchtung fand, kam mir das so komisch vor, daß ich zu lachen begann. Ich schwebte also kichernd durch die Gegend, und mein Meister fragte mich: ›Bruder Curtis, worüber lachst du?‹

›Das Dasein ist zum *Brüllen*‹, erwiderte ich.

›Wenn du das sagst‹, sagte er und ging. Zwölf Stunden später lachte ich noch immer und sogar noch schallender. Mein Meister kam herein und sagte: ›Bruder, ich will ja kein Spielverderber sein, aber bei dem Lärm kann niemand meditieren. Die Ziegen fressen nicht mehr. Und außerdem bist du mir unheimlich.‹

Und außerdem bist du mir unheimlich? Es ist schon erstaunlich, wie sehr sich die Worte immer wieder gleichen, wenn jemand aus religiösen Gründen diskriminiert wird. ›Bruder, halt den Mund, oder wir rufen die Polizei!‹, ›Bruder, ganz im Ernst, halt's Maul, oder du kriegst einen Tritt in den Hintern!‹, ›Bruder, überleg doch mal: Wenn wir dich rausschmeißen, mußt du im Kino den vollen Eintrittspreis zahlen!‹ Das kümmerte mich nicht. Ich lachte so laut und so lange, daß sie schließlich ein Seil um mich schlangen und mich aus dem Kloster warfen, dem einzigen Zuhause, das ich je hatte«, sagte Curtis. »Ich bin ganz bis hierher geschwebt. Ich trage Bleisandalen.«

»Das ist ja eine schreckliche Geschichte«, sagte Barry voller Mitgefühl.

»Diese Schwachköpfe! Denen werd ich mal ein paar Koans beibringen!« Unter der sanftmütigen Fassade des Mönchs trat für einen kurzen Moment Wut zutage, die sich jedoch gleich wieder legte. »Ich fahr nach Kalifornien, um meine eigene Religion zu gründen. Ich werde sie ›Kicherismus‹ nennen.«

»Interessant«, sagte Barry. »Was ist ein Koan?«

»Ein Koan ist eine Frage oder eine Geschichte, durch die dein Verstand in eine Sackgasse gerät. Zen-Meister – und bald auch die Hohepruster des Kicherismus – bedie-

nen sich ihrer, um das Denkvermögen lahmzulegen, damit
sie die Grenzen der Logik durchbrechen können. Wenn
sie von Ehrfurcht erfüllt sind – ich meine natürlich
Ehrfurchtslosigkeit –, dann bekommen sie so einen Lach-
krampf, wie ich ihn hatte. Möchtet ihr ein paar Kicher-
Koans hören?« fragte Curtis.

»Klar«, sagte Barry. Lon, dessen Verstand sich in einem
permanenten Zustand der Lähmung befand, starrte einen
Käfer an, der über das Fenster krabbelte.

»Okay«, sagte Curtis und zupfte seinen Umhang zurecht. »Ihr müßt aber bedenken, daß ich gerade erst angefangen habe, welche zu schreiben. ›Was hat es zu bedeuten, daß Bodhidharma aus dem Osten kam? Seit wann
konnte *der* Auto fahren?‹«

Barry starrte Curtis verständnislos an. »Ich weiß nicht,
was ich sagen soll.«

»Eben! Ist das nicht toll?« Curtis kicherte. Er beugte
sich noch weiter zu ihnen herüber. »Ein Mönch fragte den
Meister Tung Shan: ›Wer ist der Buddha?‹ Tung Shan
antwortete: ›Ich weiß, daß du es bist, aber was bin ich?‹«

Barry lachte. »He, das ist lustig. Es soll doch lustig sein,
oder?«

»Aber unbedingt. Alles ist ein einziger großer Witz.«
Der Mönch rückte noch näher heran und lächelte. Barry
bekam eine Anwandlung von Klaustrophobie, aber er
wollte nicht unhöflich erscheinen. Die Snackbar hatte bis

Denver geschlossen, und das Abteil war leer. Bruder Curtis saß inzwischen praktisch auf Barrys Schoß. Sein Atem roch merkwürdig – fast wie Helium.

»Hier kommt mein Lieblings-Koan, kleiner Barry. ›Joshua fragte den Lehrer Nansen: Ist der Tod ein Ende oder ein Anfang? Nansen dachte einen Moment nach und antwortete dann: Wie dringend willst du das wissen?‹«

»Moment mal«, sagte Barry. »Woher kennen Sie meinen Namen?«

Plötzlich hörte man ein lautes Zischen, und der bizarre Geistliche begann sich unter irrem Kichern aufzublähen wie ein Ballon. Barry und Lon rappelten sich aus ihren Sitzen auf und wichen ein paar Schritte zurück. Curtis wuchs und wuchs, das Kichern wurde zu einem Meckern und dann zu schallendem Gelächter. Bald war er so groß, daß er die Tür am Ende des Waggons versperrte; die beiden Freunde rüttelten an der anderen Tür, aber die war fest verschlossen. »Das ist ein Kaputtziner!« brüllte Barry. Er würde sie zerquetschen! Der Gottesmann fuhr fort, sich mit einem bedrohlichen Zischen auszudehnen – Stühle kippten um, Tische verschwanden unter seiner Leibesfülle. Gegen diese Kreatur halfen keine Zaubersprüche, sie prallten an ihr ab wie an Gummi.

Bruder Curtis füllte den Panoramawagen inzwischen fast vollständig aus; Lon und Barry kauerten in der hintersten Ecke und zerrten mit aller Kraft an der Klinke der verriegelten Tür. Es war nur noch eine Frage von Sekunden, bis der aufgeblasene Geistliche sie beide zermalmen würde.

Doch dann sah Barry, wie Lon das winzige Plastikschwert aus seinem Kindercocktail nahm und es in den Mönch hineinstieß. Merkwürdig riechende Luft, eine Mischung aus Helium und Schweißgeruch, begann aus dem Loch zu strömen. »Hä?« wunderte sich Curtis. Dann wurde sein Lachen zu einem schaurigen Schreien, so laut, daß Barry und Lon sich die Finger in die Ohren stecken mußten. Bald darauf lag nur noch eine leere Hülle von einem Mönch platt auf dem Boden. Barry tippte mit seinem Schuh dagegen. Als er sicher war, daß Curtis das Zeitliche gesegnet hatte, zog er ihn in den Gang und hievte ihn aus der Tür auf das vorbeisausende Nebengleis. »Deine Religion war im übrigen echt beknackt!« gab Barry ihm noch mit auf den Weg.

Als er zurückkam, sah er, daß der Panoramawagen völlig verwüstet war; Lon nutzte die Gelegenheit, um von der Bar ein paar Chipstüten mitgehen zu lassen. »Laß uns hier abhauen, bevor jemand kommt und uns die Schuld in die Schuhe schiebt«, sagte Barry. Durch das viele Helium in der Luft klang seine Stimme verzerrt. »Gut gemacht, Lon.«

»Danke«, sagte Lon. Vielleicht bist du schlauer, als wir alle glauben, sinnierte Barry.

Nachdem sie dem Tod so knapp von der Schippe gesprungen waren, beschlossen unsere Helden, sich zur Sicherheit in ihren Abteilen zu verbarrikadieren. Als sie die Great Plains überquerten, sah Barry, wie sich am Horizont vor ihnen die Umrisse von Gewitterwolken abzeichneten. Er sah die mächtige Lokomotive und die Waggons, die sich durch die Landschaft schlängelten. In einiger Entfernung konnte er schemenhaft Regen erkennen. Sie steuerten genau auf ein Unwetter zu, und Barry spürte ein gewisse Aufregung – so ähnlich, wie wenn man in eine Autowaschanlage fährt. In dem Moment ließen ihn ein Blitz und ein Donnerschlag zusammenzucken. Er hatte ein komisches Gefühl – war das etwa Angst?

»Hmm«, sagte Barry. »Das muß wohl das sein, was man eine ›böse Vorahnung‹ nennt.«

KAPITEL FÜNFZEHN

ALBTRÄUME KÖNNEN SEHR AUFSCHLUSSREICH SEIN

(BESONDERS IN SCHUNDROMANEN WIE DIESEM)

Diejenigen unter den Lesern, die diese Geschichte tatsächlich aufmerksam verfolgen, mögen sich fragen, was verdammt noch mal los ist, denn: »Wenn Barry und seine Gang gerade erst vor ein paar Seiten New York verlassen haben, wieso überqueren sie dann jetzt bereits die Great Plains? Wir wollen Magie, nicht magischen Realismus, Sie Blödmann!«

Das ist ein berechtigter Einwand. Leider ist die Erklärung ziemlich hanebüchen: Der Zug war kein gewöhnliches Muddel-Transportmittel mehr. Gute alte schwarze Magie hatte ihn verwandelt (Stichwort: Hermelines Handy). Und so waren das, was Barry durch sein Abteilfenster betrachtete, nicht die bekannten Plains, sondern ein Wunderland, in dem die Regeln von Raum und Zeit sowie von vernünftigen Handlungsstrukturen von Parodien außer Kraft gesetzt waren.

Die Tatsache, daß New Jersey, Pennsylvania, Ohio, Indiana und Illinois wie vom Erdboden verschluckt waren, war besorgniserregend oder hätte es zumindest sein sollen. Doch im Gegensatz zu der schlummernden Hermeline hatte Barry nicht genug Ahnung von der Geographie Nordamerikas, um diese Unstimmigkeit zu bemerken – alles, was er über Ohio wußte, war, daß Art Valumord dort einmal verhaftet worden war, weil er es in Cincinnati auf der Bühne mit einem Basilispen getrieben hatte.* Und so ratterten die drei blindlings in ihr Verderben.

Barry schaute noch eine Weile aus dem Fenster und betrachtete die dunklen Wolken, die immer näherrückten – sie schienen gierig nach dem Zug zu greifen. Doch das bemerkte er bereits nicht mehr; eingelullt vom Ruckeln des Zuges fiel er in einen tiefen Schlaf und begann zu träumen.

Als erstes träumte er, er sei mit seinem üblichen Kontingent an Groupies nachts im Vergessenen Wald. Sie vergnügten sich in Barrys berüchtigtem Liebesarboretum, beschirmt von einer mächtigen Weide. Die Dinge nahmen ihren natürlichen Lauf, allenthalben wurde geküßt, gefummelt und gelacht. Glühwürmchen – oder waren es suizidale Wichtel? – flimmerten in der kühlen Abendluft. Er jagte ein bestimmtes Mädchen um den Baum herum; sie übte eine starke Anziehungskraft auf ihn aus, die durch

---

* Um aus J. G. Rollins' Handbuch ›Fabeltiere und wie man sie zubereitet‹ zu zitieren: »Der Basilisp, auch ›König der Ssslangen‹ genannt, schmeckt köstlich in einer Weißweinsoße.«

ihr Sträuben noch gesteigert wurde. Die beiden liefen immer wieder um den Stamm herum, angespornt vom Gejohle der anderen. Mit jeder Umrundung gewann Barry etwas an Boden, und schließlich bekam er seine Beute zu fassen. Keuchend und lachend drehte er sie um, um sie zu küssen – und stellte fest, daß unter ihm auf der Erde Hermeline lag!

Mit einem lauten »WAHHH!« schreckte Barry aus dem Schlaf. Als ihm klar wurde, daß alles nur ein Traum gewesen war, murmelte er »Gott sei Dank«, und sein Herzschlag normalisierte sich wieder. Er drehte sich in seinem schmalen Bett um – es war eigentlich ganz cool, sehr kompakt, aber auch sehr unbequem – und schlief wieder ein.

Unglücklicherweise war der nächste Traum noch beängstigender. Barry saß in seinem Zimmer in Hogwash und schaute sich das Video des neuesten Songs von ›Valid Tumor Alarm‹ an, ›Pistolwhippin' Infants‹. Dann kam Werbung, und plötzlich erschien Lord Valumart auf dem Schirm – in einem Infomercial über die Vorzüge der Doofen Seite. Er schlenderte durch die sorgfältig gepflegten Parkanlagen eines herrschaftlichen Anwesens. Man sah Bilder von schönen Menschen, die golften, in Zehn-Sterne-Restaurants aßen, Tennis spielten oder in der Meeresbrandung herumtollten. »Das sind alles meine Günstlinge«, sagte Valumart durch seinen monströsen Schnäuzer hindurch. »Sind Sie es leid, wenigerrr zu verrrdienen, als Ihnen zusteht?« fragte er im schneidigen Ton eines Wochenschau-Sprechers, wobei die tropische Sonne auf der Chromspitze seiner Pickelhaube glitzerte. »Arrrbeiten Sie fürrr die Doofe Seite, und Sie bekommen soviel Geld, wie Sie verrrdienen. Weiterrre Inforrrmationen errrhalten Sie unterrr folgenderrr Nummerrr.«

Plötzlich sprach er Barry direkt an: »Siehst du, wie ich hierrr lebe, Barrry? Siehst du, wie phantastisch es hierrr ist? Ich sitze nicht allein in meinem muffigen, nach ungewaschenen Socken stinkenden Zimmerrr mit lauterrr geschmacklosen alten Posterrrn an derrr Wand und rrritze fürrr jedes Muddelmädchen, das ich knalle, eine Kerrrbe in die Verrrtäfelung. Nein, ich bin im sonnigen El Äi und amüsierrre mich prrrächtig!« Ein Wasserball rollte Valumart vor die Füße. Er hob ihn auf und reichte ihn einer schnatternden Schar von Bikini-Mädchen. Dann stützte er die Hand auf seinen mit einem Totenkopf verzierten Dolch.

»Dieserrr Strrrand gehörrrt mirrr, Barrry – das alles hierrr ist meins. Sieh nurrr, wie rrreich ich bin!« Valumart drehte sich um und machte eine ausholende Geste, um die Feudalität des Anwesens zu unterstreichen, das sich hinter ihm erstreckte. »Schau dirrr an, was die Doofe Seite dirrr bietet. Werrrd endlich errrwachsen und stell dich derrr Rrrealität. Rrran an die Kohle, Barrry – das Glück warrrtet nicht ewig. Danke, Alicia.«

Er nahm von einer umwerfenden Kellnerin im String-Bikini einen tropischen Drink entgegen. »Heil, Lord Valumart«, kicherte sie.

»Warrrte am Pool auf mich – ich nehme meine Massage heute etwas frührerr.« Er zwinkerte anzüglich in die Kamera und spazierte dann weiter am Strand entlang.

»Glaubst du, deine Elterrrn wärrren stolz auf dich, wenn sie dich heute sehen könnten, Barrry? Einen ewigen Schülerrr, der seinen unverrrdienten Ruhm ausnutzt, um sich mit Muddelmädchen zu amüsierrren?« Valumart hielt inne und zeigte mit einem behandschuhten Finger auf ihn. »Ich habe deine Elterrrn gekannt, Barrry. Gewiß, ich habe sie umgebrrracht, aberrr ich habe sie gekannt, und ich glaube kaum, daß ihnen das auch nurrr im gerrringsten gefallen würrrde. Sie haben immerrr gehofft, du würrrdest mal Rrrechtsanwalt werrrden ... Du würrrdest nichts verlieren, sonderrrn enorrrm viel gewinnen. Diese Stadt würrrde dirrr aus der Hand frrressen. Du könntest eine Sitcom nach derrr anderrren machen, bis du in Rrrente gehst! Wenn du nur bei mirrr einsteigen würrrdest.« Er schlürfte seine Piña Colada. Kaum zu glauben, aber der Doofe Lord stand auf Mädchen-Drinks.

»Ich würrrde auch nicht errrwachsen werrrden wollen, wenn das einzige, auf das ich mich frrreuen könnte, ein arrrmseliges Leben auf dieserrr feuchten, kleinen Insel

wärrre, wo ich mich nur an meinen kostbarrren Prrrin-
zipien wärrrmen könnte. Nein, da wüßte ich was Bes-
serrres: Geld! Und Macht, ja, sehrrr viel Macht.«

Das klingt eigentlich ziemlich gut, dachte Barry.

»Komm zu mirrr, Barry! Zusammen sind wirrr die
Herrrscherr von Hollywood – *als Vaterrr und Sohn.*«

Spinnt der?, dachte Barry im Traum. »Ich bin doch
nicht …«

»Ich weiß, ich weiß, ich konnte einfach derrr
Verrrsuchung nicht wiederrrstehen, Darrrth Vaderrr zu
zitieren«, sagte Valumart, »dieses Weichei – wie auch
immerrr, wirrr werrrden Unmengen von Geld scheffeln.
Steig bei mir ein!«

»Ich werrrde – ich meine: werde bei dir einsteigen«,
sagte Barry im Traum. Und dann wachte er auf.

Barrys Traum wirkte nach wie ein schlechter Geschmack
im Mund. Hatte Valumart recht? Und vor allem: Stimmte
Barry ihm im Grunde seines Herzens zu? Er stand auf,
warf sich seine Armeejacke über und ging in der Hoffnung in den Salonwagen, dort einen von den anderen zu
treffen. Zum Glück war der Waggon ohne großes Aufhe-
ben gesäubert worden. Noch mehr freute es ihn, daß Hermeline dort saß und zusah, wie die Landschaft in der Dunkelheit vorbeiflog. Sie war allein im Wagen; ihr Tisch

wurde als einziger von einer kleinen Deckenlampe be-
leuchtet. Barry schob sich auf den Sitz ihr gegenüber und
verspürte einen seltsamen Stich, als er feststellte, daß seine Freundin genauso aussah wie in seinem Traum.

»Hat die Bar noch geöffnet?« fragte er. »Ich brauche
nämlich einen Drink.«

»Entweder der Typ macht Pause, oder er hat sich aus
dem Staub gemacht«, sagte Hermeline. Mit seiner Pony-
frisur erinnerte der verschlafene Barry an einen auf die
schiefe Bahn geratenen Beatle. »Was ist los, o Pilzkopf des
Bösen? Bist du krank?«

»Nein«, sagte Barry. »Ich hab bloß schlecht geträumt.«

»Das liegt an dieser gräßlichen Musik, die du immer
hörst«, sagte Hermeline.

»Nein, es war Valumart. Er ist in der Nähe – das spüre
ich. Hör mal, Hermeline, vielleicht sollten wir einfach aufgeben«, sagte Barry niedergeschlagen. »Finden wir uns
damit ab, daß der Film gedreht und Hogwash geschlossen
wird, und sehen wir zu, daß wir endlich ein normales Leben führen. Jeden Tag zur Arbeit zu gehen ist bestimmt weniger stressig als das hier«, sagte er. »Ich meine, sieh dir die
Trottel doch an, die arbeiten – so schwer kann es nicht sein.«

Hermeline, die auch zu diesen Trotteln gehörte, war für
einen Augenblick verstimmt. Aber da sie bei weitem die
reifste Person in dieser Geschichte ist, ging sie darüber
hinweg. Sie war entsetzt, daß Barry, mit dem sie schon so

viele Schlachten geschlagen hatte, vom Aufgeben sprach. »Wir können jetzt nicht kapitulieren, Barry«, sagte sie. »Erstens habe ich drei ganze Urlaubstage drangegeben. Und zweitens bin ich überzeugt, daß wir ihn besiegen werden. Das tun wir doch immer.«

»Aber was ist, wenn wir den Film nicht verhindern können und Hogwash schließen muß?«

»Tja, dann suchst du dir einen richtigen Job. Erwachsen zu sein ist gar nicht so schlimm. Aber man muß sich schon ein bißchen anstrengen. Das hat auch was für sich.«

»Das mag schon sein, aber was ist, wenn der Film total *scheiße* ist?«

»So dürfen wir nicht denken«, sagte Hermeline. »Wir werden ihn schon irgendwie verhindern. Wir haben da ja noch die Jupiterlampe.«

Barry begann sich besser zu fühlen. »Hermi«, sagte er, »warum hatten wir beide eigentlich nie was miteinander?« Das Verlangen, das er in seinem Traum empfunden hatte, feierte eine triumphale Rückkehr. Inspiriert von dem Buch ›Wie Männer Frauen belügen‹, sagte er: »Keine Sorge – wenn es nicht funktionieren sollte, können wir immer noch Freunde sein.«

»Ich hab's dir schon mal gesagt: Du bist nicht mein Typ«, erwiderte Hermeline. Die Wahrheit war, daß Barry mit seiner Brille ziemlich gruselig aussah – sein eines Auge war weit-, das andere kurzsichtig, weshalb er ein riesiges

Glubsch- und ein winziges Knopfauge zu haben schien. Das hatte Hermeline immer so sehr irritiert, daß jeglicher Anflug von körperlichem Verlangen sofort verrauchte. Und früher, als sie sich gerade erst kennengelernt hatten, hatte er es mit der Hygiene noch nicht so genau genommen. Dennoch, vielleicht irgendwann mal … aber nicht jetzt. Sie antwortete ihm mit einem Zitat aus dem Buch ›Wie Frauen Männer belügen‹: »Wie heißt es so schön? ›Affären sind nicht von langer Dauer, aber eine gute Freundin hat man für immer.‹«

»Wie eine scheußliche Tätowierung, die man sich im Suff hat machen lassen?«

»Ja, genau«, sagte Hermeline lachend. »Jetzt, wo du reich bist, wirst du dich hoffentlich nicht mehr so bescheuert benehmen wie früher«, sagte sie. »Du brauchst niemandem mehr etwas zu beweisen. Du kannst jetzt einfach du selbst sein, oder?«

»Ich weiß nicht«, sagte Barry. »Ich habe mich so lange so benommen, als könne mir nichts und niemand etwas anhaben, daß ich nicht weiß, ob ich damit aufhören kann. Ich weiß nicht, ob ich überhaupt ein wahres Selbst habe.«

Hermeline dachte kurz nach, dann sagte sie: »Dafür gibt es einen Zauberspruch. Soll ich ihn anwenden?«

»Wofür gibt es einen Zauberspruch?«

»Dafür, daß du immer und unter allen Umständen du selbst sein kannst«, sagte sie. »Ich hab ihn in der elften

Klasse gelernt, während du die Schule geschwänzt und dich mit allem möglichen Zeug zugedröhnt hast.« Sie holte ihren Zauberstab hervor.

»Ich weiß nicht, Hermeline. Ich bin ein bißchen …«

»Scht.« Hermeline begann rasch und leise zu flüstern. Ihr Zauberstab zeichnete bizarre Formen in die Luft, wobei seine Spitze eine schwache Leuchtspur hinter sich herzog. Dann machte es leise »Plopp«.

»Okay, das war's«, sagte sie.

Barry merkte, wie eine innere Ruhe ihn überkam. »Wow, Hermi. Ich fühle mich gleich ganz anders.«

»Gut.« Ein derartiger Zauber existierte nicht, aber wenn Barry daran glaubte, würde er trotzdem wirken. »Jetzt geh wieder schlafen. Wir kommen ganz früh morgens in L. A. an, und dann mußt du fit sein. Außerdem« – sie schaute auf ihre Armbanduhr – »müßte mein neuer Bekannter gleich hier sein.«

Barry stand auf. Er beugte sich über den Tisch und umarmte Hermeline. »Danke. Für den Zauberspruch. Und für deine Freundschaft.« Er gab sich Mühe, auf jegliches Gefummel zu verzichten, aber die Macht der Gewohnheit war stärker.

»Gern geschehen«, sagte Hermeline, der sein Gegrabsche nichts ausmachte. Sie sah auf ihre Uhr, die im Zwielicht des schummrigen Waggons leuchtete. »Und jetzt zieh Leine.«

»Ich muß mich wirklich wundern, Hermeline«, sagte Barry kopfschüttelnd, »gibt es eigentlich auch Männer, bei denen du kein feuchtes Höschen kriegst?«

»He, paß auf«, erwiderte Hermeline gekränkt. »Wenigstens treib ich's nicht mit Groupies.«

»Das war eigentlich als Kompliment gemeint. Du bist so anders als der schüchterne Bücherwurm, den ich kannte.«

Hermeline lächelte ein bißchen verlegen. »Woher soll man denn wissen, was gut ist, wenn man das Büffet nicht durchprobiert?«

Barry lachte. »Waidmannsheil«, sagte er und schritt den Gang hinunter. Als er durch die Schiebetür trat, stieß er mit einem Mann zusammen, der ihm entgegenkam. Es war Joel, das Muttermal.

»Tschuldigung«, sagte Barry. Auf dem Weg zurück zu seinem Abteil gluckste er in sich hinein.

Da es dunkel war, konnte man nichts anderes tun als schlafen, aber Barry war schließlich gerade erst aufgewacht, und daher fiel er nur in einen unruhigen Halbschlaf. Die Zeit verging, die Meilen flogen vorbei. Die Stimme des Schaffners draußen auf dem Gang brachte ihn abrupt wieder zur Besinnung. »Las Vegas, noch fünf Minuten bis Las Vegas.«

Sein Fragerufzeichen pochte, und Barry schluckte eine Aspirin; vielleicht lag es daran, daß Prostitution hier legal war. Er saß da und versuchte den Schmerz wegzudenken. Der Schaffner kam ihm irgendwie bekannt vor – für einen Amtrak-Zug wirkte er eigentlich etwas zu ungehobelt. Das zahnlückige Lächeln ... die Narben auf der Nase und im Gesicht ... Plötzlich fiel es ihm wieder ein: Es war derselbe Mann, der ihn im dritten Kapitel in den kaputten Schlitten bugsiert hatte. »Ach du Scheiße! Das muß ich Hermi erzählen«, dachte Barry. (Lon konnte er es auch erzählen, aber er konnte es ebensogut bleiben lassen).

Just in diesem Moment steckte Lon seinen Kopf zur Tür herein. »Barry, dieser Typ, auf den du so stehst, steigt gerade in unseren Zug ein.«

»Welcher Typ, Lon?« fragte er genervt. Seine Kopfschmerzen gingen nicht weg, sondern wurden immer schlimmer.

»Dieser Sänger.«

Sänger, Sänger ... »Phil Prollins? Johnny Crash?«

Lon schüttelte den Kopf. »Art Soundso.«

»Du meinst doch nicht Art Valumord? Den von ›Valid Tumor Alarm‹? Das GIBT'S nicht!« Alle vorangegangenen Gedanken – und Kopfschmerzen – waren durch Barrys wahnsinnige Begeisterung wie weggeblasen.

Sofort begann seine Phantasie Kapriolen zu schlagen. Er würde zu Mr. Valumord gehen und sich ihm vorstellen.

Valumord würde in ihm sofort einen Bruder im Geiste erkennen, und sie würden sich sofort prächtig verstehen. Sie würden miteinander scherzen und lachen, und vielleicht würde er Barry eine seiner »Bräute« offerieren. Und schließlich, wenn der Morgen schon graute, würde Mr. Valumord (den Barry inzwischen mit seinem Spitznamen »Old Stinky Bastard« anreden durfte) ihn bitten, bei seinem nächsten Album mitzumachen. Barry würde sich zieren, aber Mr. Valumord würde ihn mit den Worten anflehen, seine Karriere hinge davon ab, und schließlich würde Barry einwilligen, bei der nächsten Tournee und darüber hinaus als Bandleader von ›Valid Tumor Alarm‹ dabeizusein.

Ein Ruck ging durch den Zug, als Arts Privatwaggon angekoppelt wurde. Wie jeder Fan wußte, hatte der Frontmann von VTA dem Fliegen abgeschworen, nachdem er sich durch eine Flugzeugmahlzeit eine Lebensmittelvergiftung zugezogen hatte. (Man könnte meinen, daß es genügt hätte, dem Flugzeugessen abzuschwören, aber Genies sind eben manchmal etwas sonderbar). Barry mußte sich schwer beherrschen, um nicht sofort zu seinem Star zu eilen, aber trotz seines ehrfurchtvernebelten Zustands kam ihm der Gedanke, daß er Art Zeit lassen sollte, sich zu sammeln und sich auf die Ankunft seines rechtmäßigen Erben vorzubereiten. Barry blieb sitzen, hibbelte herum und sah alle paar Minuten in den Spiegel.

Schließlich hielt unser Held es nicht mehr aus und sprang auf. Er ging so schnell den Gang hinunter, daß der gruselige Schaffner ihn anbrüllte, er solle nicht so rennen. Barry wartete, bis die Tür sich hinter ihm geschlossen hatte, dann rannte er erst recht weiter. Etwas außer Atem erreichte er die Tür des Waggons.

Gerade als er anklopfen wollte, ging sie auf.

»Ich habe dich erwartet«, sagte eine vertraute Stimme.

KAPITEL SECHZEHN

NUR DIE RUHE, ES IST GLEICH VORBEI

Barry trat in den Waggon, eine Spezialanfertigung, die mindestens so lang wie ein durchschnittlicher Reisebus war und mit einem derart tiefen und weichen Teppichboden ausgelegt, daß sein angeschlagener Knöchel nachgab. »Au!« sagte er und hopste zu einem Stuhl.

»Zieh deine Schuhe aus, ich will nicht, daß du meinen Teppich schmutzig machst«, rief Art aus dem Nebenraum, woraufhin Barry hektisch in seinen eigenen Fußstapfen wieder zurückhopste und seine dreckigen Turnschuhe auszog. »Im Kühlschrank ist Malzbier, fühl dich wie zu Hause. Ich bin im Bad, dauert nur noch eine Sekunde.« Barry konnte ein dämliches, hohes Kichern hören.

Er schaute sich um. Es war der Himmel auf Erden. Das Licht war gedämpft, brennende Kerzen versetzten das Tigermuster der Tapete in einen hypnotischen Tanz, und neben VTAs zahllosen Gold- und Platin-Platten hingen Poster von Frauen im Bikini (mit Autogrammen in der kindlichen Klaue der Models: »Für Art, den Besten, den ich je hatte«) an den Wänden.

In einer Ecke befand sich eine prall gefüllte Bar und dahinter eine sündhaft teure Stereoanlage, aus der VTAs neuester Hit, ›Sugar Sugar‹, dröhnte, ein deftiges, mit vielen fetten Beats und Schimpfwörtern gespicktes Remake des alten Bubblegum-Hits. In der anderen Ecke stand ein langes, schwarzes Ledersofa. Ein riesiger Flachbildschirmfernseher, auf dem gerade ›Scarface‹ lief, hing wie im Flugzeug von der Decke. Es wurde gemunkelt, daß Valumord ein Bild-für-Bild-Remake des Films finanzierte und auch den Soundtrack dazu liefern würde. Barry ging auf Zehenspitzen hinüber zur Couch und setzte sich vor den Fernseher.

»Ihr wartet da drinnen auf mich«, hörte Barry Art sagen. Die Badezimmertür ging auf, und da stand er, Barrys Máximo Líder, in einem seidenen Bademantel mit Leopardenmuster. Er war mager, aber drahtig, seine bleiche Haut war mit Tätowierungen (teils vom Fachmann, teils selbst zugefügt) übersät – es handelte sich angeblich um satanische Runen in einer selbsterfundenen Sprache. Seine violettgefärbten Haare waren kurz und stachelig und an den Seiten rasiert. Die Stoppeln waren pink. Seine Zähne waren so schlecht, daß sogar einem Dritte-Welt-Zahnarzt das Würgen gekommen wäre. Er war eine Mischung aus Jim Morrison, Sid Vicious und Elton John. Und Barry *vergötterte* ihn, und zwar aus tiefster Seele. Art war häßlich, seine Musik war häßlich, aber – wie Barry in vielen Streitgesprächen mit Ungläubigen argumentiert hatte – auch das Leben war häßlich.

»Hi, Barry, tut mir leid, daß du warten mußtest«, sagte Art. »Ich hatte noch … geschäftlich zu tun.« Er wischte sich die Nase und ging hinüber zur Bar. »Möchtest du was trinken? Tequila? Courvoisier?«

Barry war viel zu nervös, um etwas zu trinken, aber er wollte nicht als Weichei dastehen. »Haben Sie ein Bier?«

»Klar, Barry. Laß es ruhig langsam angehen. Wir haben noch eine lange Nacht vor uns.«

Das verwirrte Barry, doch es klang vielversprechend, also lächelte er.

Art reichte Barry ein Bier und setzte sich neben ihn auf das Sofa. »Prost«, sagte er und nahm einen Schluck aus seinem Glas – seiner Grimasse nach zu urteilen, war es irgend etwas Starkes.

»Wie findest du mein mobiles Zuhause?« fragte Art.

»Toll«, sagte Barry.

»Ach, komm schon, Barry, du kannst ruhig ehrlich sein. Alte Freunde wie wir können einander doch die Wahrheit sagen!« Art goß sich noch einen ein.

»Alte Freunde? Mr. Valumord, ich besitze all Ihre CDs. Ich glaube, wenn wir uns bereits kennengelernt hätten, würde ich mich daran erinnern!«

Art stellte den Fernseher aus; die Musik dröhnte weiter. »Aber Barry, das ist doch erst dein erstes Bier. Schau mich an. Konzentrier dich«, sagte Art. »Bist du *sicher*, daß du mich noch nie gesehen hast?«

Barry war perplex. Er wollte »ja« sagen, da es so offensichtlich das war, was Art hören wollte, aber er konnte nicht.

»Gott, bist du beschränkt! Nicht zu fassen, daß du mir so viele Schwierigkeiten gemacht hast.« Art knallte sein Glas auf den Tisch, so daß sein Inhalt (was immer es war) auf den Teppich spritzte. Er stand auf. »Sieh her!«

Art zog seinen Bademantel aus, und prompt begann er sich auf magische Weise zu verändern. Seine schmale, vollgeschmierte Brust verwandelte sich in einen vor Orden strotzenden Waffenrock. Er trug einen Dolch mit einem Totenschädel als Griff und eine karmesinrote Schärpe um die Taille. Seine spiddeligen, Junk-Food-genährten Beine wurden zu düsteren, schwarzen Reithosen mit kniehohen, glänzenden Stiefeln und gefährlichen Sporen; auf seiner Oberlippe begann ein Walroßbart zu sprießen, und sein bunter Schopf splissiger Haare verschwand unter einer schwarzsilbernen Pickelhaube, von der eine schimmernde Spitze aufragte.

»O mein Gott«, sagte Barry. »Sie sind Lord Valumart! Oder Nunnally!«

»Das hättest du wohl gerrrn«, sagte Valumart.

Barry war geschockt. »Aber wie kann das sein? Wann haben Sie ...«

Valumart machte eine ungeduldige Geste. »Doofe Magie. Ein Kindorrrspiel.«*

»Moment mal«, sagte Barry mißtrauisch. »Wenn Sie

Lord Valumart sind, wieso tut dann meine Narbe nicht weh?«

»Ich nehme mal an, deine Eltern waren es leid, daß du ihre Warnungen ständig ignoriert hast, und haben sie dir weggenommen. Du bist wie jemand, der die Batterien aus seinem Rauchmelder herausnimmt und dann jammert, wenn das Haus abbrennt«, sagte Valumart. Barry schaute in den Spiegel und hob seinen Pony an. Tatsächlich: *Das Mal war verschwunden!*

»Was bist du bloß für ein Dummkopf, Barry – immer, wenn deine Narbe wehgetan hat, hättest du es bloß Bumblemore zu erzählen brauchen … jedenfalls solange, bis er anfing, sich am Zaubertrank-Kabinett zu vergreifen. Aber du mußtest ja immer Detektiv spielen«, sagte Valumart spöttisch. »Jahrelang habe ich versucht, dich umzubringen, dabei hätte ich dich einfach in Ruhe lassen können. Deine Blödheit hätte dich früher oder später sowieso ins Gefängnis gebracht, oder ins Grab, und ich hätte mich ganz auf meine Musik konzentrieren können.«

»Moment mal: Sie sind also *wirklich* Art Valumord?«

»*Und* ›Valid Tumor Alarm‹.«

---

* *Anmerkung des Autors*: Dies ist Valumarts großer Auftritt, aber das ewige R-Gerolle ist auf Dauer doch sehr mühsam, deshalb lasse ich es jetzt weg. Sie müssen sich einfach jedesmal, wenn Valumart spricht, einen Screwball-Komödien-Klischee-Teutonen vorstellen. Und jetzt zurück zum Buch.

»Das ist nicht wahr!« sagte Barry.

»O doch. Stell einfach die Buchstaben um«, sagte Valumart. »Ich warte solange.« Er schaltete den Fernseher ein und begann, die unglaublich populäre Sendung ›Amateur-Hospital‹ zu gucken.

Eine beschämend lange Zeit später hielt Barry einen Notizblock hoch. »›Art Valumord‹ ergibt aber nicht ›Lord Valumart‹!« sagte er entrüstet.

»Mein zweiter Vorname beginnt mit einem ›L‹«, sagte Valumart, ohne den Blick vom Bildschirm zu wenden.

Barry sprang auf. »Sie *sind* Lord Valumart!« Er griff nach seinem Zauberstab, doch er war nicht da.

»Du hattest es dermaßen eilig, deinen Helden kennenzulernen, daß du deine Waffe liegengelassen hast«, kekkerte Lord Valumart. »Und das von jemandem, der sich selbst vor Fans kaum retten kann. Das ist schon zum Lachen, findest du nicht?« Er wandte sich Barry zu. »Jedenfalls kannst du dich langsam mal entspannen. *Du* hast schließlich *mich* herbeigerufen, weißt du nicht mehr?«

»Nein, hab ich nicht!«

»O doch, hast du«, antwortete Valumart. »Sieh her.« Er drückte einen Knopf auf seiner Fernbedienung, und eine laienhafte Darmspiegelung machte einer Aufnahme von Barry Platz, der in seinem Abteil schlief. *»Ich werrrde – ich meine: werde bei dir einsteigen«*, murmelte er.

»Das hast du gesagt, nicht ich«, frohlockte Valumart.

Barry fühlte sich wie erschlagen. Mehrere Male machte er den Mund auf, um zu sprechen, klappte ihn jedoch wieder zu, weil ihm nichts Vernünftiges einfiel. Während Barry benommen dasaß, ging Valumart hinüber zur Wand und entrollte ein Organigramm mit der Überschrift ›Valumart Enterprises‹.

»1960, im argentinischen Exil, habe ich die Muzak erfunden. Und aus dieser einen Erfindung wurde – unter Zuhilfenahme einiger äußerst fragwürdiger Geschäftspraktiken – diese mächtige Holding.« Abgesehen von seinem Medienimperium, dessen Spektrum von über dreißig verschiedenen Spielarten ekelerregender Pornographie bis hin zu ›Amateur Hospital‹ (!) reichte, machte der Doofe Lord Geschäfte mit Kreditkarten, Pestiziden und Lebensmittelzusatzstoffen, Kantinenessen, Waffenhandel und moderner Architektur.* Hinter allem, was anrüchig, billig oder tödlich war, steckte Valumart Enterprises.

»Da: mein Imperium«, sagte er stolz. »Wir stellen die Aufzüge nicht *her*, wir machen sie *langsamer*. Wir *produzieren* die Klobrillen nicht, wir machen sie *kälter*. Falls du verstehst, was ich meine.« Er kicherte und schob seinen Zeigestock zusammen. »Was hältst du übrigens von unserem neuesten Slogan? ›Valumart Enterprises: Weil Sie es nicht wert sind.‹«

* Ihm gehörte sogar ›Taste Sensations‹, die Firma, für die Hermeline zu arbeiten vorgegeben hatte. Ach, welch köstliche Ironie!

»Wow«, sagte Barry. Zum ersten Mal im Laufe all seiner Abenteuer begriff er das gesamte Ausmaß von Lord Valumarts Macht. Um sich selbst Mut zu machen, sagte er frech: »Wenn Sie so reich und mächtig sind, warum sprechen Sie dann wie Oberst Klink aus ›Ein Käfig voller Helden‹?«

»Du bist Engländer, und für die Engländer sind die Deutschen immer noch der Inbegriff des Bösen. Wenn du Mexikaner wärst, wäre ich Amerikaner; Inder – Pakistani; Israeli – Araber. Welcher Nationalität auch immer jemand die meisten Vorurteile entgegenbringt, ich nehm sie an. Das hilft mir, stets einen angemessenen Grad an Feindseligkeit aufrechtzuerhalten.«

Valumart hob seinen Leopardenmuster-Bademantel auf und faltete ihn zusammen. »Also, was überlegst du noch? Los, ich mach dich reicher, berühmter und beliebter, als du es dir je erträumt hast.«

»Aber ich bin doch schon reich und berühmt«, sagte Barry.

»Mehr hast du dir nie erträumt? Ein paar Millionen Pfund und einen Haufen blutjunger Mädchen auf der Bettkante?« höhnte Valumart. »Warte, bis du dein eigenes Modelabel hast, dabei erwischt wirst, wie du eine Kalaschnikow in die Grammy-Verleihung einschmuggelst oder bei Okrah über deine Aspirin-Sucht sprichst«, sagte Valumart. »*Das* ist Ruhm. Du mit deinen Büchern … du

Anfänger! Steig bei mir ein – ich ruf Poop Dogg an, und wir können noch heute nachmittag eine Single aufnehmen.«

O Mann, war das verlockend … Ein Moment verging. Dann drehte sich Barry zu seinem alten Feind um und sagte: »Nein, ich mach's nicht.«

Valumarts Gesicht verzerrte sich zu einer Maske der Wut. »Du – du – DU VERRÄTER!« schrie er. Das Kichern im Nebenraum verstummte abrupt. »Ich habe einen lukrativen Auftritt im ›Caesar's Palace‹ abgesagt, um hierherzukommen und dich zu holen!«

Er marschierte im Stechschritt im Zimmer herum, fegte Gegenstände von den Tischen und warf mit Stühlen. Bald sah der Waggon aus wie eine mobile Version von Ferds und Jorges Apartment. »Ich hätte es wissen müssen! Du warst schon immer ein selbstsüchtiger, unreifer, nichtsnutziger Muddelfreund!« Barry bemerkte, daß Valumart die ganze Zeit zwischen ihm und der Tür blieb. Mit Unterstützung von Lon und Hermeline hätte er eine Chance, falls es zum Kampf kommen sollte, und das wußte Valumart.

Schließlich gewann Valumart die Fassung zurück; er streckte sich, glättete seinen Schnäuzer und sagte ruhig: »Na gut. Dann beginnen wir jetzt mit dem Töten.«

Valumart zog seinen Zauberstab hervor – der genau wie sein Dolch am Ende mit einem lächelnden Totenkopf verziert war – und richtete ihn auf den Boden. Es gab einen ohrenbetäubenden Knall, und alles ging in Schwaden von dichtem, violettem Rauch unter.

Als Barry wieder zur Besinnung kam, war er in einem feuchten, finsteren Kerker mit Handgelenken und Knöcheln an einen Steinquader geschmiedet. Ratten huschten an den Wänden entlang; überall hingen Spinnweben. (Verhexte Spinnen hatten daraus die Worte »Willkommen daheim!« und »Der tollste Chef der Welt« gewoben.) In der Ecke stand eine Reihe kleiner, direkt aus dem Felsen gehauener Särge.

Valumart stand vor ihm und schlug sich mit dem Zauberstab in die Handfläche. »Hallo, Barry«, sagte er. »Willkommen in meinem neuen Zuhause in Südfrankreich. Zu schade, daß du nicht länger bleiben kannst, sonst würde ich einen Rundgang mit dir machen. Früher, als die Tempelritter hier noch regelmäßig abstiegen, war in diesen Mauern mächtig was los. Über uns befindet sich ein Kloster, in dem Mönche 900-prozentigen Brandy brennen«, sagte Valumart. »Guter Stoff. Wie ich höre, hat Hafwid eine Schwäche dafür.« Valumarts Spitzel sind überall, dachte Barry.

»Ja, das sind sie«, erwiderte Valumart. »Ich kann deine Gedanken hören, Barry, aber du kriegst nicht mal einen mickrigen Zauber zustande … Ts, ts – was ist denn das für eine Ausdrucksweise? Urteile nicht zu hart über dieses Haus. Das hier ist bloß die Kellerwerkstatt – sie wird seit über tausend Jahren als Folterkammer genutzt. Ich hab die Bude von George Harrison gekauft. Du kannst dir nicht vorstellen, was für eine gräßliche Holzvertäfelung der hier hat einbauen lassen. Entschuldige, ich muß mich hinsetzen. Ich bin nicht mehr so jung wie du.«

Valumart ließ sich auf einen direkt aus dem Felsen ge-hauenen* Pfauenthron nieder und sprach weiter. Neben Barry surrte ein kleiner D.A.D.F.G. Luftentfeuchter.

»Dir ist doch sicher klar, Trotter, daß Evaporieren dir hier nichts nützt. Du würdest dich zwar von deinen Fes-seln befreien, aber nur, um anschließend in den furz-trockenen Innereien dieses Geräts zu verrecken.« Valumart grinste und tätschelte den Entfeuchter. »Er ver-hindert, daß es hier schimmelt. Diese mittelalterlichen Folterkammern sind wirklich verdammt feucht.«

Valumart zog seinen Zauberstab aus der Scheide. »Du warst ein würdiger Gegner, deshalb bekommst du jetzt die James-Bond-Sonderbehandlung. Vorher willst du aber sicher noch wissen, was mit Lon und Hermeline ge-schieht.« Weißer Rauch breitete sich auf der gesamten ge-genüberliegenden Wand aus, bis sie einer Leinwand glich,

* Im folgenden D.A.D.F.G. abgekürzt.

dann schossen zwei silbrige Strahlen aus den Augen des Totenkopfes an der Spitze von Valumarts Zauberstab.

»Nein, du mußt dir nicht noch mal ›Scarface‹ angukken. Immer ein Witzchen auf Lager, was?« Valumart drehte sich zur Leinwand um, und die Bilder begannen sich zu bewegen. Er räusperte sich und hob zu sprechen an. »Also – nach deinem Tod erkennen deine Freunde, daß sie auf einem Irrweg sind, und schließen sich mir an.«

Barry sah eine elegant gekleidete Hermeline in Meetings Leute herumkommandieren. »Ja, ich bin auch froh, daß sie Nunnally nicht geheiratet hat. Er wäre nicht der Richtige für sie gewesen, und es wäre ein klein wenig schwieriger für *mich* geworden, sie zu ehelichen.«

Barry begann zu schreien. Valumart verzog das Gesicht. »Wärst du bitte so freundlich, mit dem Geschrei aufzuhören? Das macht einen ja verrückt. Es heißt doch, hinter jedem genialen Schurken, der die Weltherrschaft anstrebt, steht eine starke Frau. Tja, Barry, das stimmt. Genauso ist es.«

Die Leinwand wurde für einen Moment milchig, dann wurde langsam ein Illustrierten-Foto erkennbar, auf dem Lons gebräuntes, zuversichtlich lächelndes Gesicht zu sehen war. »Für Lon hat es sich endlich ausgezahlt, daß er nur einen IQ von 62 hat – er macht Karriere als Programmgestalter beim Fernsehen. Lon wird einer der mächtigsten Männer der Branche – nach mir, natürlich.«

Valumart schwenkte erneut seinen Zauberstab, und die Leinwand löste sich auf.

»Nun kommen wir zu Teil zwei der Sonderbehandlung von Feinden, die man höflich ins Jenseits befördern will: Ich muß dir von meinem Plan erzählen.«

Barry schaute zu den Särgen hinüber. »Ganz recht. Das wird deine letzte Ruhestätte sein. In gewisser Weise jedenfalls. In diesen Särgen bewahre ich die Seelen von Kinderbüchern auf, nachdem ich sie ihnen genommen und die leblose Hülle in öde Hollywoodschinken verwandelt habe. Dein Körper wird weiterexistieren, aber deine Seele – der Teil von dir, der dich einzigartig macht und so verdammt unberechenbar – wird hier in diesem Sarg liegen. Ich gebe zu, wenn du bei mir eingestiegen wärst, wäre dasselbe passiert, aber zumindest hättest du ein wenig davon profitiert. In all der Zeit, die wir einander schon bekämpfen, Barry, bin ich immer stärker geworden. Du kannst dir gar nicht vorstellen, wieviel Geld ich für Marketoren ausgebe! Du und deine Freunde – ihr hattet nie eine Chance.« Der-der-stinkt hielt inne und sonnte sich in der Fülle seiner Macht. »Ich bin überall. Ich bin derjenige, der dich zwingt, $17,99 für eine CD auszugeben, deren Herstellung einen Dollar kostet. Ich bin die Chemikalie in deinem Essen. Ich bin die Reklame, die Luftverschmutzung, die schlampige Verarbeitung. Ich bin Kinderarbeit, Schleichwerbung, schamloses Merchandising und jeder bekloppte Hype der Welt. Ich leere Köpfe und fülle Müllhalden.«

O Mann, dachte Barry. So hat mich noch nie jemand gelangweilt. Nun mach schon und bring mich um.

»Geduld, Barry. Dazu kommen wir noch. Aber, so mächtig ich auch bin, ich habe ein Problem. Manche Leute bemerken immer noch den Unterschied zwischen Qualität und Schrott. Nicht viele – es werden stetig weniger –, aber immerhin. Deshalb habe ich beschlossen, sie mir zu schnappen, bevor sie sich wehren können. Ich muß sie auf meine Seite ziehen, solange sie noch *Kinder* sind. Und damit kommen wir zu dir.«

Valumart machte eine Pause. »Natürlich ist das teuflisch, Barry. Schließlich hab *ich* es mir ausgedacht. Jetzt paß auf, ich will dich schnell umbringen und dann endlich was essen. Für diesen Blödsinn im Zug hab ich aufs Abendessen verzichtet.« Eine Ratte huschte aus dem Schatten heran und begann an Barrys Socke zu nagen. Eine Faust aus Rauch schoß aus Valumarts Zauberstab und verpaßte ihr eine Kopfnuß. Die Ratte stellte sich auf die Hinterbeine und faßte sich voll Schmerz und Verwunderung an den Kopf. »Nein, noch nicht, Agent X-13«, sagte Valumart; dann, zu Barry gewandt: »Ich muß mich für meinen Mitarbeiter entschuldigen. Nach meiner letzten Niederlage hatte ich eine Eingebung: Warum sollte ich dich nicht einfach als Lockvogel für all diese jungen, beeinflußbaren Seelen benutzen, anstatt noch mehr Jahre darauf zu verschwenden, dich zu bekämpfen? Die ›Trotter‹-Filme – ja, es wird viele davon geben – werden an die Stelle der Bücher treten. Du wirst aussehen, wie ich es will, sagen, was ich will, und tun, was ich will. Deine Fans werden den anständigen Kerl aus den Büchern vergessen und nur noch den albernen Schwachkopf kennen, den ich erschaffen habe!«

Valumart stand auf und begann umherzutigern; er konnte seine Erregung nicht mehr unterdrücken. »Kinder auf der ganzen Welt werden viel Geld bezahlen, um zu sehen, wie ihr Held, Barry Trotter, den bösen alten Lord Valumart besiegt. Sie ahnen nicht, daß jeder Dollar, jeder Yen, jede Rupie aus ihren Taschen mich noch mächtiger macht! Und die trashigen Merchandisingprodukte und impertinenten Promotion-Aktionen – auch dieses Geld landet komplett bei mir!«

Valumart hielt sein Gesicht direkt vor Barrys Nase, so dicht, daß Barrys Brille beschlug. »Ich werde dich bis auf den letzten Dollar melken! Und zwar so schamlos und skrupellos, daß am Ende sogar deine größten Fans das Kotzen kriegen. Ich werde sie dazu bringen, dich zu *hassen*, Barry Trotter!«

Valumart fing sich wieder. »Um deine Frage zu beantworten: Der Film ist ziemlich gut. Nicht so gut wie die Bücher, aber ›ein unvergeßlicher Kinozauber für die gan-

ze Familie‹. Wie du siehst, habe ich bereits die Werbeslo-
gans schreiben lassen. Doch nun kommen wir zu dem ge-
nialsten Schachzug: Jede Folge wird ein kleines bißchen
schlechter sein, ein kleines bißchen schlampiger gedreht,
ein kleines bißchen dümmer konstruiert. Hast du jemals
›Der weiße Hai 4‹ gesehen? Gegen ›Barry Trotter 4‹ wird
er dir vorkommen wie ›Hamlet‹. Schließlich werden die
Filme *so* unglaublich schlecht werden, daß niemand sie
mehr sehen will. Und doch werden die Zuschauer von
einem fehlgeleiteten Streben nach Vollständigkeit in die
Kinos getrieben – oder von dem Gejaule ihrer Blagen, die
es nicht besser wissen. Woher sollten sie auch? Die ›Barry
Trotter‹-Filme wird es gegeben haben, solange sie auf der
Welt sind. Es wird keine Rolle spielen, ob sie gut oder
schlecht sind, sie werden einfach zur Kindheit eines jeden
gehören. Nostalgie ist etwas Unwiderstehliches – hast du
schon mal im ›Club der Hexen und Zauberer‹ gegessen?
Es wird ›Barry Trotter‹-Zauberstäbe geben, Umhänge,
Besen, Figuren, Brettspiele, Briefpapier, Stifte, Süßigkeiten, T-Shirts, Kaffeebecher, Kalender, Hörbücher, Steine,
Sammelbildchen, Sammelbildchenalben, Manga-, Inde-
pendent- und Superhelden-Comics, Erlebnisrestaurants,
einen Freizeitpark, Computerspiele – und vielleicht ein
Hockeyteam, wenn ich genug Russen auftreiben kann.
Alles unter deinem Namen. Für die Kids gibt es Aufkle-
ber, Partyschnickschnack und Shampoo, das die Haare

›mit Zauberkraft‹ wäscht, aber in Wirklichkeit derselbe alte Mist in neuen Flaschen ist. Mom kriegt Hertha-Ohr-ringe, Dad den Trotter-Geländewagen. Hach, ich bin so skrupellos, ich könnt mich wegschmeißen! Und ich werde jeden Cent in Myriaden von beknackten Fernsehserien, langweiligen Büchern und schwachsinnigen Videospielen stecken … Ihre Hirne werden zu Brei werden, und durch all den Müll in ihren Köpfen werden sie sich nicht mal *vorstellen* können, daß das Leben auch anders sein kann. Pech für die armen Muddel, Barry. Ihre Phantasie ist die einzige Magie, die sie besitzen – und du wirst mir helfen, sie ihnen zu nehmen!«

Valumart hielt mit leuchtenden Augen kurz inne und lehnte sich gegen eine D.A.D.F.G. Ballettstange. »Ent-schuldige, ich gerate immer etwas ins Schwärmen, wenn ich daran denke.« Er drehte sich zu Barry um und ging auf ihn zu. Dann legte er seinen Zauberstab mitten auf Barrys Herz.

»Also dann«, sagte Valumart mit fester Stimme: »Mach dich bereit für den großen Grabbeltisch im Jenseits, Barry Trotter.«

In dem Moment rief eine Stimme: »SCHNITT!«

KLAR, ERWACHSEN ZU SEIN IST SCHEISSE, ABER WAS IST DENN DIE ALTERNATIVE?

Perfekt, Mel, einfach perfekt«, sagte der Regisseur. »Nicht zu dick aufgetragen?« fragte der Schauspieler, der Barry spielte, während ihn ein Requisiteur von seinen Fesseln befreite.

»War alles okay?« fragte der Regisseur in die Runde. Nachdem Ton und Licht ihr Okay gegeben hatten, sagte er: »Meine Damen und Herren, das war's.« Die Menge (vor allem Filmleute, aber auch ein paar Wichtikusse wie Barry) klatschte und johlte.

Chloe, die Produktionsassistentin, ging zu Barry, der als Ehrengast hinter dem Regisseur saß. »Wie fanden Sie's?« fragte sie. »Sind wir dem Buch gerecht geworden?«

»Klar«, sagte Barry, der bei Take 17 eingenickt und erst bei Take 27 wieder aufgewacht war. »Der echte Valumart flucht viel häufiger, aber es soll ja schließlich ein Kinderfilm sein. Ich würde gern das Ende sehen«, sagte er. »Valumart unterliegt natürlich, oder?«

Chloe erwiderte sein Lächeln. »Natürlich. Barry überlebt. Das Gelée loyale in seiner Brusttasche fängt den

Todesfluch ab, aber unser Held ist sehr schwach. Als Lon und Hermeline merken, daß er nicht mehr im Zug ist, lösen sie das Anagramm und alarmieren Bumblemore. Mit Hilfe einer verzauberten ›Financial Times‹ lockt er Valumart in eine verlassene Phosphormine und schickt dann Sparky, den Phönix, als Selbstmordattentäter los, um ihn in Flammen aufgehen zu lassen.«

»Autsch!«

»Genau. Phantastische Explosionen. Und bei dem THX-Sound werden Ihnen die Ohren bluten. Aber mehr sage ich nicht – Sie werden ihn sich schon anschauen müssen, um zu erfahren, wie's ausgeht, Mr. Trotter.«

»Bitte, nennen Sie mich Barry.«

Sie reichte ihm eine Videokassette. »Okay, Barry. Hier ist eine Rohfassung des Films – sie enthält alles bis auf das, was Sie heute gesehen haben.« Sie drohte ihm mit dem Finger. »Und wehe, Sie stellen sie ins Internet oder so – die ist top secret.«

Barry lachte. »Nein, mach ich nicht. Versprochen.«

Der Barry-Darsteller näherte sich dem Original. »Barry, ich bin ein großer Fan von dir«, sagte er. »Ich hoffe, die Dreharbeiten haben dir Spaß gemacht.«

»Ich bin auch ein großer Fan von dir, Jimmy«, sagte Barry aufrichtig. »Ich bin echt froh, daß sie dich aus der Entzugsklinik entlassen haben, damit du den Film drehen kannst.«

»Ich weiß nicht recht, ob das Filmgeschäft nicht überhaupt schuld daran ist, daß ich Drogen nehme«, sagte Jimmy müde. Jimmy Thornton war um die Zwanzig, sah aus wie vierzig, spielte aber Fünfzehnjährige. Abgesehen von seinem schweren Drogenproblem war er für seine Unzuverlässigkeit und seinen Jähzorn bekannt. Manche Leute waren gar nicht damit einverstanden, daß er Barry spielte, aber er verlieh der Figur eine Brando-mäßige Intensität, die den echten Barry begeisterte. Dagegen ist Valumart der reinste Waschlappen, dachte Barry triumphierend. Von wegen!

»Wie auch immer … Sehen wir uns nachher noch auf der Abschlußparty?« fragte Jimmy.

»Leider nein«, sagte Barry. »Ich muß heute zurück nach England fliegen.« Er sollte am nächsten Tag in London mal wieder einen Vortrag halten: ›Die Magie, die Muddel und ich‹. Er verdiente gut damit, aber es war verdammt öde.

»Ach, wie schade«, sagte Jimmy und nahm seine Perücke ab. Barry stellte fest, daß Jimmy eine Glatze bekam. Die Zahl seiner Follikel belief sich nur noch auf wenige Hundert. Vielleicht war er naiv, aber Barry staunte immer wieder, wenn Schauspieler in Wirklichkeit nicht genauso aussahen wie im Film.

»Darf ich Sie zu Ihrem Wagen bringen?« fragte Chloe. Wie jede gut geschulte Hilfskraft hatte sie sich unauffällig im Hintergrund gehalten, solange die wichtigen Leute ihre Geschäftsbeziehungen pflegten.

»Klar«, sagte Barry. »Also dann, Jimmy.«

Sie traten aus dem Gebäude in die gleißende kalifornische Sonne. Barry setzte sofort seine Sonnenbrille auf. Ich begreife nicht, was die Leute an diesem Wetter finden, dachte er. Zu hell, immer gleich – das ist gut für einen Kaktus, aber nicht für einen Menschen. Jedesmal, wenn er hier war, dachte er an seinen Urgroßonkel, der an einem Hitzschlag gestorben war, als er im Sudan fürs Empire kämpfte. Gerade erst hatte Barry einen ruhigen Job als Grüßaugust in einem Casino in Vegas abgelehnt, einem Fantasy-Schuppen namens ›Camelot's Castle‹. Es war ihm nicht leicht gefallen, 50 000 Dollar pro Woche auszuschlagen, aber er brauchte das Geld nicht, und außerdem würde ihm die Wüstensonne nur das Hirn versengen.

»Danke«, sagte er, als der stämmige Fahrer die Tür der Limousine öffnete.

»Nun denn … ich hoffe, der Film gefällt Ihnen«, sagte Chloe.

»Ich freu mich schon drauf. Ich steh auf anständige Explosionen.«

Während der Fahrt erzählte sein Chauffeur ihm davon, daß er am liebsten ein Rockstar geworden wäre, aber

Barry hörte kaum zu, denn er hatte sich bereit erklärt, im Rahmen einer Promotion-Aktion für den Film an einem Internet-Chat teilzunehmen.

Host: Heute nachmittag möchte ich einen ganz besonderen Gast bei Yazoo.com begrüßen: The one and only … Barry Trotter! Bitte stellt ihm jetzt eure Fragen.

GemstonePaul: Ich dachte, du werst tot??

Host: Zum LETZTEN MAL, die »Andeutungen« auf den Buchcovern sind totaler Quatsch. Barry ist gesund und munter.

Exciteablel: BARY IS DER GRÖSTE!!!!!!!!!

BT: Danke!

Trotfan24: Als du im *Magischen Gruseldingsbums* mit dem Kotzwurm gekämpft hast und die Geister deiner Eltern aus dem Zapfhahn der Seelen kamen, um dich zu retten, wieso hatte deine Mum da eine rote Robe an, wo doch im *Steinpilz* steht, daß sie eine WEISSE Robe mit roten Rändern trug, als Valumart sie umgebracht hat? Ich hab deswegen eine Wette laufen.

BT: Da mußt du J. G. fragen, ich hab die Bücher nicht geschrieben.

Trotfan24: ich steig aus

BT: Der Kotzwurm ist von einer Begegnung inspiriert, die ich mit einer irre aggressiven und hartnäckigen Gartenschnecke hatte. Hafwid hat sie getötet, indem er sie angehaucht hat.

Host: Wow! Hier werden ja echte Geheimnisse gelüftet, Fans!

BT: Außerdem hat, wie ich schon oft gesagt habe, Terry Valumart meine Mum und meinen Dad nicht umgebracht. Okay, er hat die Bombe gebastelt, die im Chemielabor gelegt wurde – aus Gründen, die man heute nicht mehr versteht, aber damals in den Sechzigern ergab das bestimmt einen Sinn. Es waren sicher auch Drogen im Spiel. Jedenfalls war Terry zwar stoned, aber er hatte nicht die ABSICHT, sie umzubringen. Revoluzzer zu sein ist ein gefährlicher Job.

Host: Vom Revoluzzer zum Finanzminister! Der-derstinkt hat sich ganz schön verändert im Lauf der Jahre!

BT: Die Extreme liegen stets näher beieinander, als man denkt. Jedenfalls waren Mum, Dad und Terry alle Mitglieder der Untergrundbewegung ›Wetterdienst‹.

Teetz9: Deine Alten warn also Hippies?

BT: Ja, ich bin in einer Kommune in Sussex aufgewachsen. Alle liefen nackt rum und hörten Donovan.

Derek937: WASSN LOS HIER!!!!!!!!!!!

DynaMatt: Valumarts Vorname = Terry?

BT: Terence. Er haßt ihn. Deshalb ist er jetzt der »Lord«. Aber damals auf dem Bauernhof haben ihn alle »Derder-stinkt« genannt. Kein fließend Wasser.

Host: Also, Barry, was hast du in den fünf Jahren gemacht, seit das echte Hogwash seine Türen geschlossen hat?

BT: Eine Weile hab ich nur rumgegammelt. Dann hab ich zusammen mit meinem Patenonkel Serious eine Firma gegründet, die Flußkrebse durch Zauberei in Hummer für den Muddelmarkt verwandelt. Die Geschäfte liegen allerdings auf Eis, bis Serious wieder aus Aztalan entlassen wird.

Teetz9: Aua!

BT: Nein, das ist schon in Ordnung. Er ist eine Art Berühmtheit. Im Moment reise ich herum und halte Vorträge zum Thema ›Die Magie, die Muddel und ich‹.

Troll78: ich dachte du bist reich. wieso arbeitest du

BT: Weil ich sonst bald n großer Pudding wär!

Host: Hast du schon den neuen Film gesehen? Wie findest du ihn?

BT: Dieser Film wird als eines der bedeutendsten Werke der

Barry hielt inne und pulte sich mit dem Zeigefinger, der nach Plastik und Tastaturdreck schmeckte, im Mund herum. Na klar, unter seiner Zunge steckte ein Chip. Ich hätte niemals in der Wagner-Bros.-Kantine essen dürfen, dachte Barry und schnippte ihn aus dem Fenster. Er löschte seine letzte Antwort.

Derek937: WASSN LOS HIER!!!!!!!!!!!!

Host: Bist du noch da, Barry?

BT: Sorry. Ich komm gerade von den Dreharbeiten. Er ist cool. Ich glaube, er wird den Leuten gefallen.

Host: Für alle, die es nicht wissen: Wovon handelt er?

BT: Lon, Hermi und ich versuchen einen Film über mich zu verhindern.

Host: So ist es auch gewesen, oder?

BT: Ja. Aber in Wirklichkeit hab ich nur ein oder zwei Briefe geschrieben.

Trollx78: Barry T und die mürrische Postbeamtin.

BT: :-))))

Teetz9: Von dem Film ist doch schon seit Jahren die Rede. Warum hats so lange gedauert, bis er fertig wurde?

BT: Weil es bereits der *zweite* Anlauf ist. Der erste basierte auf den Büchern und ist nie über die Projektphase hinausgekommen. Kubrick sollte Regie führen, aber der ist an einer Bartvergiftung gestorben. Martin Scorsese hatte großes Interesse, bis J. G. ihm sagte, daß er die Geschichte nicht im Little Italy der Siebziger ansiedeln kann. Dann war das Geld futsch – Serious hat es sich unter den Nagel gerissen, weshalb er jetzt im Knast sitzt. An dem Punkt glaubte niemand mehr daran, daß es je einen Trotter-Film geben würde. Meine Agentin hat alle Zaubersprüche ausprobiert, die sie kannte, aber Geld ist mächtiger als Magie. Zumindest in Hollywood!

Host: Und wie hat es dann doch noch geklappt?

BT: Ich habe J. G. auf ihrem karibischen Anwesen in Schottland besucht, und wir hatten die Idee, einen *zweiten* Film zu schreiben, der davon handelt, wie wir versuchen, den *ersten* zu verhindern.

Host: Boah. Das ist ja voll meta. Der zweite Film handelt von einem ersten, der nie gedreht wurde?

BT: Ja. Erlebt hab ich die Geschichte vor fünf Jahren, und vor drei Jahren haben J. G. und ich das Drehbuch geschrieben. Dann haben die Farrelly-Brüder die Rechte gekauft, und seitdem ist er in Arbeit.

Viagratrix: Weicht die Story stark von der Wirklichkeit ab?

BT: Wie immer. Zum Beispiel wurde J. G. Rollins nicht von Fantastic gefangengehalten. Sie hatte nur einen ziemlich üblen Knebelvertrag.

Viagatrix: Dann ist der Film also metaphorisch zu verstehen.

BT: Das würde ich nicht unbedingt sagen. Er ist eher das, was dabei rauskommt, wenn ein Haufen Schreiberlinge in einem Raum zusammengepfercht wird und sich irgendwelchen Mist ausdenkt.

Host: Bist du sauer?

BT: Es ist nicht der Film, den ich gemacht hätte. Es wird in einer Tour gefurzt und gekotzt. Total primitiv. Es fehlte wohl das Können oder die Phantasie, um es anders zu machen … Ich versteh einfach nicht, was manche Leute an der Verdauung so lustig finden. Mir kommt's so vor, als wären die irgendwie zurückgeblieben. Aber in Hollywood scheint ja niemand älter als zehn zu sein.

ToyGal21: Würdest du gern deine wahre Geschichte erzählen.

BT: Himmel, nein! Im Gegensatz zu dem, was die Leute glauben, ist mein Leben ziemlich langweilig. Von Zeit zu Zeit zaubere ich ein bißchen, in der Regel, um mich vor irgendwas zu drücken. Aber meistens sehe ich fern oder häng in der Kneipe rum. Das Übliche.

Host: Der Barry Trotter, den wir kennen und lieben, den gibt's also gar nicht?

BT: Ich führe ein sehr durchschnittliches Leben. Wie die meisten Menschen – deshalb brauchen wir ja Bücher und Filme.

Mdhlhtr80: Haßt du Muddel?

BT: Natürlich nicht! Einige meiner besten Freunde etc.

ToyGal21: bist du verheiratet

BT: Verlobt.

Host: BOAH! Noch so eine sensationelle Neuigkeit! Mit wem, Barry?

BT: Das sage ich lieber nicht.

ToyGal21: SAG MIR WER BARRY ICH BRING SIE UM

Derek937: WASSN LOS HIER!!!!!!!!!!!!

Host: Du bist ein Idiot

Derek937: Schnauze! WASSN LOS HIER!!!!!!!!!!

BT: Gleichfalls, mein Freund.

GinaB: Ich liebe Carson Daly er ist der Allergrößte

ElfSammy: Sam und Kaitlyn TLF

Mdlhtr80: Kaitlyn ist ein MUDDEL

ElfSammy: halts maul du trollfi-

Barry hörte auf zu lesen und klappte seinen Laptop zu; offensichtlich hatte der Mob den Chat übernommen. Er hatte ohnehin keine Lust mehr. Er schloß die Augen und döste, während sein Fahrer weiterlaberte: »Ich weiß noch, wie ich das erste Mal Jimmy Page gehört hab, Mann – da wußte ich, was ich mit meinem Leben anfangen wollte! Diese irre Doppelhalsgitarre …«

Als die Limousine sich dem Flughafen näherte, schaute der Fahrer in den Rückspiegel. Nachdem er sich vergewissert hatte, daß Barry auf dem Rücksitz fest eingeschlafen war, riß er plötzlich das Lenkrad herum und stieß einen markerschütternden Schrei aus: *»Tod dem Trotter! Lang lebe Valumart!«*

Barry schreckte aus dem Schlaf. Der Fahrer brabbelte unzusammenhängendes Zeug, während die Limousine über den Mittelstreifen schoß und auf den Gegenverkehr zuraste. Es blieb ihm gerade noch genug Zeit zu fliehen; er hatte sich angewöhnt, das Fenster für eben solche Notfälle immer einen Spaltbreit offen zu lassen. Mit Hilfe einer rasch gesprochenen Zauberformel evaporierte Barry.

Als beseelte Dunstwolke schaute er aus sicherer Entfernung zu, wie die Autos auseinanderstoben. Die Limousine schaffte es irgendwie durch den Verkehr, durchbrach die Absperrung des Flughafens und schlingerte eine Landebahn entlang. Der Fahrer, der glaubte, Barry säße immer noch auf dem Rücksitz, sah sich nach einem Ziel um, das keine Überlebenschance bieten würde; er fand es in einem Lkw mit der Aufschrift: ›KEROSIN! LEICHT ENTFLAMMBAR!‹ Als Barry das sah, sprach er einen schnell wirkenden Zauberspruch:

»*Nerfere!*«

Der Tanklaster verwandelte sich sofort in weiches, rosafarbenes Schaumgummi. Die Limousine rammte dagegen und prallte unbeschädigt wieder davon ab. Der verblüffte Fahrer stürzte hinter dem Lenkrad hervor und begann sich gegen den Laster zu werfen, fest entschlossen, sich irgendwie umzubringen. Doch die elastische Oberfläche ließ ihn nur sanft zurückfedern, bis er schließlich aufgab und weinend auf dem Boden sitzen blieb.

»Schon gut, Kumpel«, hörte Barry einen Cop sagen, als er festgenommen wurde. »Komm, wir gehen.«

Was soll man mit so einem Trottel bloß machen? dachte Barry, der das Geschehen, auf einem lauen Lüftchen reitend, gelassen von oben beobachtete. Ungefähr einmal im Monat versuchte irgendein Dreckfresser, der das Memo der Zentrale nicht gekriegt hatte, Barry umzubringen. Er wehte hinüber zum Terminal und materialisierte sich wieder. »Na toll – jetzt riecht mein Anzug ganz schimmelig.«

Hoch über dem Atlantik versuchte Barry, nicht daran zu denken, wie sich Murphys Gesetz auf die Luftfahrt auswirkte, und ließ sich noch einmal durch den Kopf gehen, was Terry Valumart im Film gesagt hatte. Er kann froh sein, daß sie seinen Hang zum Stottern weggelassen haben, dachte Barry.

Vor ein paar Jahren war Valumart wegen Steuerflucht verhaftet worden, aber wie üblich glimpflich davongekommen: Er hatte das Gericht zu einem Kuhhandel bewogen und dafür alle seine Anhänger ans Messer geliefert. Er setzte sich auf Bermuda zur Ruhe und begann, den Tories eine Menge Geld zu spenden. Als sie an die Macht kamen, machten sie Valumart zum Finanzminister. Er (beziehungsweise sein Ghostwriter) hatte gerade seine Autobiographie geschrieben – ›Gauner dich reich‹ –, in der Barry und seine Gang als »törichte jugendliche Anarchisten« bezeichnet wurden. Barry wußte nicht, ob er beleidigt oder geschmeichelt sein sollte.

Flugreisen machten Barry immer nachdenklich – vielleicht lag es an den Abgasen. Er grübelte über den Chat nach, darüber, mit welcher Leichtigkeit er wieder – wie stets in Gegenwart von Fans – in die Rolle des vermeintlich Überlegenen geschlüpft war. Hermeline hätte ihm lieber nicht sagen sollen, daß der Zauberspruch, den sie angewandt hatte, nur ein Placebo war.

Warum hatte er sein heutiges Leben als langweilig bezeichnet, obwohl es ihn doch in Wirklichkeit total aufrieb? Klar, den Ball flach zu halten, war immer gut, er wollte schließlich nicht, daß jeder magisch ambitionierte Jungspund mit funkensprühendem Zauberstab hereinplatzte, während er gerade auf dem Klo saß. (Das war tatsächlich mal passiert.) Aber es war mehr als das – er schämte sich, daß sein Leben keinen interessanten Lesestoff mehr abgab. Ich gebe mir alle Mühe, die Welt zu retten, und versuche stets, ein anständiger Mensch zu sein, dachte Barry. Es war deprimierend: War das alles, was er tun konnte?

Hermeline sagte immer: »Das Leben ist kein Buch – auch deins nicht. Du mußt die Heldentaten im Alltäglichen suchen. Eine Ehe zu führen, ohne einander den Hals umzudrehen, oder Kinder so zu erziehen, daß aus ihnen keine Psychopathen werden – das ist nicht glamourös, aber es ist mindestens so schwierig, wie einem Irischen Whiskeyrülpser mit einem fürchterlichen Kater eins überzuziehen.«

Sie war so klug, daß es nervte. Dennoch wünschte er sich manchmal, er könnte nach Hogwash und zu dem sorglosen Leben von damals zurückkehren. Der erste Film war zwar nie fertig worden, aber die guten alten Zeiten waren trotzdem unwiederbringbar.

Noch eine Lüge, die er im Chat erzählt hatte: Er hatte damals tatsächlich versucht, den Film zu verhindern. Er hatte versucht, jenes Leben festzuhalten, sich vor dem Erwachsenwerden zu drücken, aber es war ihm nicht gelungen. Warum hatte er gelogen? War es ihm peinlich, daß Valumart ihn schließlich besiegt hatte? Oder daß es für ihn kaum noch einen Unterschied zwischen der Doofen und der Hellen Seite gab? Der Gelée loyale in seiner Tasche hatte nichts damit zu tun; Valumart hatte ihn nur deshalb nicht getötet, weil er erkannt hatte, daß Barry *nicht mehr sein Feind war.*

Ohne es zu merken, hatte Barry irgendwann auf diesem letzten Kreuzzug, den er mit Lon und Hermeline geführt hatte, die magische Grenze vom Kind zum Erwachsenen überschritten. Mit der Zeit wurde es ihm immer weniger wichtig, was er tat, als was man ihm dafür zahlte. Valumart ließ ihn laufen, Hogwash wurde geschlossen und Barry begann, Geschäfte mit Onkel Serious zu machen.

Serious, Barry, J. G., Bumblemore – sie alle waren hinter dem großen Geld her, ja, dachten vielleicht sogar an nichts anderes mehr. Bumblemore warb im TV-Nachtprogramm am laufenden Band für seine Zaubertrick-videos, Serious hatte tausend Projekte im Kopf, J. G. hatte ein Buch nach dem anderen rausgehauen, und Barry hatte ihr so lange ein schlechtes Gewissen gemacht, bis sie ihn daran beteiligt hatte. Sie hatten alle ein bißchen etwas von Valumart in sich, Barry eingeschlossen: Der arrogante, selbstgerechte, energiegeladene, idealistische Junge, der er mit zweiundzwanzig gewesen war, lebte nicht mehr.

Oder doch? Barry dachte an das, was der Film-Valumart gesagt hatte: Der Film würde die Bücher aus den Köpfen der Menschen verdrängen. Am Ende schienen J. G.s Werke das einzig Gute und Reine zu sein, was noch blieb. Sie schenkten Freude. Sie ermöglichten ihren Lesern, dem Alltag zu entfliehen, und beflügelten ihre Phantasie. Durch den Film würde das nun vielleicht alles anders.

Er mußte an die Verfilmung von ›Wie der Grins Weihnachten gestohlen hat‹ denken. Wie viele Kinder hatten diesen hirnlosen Quatsch gesehen, ohne das phantastische Bilderbuch zu kennen, auf dem er basierte? Vermutlich Millionen. Vielleicht würde bald irgendein anderer übler Hollywood-Trash sein Leben und J. G.s Bücher vergessen machen. Es sei denn, er unternahm etwas dagegen. Aber was? Er nahm das Video aus seinem Bordcase. Den ersten Film hatte er nicht verhindern können, aber vielleicht konnte er *diesen* ja stoppen.

Die Concorde setzte zur Landung an; Barry hatte sich entschieden. Er würde Hermeline nichts davon erzählen; wie auch immer sein Plan aussehen würde, er wäre in jedem Fall hochgradig gesetzwidrig, und sie spielte in solchen Fragen immer den Moralapostel. Hinter einem freundlichen Wiedersehenslächeln brütete er vor sich hin, und als er am nächsten Morgen ins Büro kam, hatte er bereits die Grundzüge eines Plans im Kopf.

»Phyllis«, bat Barry, »könnten Sie mich mit Fidibus Snipe verbinden?«

»Natürlich«, sagte Phyllis. Sie war die ehemalige Präsidentin von Barrys amerikanischem Fanclub und unentbehrlich für ihn geworden. Hermeline zog ihn immer mit seiner blutjungen Sekretärin auf, aber sie brauchte sich keine Sorgen zu machen; wenn man die Menschen in verschiedene Gemüsesorten einteilen würde, dann wäre Phyllis Stangensellerie – ganz nett, aber ziemlich fade im Geschmack. Kurz darauf flötete sie: »Mr. Snipe ist auf Leitung zwei, Mr. Trotter.«

Barry nahm den Hörer ab. »Hallo, Fidibus. Ich hätte da mal eine Frage.«

»Schieß los.« Snipe, Barrys ehemaliger Lehrer, arbeitete jetzt fürs Militär. Er entwickelte biomagische Waffen. Snipe war in den Büchern ziemlich schlecht weggekommen. Daß er als Schurke dargestellt wurde, hatte ausschließlich dramaturgische Gründe. Eigentlich war er ganz in Ordnung, solange es einem nichts ausmachte, dann und wann mit einer Ladung magischer Gonorrhö-Erreger eingenebelt zu werden.

»Nehmen wir mal an, ich wollte etwas absolut einzigartig machen«, sagte Barry. »So daß es kein zweites davon auf der Welt gibt. Gibt es dafür einen Zauber?«

»Aber sicher. Und er ist nicht besonders schwer, du wirst ihn also auch ohne Hermeline hinkriegen!«

»Ha, ha«, lachte Barry. Bei näherer Betrachtung war Snipe irgendwie doch ein A-Loch. »Wo finde ich ihn?«

»Er müßte in Eccles' ›Zaubersprüche für den Hausgebrauch‹ stehen. Wenn nicht, versuch's mal mit Bluebottles ›Tränke, Flüche und Beschwörungen‹. Wenn du ihn nicht finden kannst, ruf mich wieder an.« Snipe zögerte, dann fragte er: »Wie war's in Amerika?«

»Jemand hat mir 5 000 Dollar für meinen Führerschein geboten.«

Snipe lachte. »Na, ich hoffe, du hast angenommen.«

Barry dankte seinem alten Lehrer für die Auskunft und legte auf. Er sah auf seine Uhr – er würde es gerade noch zur Hellseher-Tagung schaffen. Als er, die Rede und die Dias in seinen Aktenkoffer stopfend, durchs Vorzimmer ging, bat er Phyllis, den passenden Zauber für ihn ausfindig zu machen. »Wird erledigt«, sagte sie. Sie war geradezu beängstigend tüchtig.

Ein Meer von Hellseher-Fezen vor sich, leierte er lustlos seinen Vortrag herunter, während er im Geiste die Details seines Plans ausarbeitete. Ein Hellseher brachte ihn mit einem dieser für diese Spezies typischen winzigen Autos zurück ins Büro. Phyllis war immer noch in einen Stapel Bücher vertieft, von denen manche offenkundig alt und magisch waren (sie fluoreszierten).

»Was gefunden?« fragte Barry, während er seinen Mantel aufhängte.

»Ich hab's gleich«, sagte sie und zwirbelte ihre Haare um einen Finger, wie immer, wenn sie arbeitete. »Alpo Bumblemore hat wegen des Banketts angerufen.«

Barry überlegte, den verwitterten alten Trottel anzurufen, schob es dann aber auf. Am Ende quetschte Bumblemore noch Barrys Plan aus ihm heraus und hielt ihm eine Standpauke über dessen Gesetzeswidrigkeit. Solche Predigten hatte er seit seinem elften Lebensjahr geflissentlich ignoriert. »Ich ruf ihn später zurück«, sagte er.

»Da!« rief Phyllis aus. »Ist es das, was Sie meinten?« Sie reichte ihm ein aufgeschlagenes Buch. Es war aus Pergament, leuchtete grell und summte leise. »Ehrenpreis' Einzigartigkeits-Elixier«, las Barry. Ein kurzer Blick überzeugte ihn davon, daß das genau der Zauber war, den er suchte. Er nahm das Buch mit in sein Büro und rief Phyllis zu: »Ich brauche das Video, das ich aus L. A. mitgebracht habe.«

Sie holte es ihm. »Sie nehmen es doch nachher nicht mit

nach Hause, oder? Ich wollte eigentlich den Hexenzirkel zum Videogucken einladen.« Als Hexenzirkel bezeichnete Phyllis eine Gruppe amerikanischer Trotter-Fans, die bei ihr in der Nachbarschaft wohnten. Gelegentlich holte einer von ihnen sie von der Arbeit ab, und Barry wurde genötigt, für ein oder gleich ein Dutzend Fotos zu posieren. Das machte ihm aber nichts aus, denn Phyllis' Freundinnen waren ausnahmslos sehr attraktiv.

Er nahm das Video entgegen. »Keine Angst, Sie werden ihn schon noch zu sehen kriegen«, sagte Barry.

»Mr. Trotter, was haben Sie vor?«

»Ich werde diese Kassette einzigartig machen. Ich hab keine Lust, die Trumpfkarte in irgendeinem Marketingkonzept zu sein«, sagte Barry. »Es ist furchtbar, wenn jedes Detail deines Lebens fiktionalisiert und in Unterhaltung für die Massen verwandelt wird. Ich hab's satt. Damit ist jetzt Schluß.«

»Oh, Mr. Trotter!« rief Phyllis. »Sie dürfen den Film nicht zerstören. Es gibt so viele Menschen, die sich darauf freuen.«

»Ja, mit denen habe ich mich gestern im Internet unterhalten. Das sind Vollidioten. Außerdem zerstöre ich ihn ja gar nicht«, sagte Barry. »Es wird immer noch eine Kopie geben. Wenn ich fertig bin, können Sie damit tun, was Sie wollen. Schauen Sie ihn sich an, reichen Sie ihn herum, verkaufen Sie ihn – mir egal.«

»Aber warum denn?« fragte Phyllis ernsthaft beunruhigt. »Sie wissen doch, wie sehr die Menschen Ihre Abenteuer lieben!«

»Dann sollen sie die Bücher lesen«, sagte Barry. »Die bieten perfekte Unterhaltung.« Er versuchte sich so gut es ging an den Vortrag zu erinnern, den Valumart ihm im Film gehalten hatte, und sagte: »Sobald dieser Streifen in die Kinos kommt, wird *er* Barry Trotter sein, nicht die Bücher. Daß die Bücher großartig sind, steht außer Frage – aber wie hoch ist die Wahrscheinlichkeit, daß der Film dieses Niveau erreichen wird? So einen Glücksfall gibt es nicht zweimal.«

»Aber wenn die Bücher so toll sind, müßte man dann nicht mehr daraus machen?«

»Nicht unbedingt. Wenn man die Bücher liest, denkt man sich die Bilder selbst dazu. So erfüllt man die Geschichte nicht nur mit ganz eigener Bedeutung – Bumblemore sieht aus wie der Lieblingsonkel –, man trainiert dabei auch noch die Phantasie.«

»Schon, aber …«

»Nehmen wir zum Beispiel ein Kind, das erst den Film sieht und dann die Bücher in die Hand bekommt – wer macht dann die Bilder? Die Filmleute! Und da Filme ein Geschäft sind – und zwar ein ziemlich gewissenloses – sind die Bilder, die sie einem in den Kopf setzen, die nichtssagendsten und unoriginellsten, die ihnen nur einfallen. Sie betreiben ein bißchen Marktforschung, machen ein paar Testvorführungen, ermitteln eine Zielgruppe, produzieren irgendeinen Mist – und nennen ihn Barry Trotter!« Barry hielt inne und fuchtelte zur Bekräftigung mit dem Video herum. »Ich *bin* Barry Trotter, und ich sage: *Es reicht!* Ich zerstöre nicht den Film – ich rette die Bücher.«

Phyllis war still. Dann sagte sie: »Mr. Trotter, ich fürchte, dadurch werden Sie sich nicht nur den größten Prozeß der Welt einhandeln« – Barry zuckte mit den Schultern –, »sondern es wird auch überhaupt nichts ändern. Die Leute stehen heutzutage eben auf Fernsehen und Kino. Dadurch, daß Sie sie daran hindern, diesen einen Film zu sehen, werden Sie sie nicht von ihren Vorlieben abbringen. Sie werden sich statt dessen einfach irgendeinen anderen Film ansehen, und dann besteht noch nicht mal mehr die *Chance,* daß sie die Bücher lesen. Wenn Sie nichts gegen den Film unternehmen, werden viel mehr Kinder die Bücher kaufen. Denken Sie an die Brüder Gram – für wie viele Scheußlichkeiten mußten ihre Märchen bereits herhalten?! Aber die Kinder lesen sie immer noch. Wirklich gute Bücher besitzen ein Eigenleben, Mr. Trotter. Und so gern wir sie auch vor denjenigen beschützen würden, die nur das schnelle Geld machen wollen, wir können die Menschen nicht zwingen, sie zu lieben. Vertrauen Sie den Lesern. Bislang sind Sie noch nicht von ihnen enttäuscht worden.«

Barry hatte es die Sprache verschlagen. Schließlich stand er auf und gab Phyllis das Tape. »Nehmen Sie mir das weg, bevor ich es mir anders überlege.« Sie lächelte und steckte es ein. Wieder einen hirnrissigen Plan entschärft – wie jede Woche, dachte sie. Waren diese immer neuen schwachsinnigen Ideen eigentlich charakteristisch für Zauberer? Wie auch immer, sie betrachtete das als Teil ihres Jobs. »Danke für Ihr Vertrauen, Mr. Trotter«, sagte sie und verließ den Raum.

»Ich mach das aber nicht, weil ich Angst habe, verklagt zu werden!« rief er ihr hinterher.

Hatte er das Richtige getan? Barry wußte es nicht. Plötzlich fühlte er sich für seine siebenundzwanzig Jahre sehr müde. Er hatte schon recht gehabt damals, vor all den Jahren – erwachsen zu sein nervte. Andererseits, wenn man die Alternative bedachte …

Er wählte die Nummer von Alpo Bumblemore.

EPILOG

Ein paar Wochen später, nach dem triumphalen – soll heißen finanziell unvorstellbar erfolgreichen – Start des Films, bestiegen Barry und Hermeline gutgelaunt den alten Hogwash-Expreß, der sie zu einem Fest bringen sollte, wie es die Schule noch nie gesehen hatte. Berühmte Ehemalige, Kuratoriumsmitglieder und andere hohe Tiere strömten aus allen Himmelsrichtungen nach Hogwash, um die Einweihung der wiedereröffneten Schule zu feiern. Die BBC drehte sogar eine Dokumentation, ›The Remaking of Hogwash‹.

Die Mitglieder des Kuratoriums, immer schon ein geldgieriger Haufen, hatten das alte Schloß als Drehort an Wagner Brothers vermietet. Das Drehbuch verlangte natürlich, daß die baufällige alte Ruine am Ende in die Luft gejagt wurde. Die Förderer gingen davon aus, daß die betreffende Szene vorwiegend aus Spezialeffekten bestehen würde. Zu ihrem Entsetzen war das, was die Filmfirma nach Abschluß der Dreharbeiten zurückließ, jedoch weniger eine Schule als ein Flecken verbrannter Erde. Die

fassungslosen Kuratoriumsmitglieder verklagten die Filmfirma, erreichten einen Vergleich und bekamen mehrere
Milliarden Dollar zugesprochen. Nachdem das Kuratorium
die Ruinen an Trotter-Fans in aller Welt verscherbelt hatte,
die unbedingt »ein Stück Hogwash-Geschichte« ihr eigen
nennen wollten, verfügte es über genug Geld, um auf dem-
selben Gelände eine größere, bessere, hochmoderne Schule
ohne jeden Charme zu bauen. »Manch einer mag vielleicht
die liebenswerten Eigenheiten des alten Hogwash vermissen, aber die neue Einrichtung mit ihren zahlreichen Annehmlichkeiten (rund um die Uhr warmes Wasser) und
der gewagten modernen Architektur wird unweigerlich
jeden bezaubern«, jubilierte die Ehemaligenzeitung.
»Internetanschluß und ein olympiataugliches Schwimm-
becken, das *nicht* von Grindelflöhen verseucht ist, sind
ebenfalls vorhanden.«

Für Barry war es Haß auf den ersten Blick – es bestand
fast komplett aus verspiegelten Glasflächen, und offen-
liegende Rohrleitungen aus Chrom formten einen gigantischen Zaubererhut. Andere gaben sich große Mühe, die
Atmosphäre freundlicher zu gestalten. Sogar J. G. Rollins
hatte ihren Teil dazu beigetragen und ein neues
Quaddatsch-Feld gespendet, das bereits ›Der Kessel‹ ge-
tauft worden war.

Während die pittoreske schottische Landschaft an ihnen vorüberglitt, las Barry weiter. Im Aufmacher ging es

um eine Statue, die Luderwig Malfies der Schule zum Gedenken an seinen Sohn Drafi geschenkt hatte. Drafi, der Klassenkamerad von Barry, war kurz vor Ende seines letzten Schuljahres bei einem tragischen, durch reine Dummheit verursachten Unfall ums Leben gekommen. Auf der Titelseite war Luderwig beim Händeschütteln mit Lon Measly zu sehen.

Lon hatte den alten Bumblemore kürzlich als Schulleiter abgelöst. Etwa zeitgleich mit den Kämpfen um den ersten Film war der Bürgerkrieg zwischen den Mäusen und den Fledermäusen eskaliert, und der arme Alpo hatte die Kontrolle über die Schule verloren. Schüler und Lehrer waren evakuiert worden, und der Unterricht fiel auf unbestimmte Zeit aus, denn sowohl die Mäuse als auch die Fledermäuse dachten gar nicht daran, sich vertreiben zu lassen. Bis es zu dem Deal mit Wagner Brothers kam, hatte das Kuratorium ernsthaft erwogen, die Armee zu bitten, die Schule, die inzwischen zu einem Masada der Nagetiere geworden war, zu säubern.

Aber schließlich hatte sich alles zum Guten gewendet. Hogwash war es noch nie so gut gegangen wie unter seinem neuen Leiter, einem überschwenglich händeschüttelnden Idiot savant. Lon besaß die Treue eines Labradors und die Beharrlichkeit eines Dobermanns. Er ließ buchstäblich nie locker. Darüber hinaus prädestinierte seine leutselige Beschränktheit ihn dazu, Fördermittel zu beschaffen. Wer weiß, dachte Barry, wozu Lon es noch bringt, wenn das so weitergeht. Zum Präsidenten der Vereinigten Staaten?

Es war fast wieder wie zur Schulzeit, als er mit Hermeline, Lon und dessen Brüdern im Großen Saal saß, speiste und scherzte. Lord Valumart war wie üblich das Thema Nummer eins.

»Man kann noch so ein großer Doofer Zauberer sein, das Finanzamt läßt sich nicht überlisten«, sagte Bumblemore. »Das könnt ihr mir glauben!« Nach der Schließung der Schule war Bumblemore von Convention zu Convention getingelt und hatte Fan-Artikel signiert. Von diesem Geld hatte er keinen Penny versteuert, und Prissy Measly, der ›Vertrauensschüler auf ewig‹, hatte ihn verpfiffen. Bumblemores Ruhm und seine großen Verdienste hatten ihn vor Aztalan bewahrt, und so arbeitete er seine Strafe ab, indem er Rentnern in Altersheimen etwas vorzauberte. Lon hatte ihn zum Schulleiter emeritus ernannt, und Bumblemore war vollauf damit zufrieden, in Ruhe seine Kartentricks zu üben und die Bildung und Erziehung der Schüler anderen zu überlassen. Er schien sogar seine bizarre Libido in den Griff bekommen zu haben.

Barry fand das neue Hogwash zu steril. Dieser Eindruck wurde durch die penetranten Werbeplakate, mit denen die Wände des großen Saals tapeziert waren, nur noch verstärkt. Das Kuratorium hatte die Reklameflächen – für einen stolzen Preis – an verschiedene Firmen vermietet, die ein Interesse daran hatten, die »nächste Generation von Zauberern« für sich zu gewinnen. Aber ein steriles Hogwash ist besser als gar keins, und vielleicht gewöhnt man sich ja an die Architektur, dachte er.

Während alle um ihn herum plauderten und vor den BBC-Kameras Faxen machten, murmelte Bumblemore lustlos Beschwörungsformeln über seinem Steinbutt. Nachdem dieser abgeräumt worden war, sagte er zu Barry: »Trotter, könnte ich Sie kurz unter vier Augen sprechen?«

»Aber sicher.« Eigentlich hätte Barry am liebsten das Weite gesucht, aus Angst, nur wieder angeschrien zu werden, wie er es aus seiner langen Schulzeit gewohnt war.

Sie zogen sich in einen ruhigen Alkoven zurück. »Barry, wir haben darüber gesprochen – das heißt, einige der Kuratoriumsmitglieder sind der Ansicht – äh, Lonald hat mich gebeten …«

»Spucken Sie's schon aus«, sagte Barry in freundlichem Ton, was bei Bumblemore allerdings gar nicht gut ankam. Er wurde fuchsteufelswild und fing an zu geifern.

»Verdammt und zugenäht! Ich kann das nicht – nach all dem Unfug, den du mit deinen Kumpanen im Lauf der Jahre verzapft hast! Erst hast du die Wegbeschreibung verkauft, dann hast du den Film nicht verhindert …«

»Wollten Sie mir nun etwas sagen, oder haben Sie mich nur hierherkomplimentiert, um mich zu beleidigen?« fragte Barry lächelnd. Schließlich hatte der alte Mann vollkommen recht, und Barry war von dem vielen starken Wein (den Hafwid neuerdings zusammen mit Francis Bored Coppola auf einem eigenen Weinberg anbaute) schon so benebelt, daß ihm alles schnurzegal war.

Bumblemore sammelte sich, holte tief Luft und sagte wie jemand, der sich ein Pflaster abreißt, in einem Atemzug: »Das Kuratorium hat mich gebeten, Sie zu fragen, ob Sie sich vorstellen könnten, die Öffentlichkeitsarbeit für die Schule zu übernehmen.«

Barry war überrascht. Bumblemore fuhr widerwillig mit seinen Erläuterungen fort: »Natürlich würden Sie Geld dafür bekommen, allerdings bei weitem nicht so viel, wie Sie in der privaten Wirtschaft verdienen könnten. Wir … also das Kuratorium … man ist einfach der Ansicht, daß es wichtig ist, das Image der neuen Schule zu pflegen, und Sie sind von den ehemaligen Schülern derjenige, der am ehesten in der Lage ist, die Medien für sich einzuspannen«, sagte Bumblemore. »Es fällt mir schwer, das zu sagen, aber ich glaube, im neuen Hogwash ist eine Stelle für Sie frei.«

Barry brauchte nicht lange nachzudenken. »Aber gern!« sagte er und packte die Hand des alten Zauberers, die dieser kraftlos herabhängen ließ. »Abgemacht.«

»Gut, gut«, sagte Bumblemore. Aus seiner Stimme klang sein Grauen vor den Scherereien, die ein wohlhabender, erwachsener Barry Trotter machen könnte. »Wenn Sie mich jetzt entschuldigen würden, dieser Steinbutt roch verdächtig nach Doofer Magie …«

Barry kehrte zu seinem Platz an der Tafel zurück, an der die Wogen immer höher schlugen. Mrs. McGoogle hatte sich in eine Katze verwandelt und sprang fröhlich von Tisch zu Tisch. Ferd und Jorge erzählten, wie sie sich an Zed Grimfood gerächt hatten: Sie hatten ihm eine Falle gestellt, und er war mit einem minderjährigen Elf erwischt worden. Zeds Unglück wurde mit großem Gelächter quittiert. Überall um Barry und Hermeline herum wurde gegrölt und gefressen, was das Zeug hielt.

»Hat er dich endlich gefragt?« fragte Hermeline.

»Du wußtest Bescheid?«

»Natürlich. Du hast ja wohl hoffentlich zugesagt – ich hab denen schon klargemacht, daß ich von Beginn des nächsten Schuljahrs an die neue Hauslehrerin von Grittyfloor sein werde«, sagte Hermeline.

Barry lächelte. Es war erstaunlich, wie wunderbar sich alles fügte. Nun durfte er für immer in Hogwash bleiben. Er nahm seine Zukünftige fest in den Arm. »Das wird toll«, sprudelte Barry hervor. »Wir werden bestimmt eine Menge Spaß haben.«

»Ich weiß, was du unter ›Spaß‹ verstehst, Trotter«,

neckte Hermeline ihn. »Ich werde ein Haus leiten, kein
Irrenhaus.«

Der folgende Herbst war für alle einer der besten seit
Zauberergedenken. Die Schüler liebten ihre neue Schule,
und für die wenigen, die die abgefahrene Atmosphäre des
alten Hogwash vermißten, machten der blitzschnelle
Internetzugang zu Pornos und die funktionierenden Duschen den Verlust mehr als wett. Und dann war da natürlich noch Barrys und Hermelines Hochzeit draußen am
See. Das Seeungeheuer hatte als Trauzeuge fungiert und
im richtigen Moment seinen laaangen Tentakel zwischen
den beiden hindurchgeschlängelt und den Ring in Barrys
Hand fallen lassen. Über den von den Measlys organisier-
ten Empfang in Hogsbleede braucht nicht mehr gesagt zu
werden, als daß am Ende der Nacht Freunde und Ver-
wandte des Brautpaares die Gefängnisse füllten.

Nach den Flitterwochen auf J. G. Rollins' luxuriösem
pseudokaribischen Anwesen trat das Paar schließlich seinen Dienst in Hogwash an. Niemanden verwunderte es,
daß Hermeline ihr neuer Job auf Anhieb gefiel. Es berei-
tete ihr große Freude, die Schüler herumzukomman-
dieren. Barry dagegen mußte ein komplizierteres Problem
lösen: Er hatte sich zwar damit abgefunden, daß in den
nächsten Jahrzehnten ein ›Trotter‹-Film nach dem ande-

ren produziert werden würde, aber leider dauerte es immer so verdammt lange, bis der nächste fertig wurde. Wie konnte er das Interesse der Öffentlichkeit für die Schule in der Zwischenzeit wachhalten? Schließlich konnte er nicht andauernd in der ›Okrah‹-Show auftreten …

Die Lösung kam ihm eines frischen Oktobermorgens, als er der Grittyfloor-Quaddatsch-Mannschaft dabei zusah, wie sie ein paar regelwidrige Manöver übte: Er würde eine *Parodie* schreiben, in der er die Abenteuer, die er mit seinen Freunden erlebt hatte, verarbeitete! Die Geschichte würde vielleicht hier und da etwas unausgegoren sein, aber egal – die Ansprüche an dieses Genre waren eh nicht besonders hoch.

Als er den ›Kessel‹ wieder verließ und mit dem Fuß Häufchen von hellorangefarbenen Blättern aufwirbelte, stürmten die Ideen nur so auf ihn ein. An seinem nagelneuen Schreibtisch sitzend, stellte Barry sein Telefon auf Anrufbeantworter um, schaltete seinen Computer ein und begann zu schreiben: »Die ›Hogwash-Schule für Zauberer‹ war die berühmteste Schule der Welt der Magie und Barry Trotter ihr berühmtester Schüler…«

ENDE*

* Ich habe gerade alles noch mal durchgelesen, und ich muß sagen, ich habe *keine* Ahnung, worum es geht. Zuerst ist es ein Buch über einen Film, dann stellt sich heraus, daß das Buch die ganze Zeit

GEHEIMER SONDERBONUS!

Mir ist klar, daß dieses Buch viele verärgern oder verunsichern wird. Jüngeren Lesern verdirbt es womöglich ein für allemal den Spaß am Bücherlesen. Das wäre wirklich schade. Da in der Hektik des modernen Lebens niemand mehr die Zeit hat, lange Briefe zu schreiben, habe ich daher als aufrichtiges Dankeschön für diejenigen, die bis zum Ende durchgehalten haben, ein Beschwerdeformular ausgearbeitet, das ganz nach Belieben fotokopiert und an mich geschickt werden kann.

schon ein Film war – über den Versuch, einen früheren Film zu verhindern. Und nun ist alles eine von Barry Trotter SELBST verfaßte Parodie? Kinder, laßt euch das eine Warnung sein: Wenn postmoderne Stilmittel in die falschen Hände geraten (z. B. meine), kann das *tödlich* sein. Wenn ihr wißt – oder nur zu wissen *glaubt* –, was ich mit all dem hier sagen will, schreibt eure Erklärung in lesbaren Druckbuchstaben mit Tinte auf eine Postkarte und eßt sie auf. Ha, ha, war bloß ein Scherz: Schickt sie an den Verlag. Noch können wir dieses Buch retten! Steckt sie am besten heute gleich ein!

ICH HASSE SIE!

Verehrter Herr Gerber!

Ich habe mich über Ihr Buch, ›Barry Trotter und die schamlose Parodie‹, maßlos geärgert. Ich bin …
(Zutreffendes ankreuzen, mehrere Antworten möglich)

❏ ein Potter-Fan, der keinen Spaß versteht
❏ ein/e empörte/r Vater/Mutter
❏ ein verschüchtertes Kind
❏ ein von allem gelangweilter Jugendlicher
❏ ein aufgebrachter Copyright-Inhaber
❏ J. K. Rowling
❏ ein verbitterter Berufskollege
❏ ein Mörder in spe
❏ eine Exfreundin

Ich schreibe Ihnen, um Ihnen mitzuteilen, wie empört ich darüber bin, daß Sie …

❏ etwas so Schönes in den Dreck gezogen haben
❏ in einer Tour mit Obszönitäten um sich werfen
❏ weder Grammatik, noch Rechtschreibung oder Syntax beherrschen (z. B. Komma bei weder-noch)
❏ keine vernünftige Geschichte erzählen können
❏ sich billiger postmoderner Tricks bedienen
❏ unsympathische Figuren erfinden, die kein Schwein auseinanderhalten kann

- ❏ schäbiges Papier verwenden
- ❏ mich besoffen anrufen und fragen, ob wir es nicht noch mal miteinander versuchen wollen
- ❏ die Frechheit haben, meinem Kind beizubringen, was »Natursekt« ist

Mr. Gerber, wie fühlt man sich …
- ❏ als schamloser literarischer Parasit?
- ❏ als krankhafter Zyniker?
- ❏ mit einer Klage am Hals?
- ❏ wenn man die Seelen junger, unverdorbener Menschen vergiftet?
- ❏ als erwiesenermaßen »größter Verbrecher der Menschheitsgeschichte«?
- ❏ als Erwachsener mit einem derartigen Mangel an geistiger Reife?
- ❏ als Plagiator Stephen Kings?
- ❏ wenn man bei Jesus Christus auf der »schwarzen Liste« steht?
- ❏ als derjenige, der geopfert werden muß, um die STIMMEN ZUM SCHWEIGEN ZU BRINGEN?!

Ich hoffe, nun sind Sie zufrieden, Sie Depp.

Mit freundlichen Grüßen,